Spa FIC Vilas

Vilas Vidal, M.
Aire nuestro.
Kitchener Public Library
Main - Other Languages

Aire Nuestro

Manuel Vilas

Aire Nuestro

ALFAGUARA

© 2009, Manuel Vilas
© De esta edición:
2009, Santillana Ediciones Generales, S. L.
Torrelaguna, 60. 28043 Madrid
Teléfono 91 744 90 60
Telefax 91 744 92 24
www.alfaguara.santillana.es

ISBN: 978-84-204-2199-5
Depósito legal: M. 49.771-2009
Impreso en España - Printed in Spain

Diseño:
Proyecto de Enric Satué

© Cubierta:
Tomer Hanuka, *Kent Ave. B*

© Fotografías de interiores:
Manuel Vilas, archivo Santillana, Corbis y Getty Images

PRIMERA EDICIÓN: OCTUBRE 2009
SEGUNDA EDICIÓN: DICIEMBRE 2009

Queda prohibida, salvo excepción prevista
en la ley, cualquier forma de reproducción,
distribución, comunicación pública y transformación
de esta obra sin contar con autorización de
los titulares de propiedad intelectual.
La infracción de los derechos mencionados
puede ser constitutiva de delito contra la propiedad
intelectual (arts. 270 y ss. Código Penal).

Aire Nuestro

Aene Televisión

Aire Nuestro Televisión es un proyecto humano tan definitivo como la circularidad de la Tierra. Aire Nuestro surge cuando nuestro fundador advirtió la naturaleza irreal de la circularidad de la Tierra. Las masas oceánicas no se desparraman por el universo —con su crema de langostinos y ballenas y tiburones y langosta infestando el cosmos— debido a esa fuerza universal a la que llamamos gravedad, y que no sólo es una fuerza física, es también una fuerza moral. La gravedad física del planeta Tierra tiene una dimensión histórica insoslayable: aquí estamos, rodando. Nos es muy grato presentar a continuación la programación que los guionistas de la multicadena de televisión hiperrealista Aire Nuestro han diseñado para este fin de semana, para este terrible fin de semana en que esperamos que el mundo se transforme en futuro, que el mundo mute en antimundo, soñando siempre con el desparramamiento de las masas oceánicas. Como se sabe, Aire Nuestro es una cadena de alta cultura televisiva y también de alta costura de las enfermedades del futuro. Una cadena que busca al espectador inteligente, capaz de afrontar los nuevos retos de nuestra sociedad con espíritu crítico. Estamos pensando en esos grandes retos de la sociedad de mediados del siglo XXI. Un espectador informado que huye de los tópicos y busca la verdad desnuda. Aire Nuestro es la respuesta televisiva e incluso enciclopédica, y también diabólica, a nuestro tiempo. Aire Nuestro es televisión revisionista. Aire Nuestro es historicista. Es un ojo que ve cosas hermosamente humanas. Es nuestra televisión. Creemos en la Historia. Creemos en la Visión. Somos televisionarios. Hemos luchado mucho para que llegase la televisión irracional a nuestras vidas. Porque la televisión irracional otorga racionalidad a la Historia. Por eso, muchos de nuestros canales son documentos históricos, elaborados con fuentes de primera mano. Suponemos que la historia del siglo XX es fundamental para entender nuestro siglo XXI. Por eso, en Aire Nuestro intentamos dar a conocer cómo fue el siglo XX; cómo fue, sobre todo, el final del siglo XX, o más exactamente, o más *aenísticamente:* cómo pudo haber sido el final del siglo XX. Incluimos grandes reportajes y programación musical, magazines desinhibidos, telediarios con sabor a cine independiente, entrevistas con cantantes del pasado, sin olvidar el cine de Hollywood, entrevistas a los nuevos famosos en Telepurgatorio, entrevistas a hombres del futuro, documentales de carácter social, biografías de dirigentes políticos, fútbol inteligente, teleseries de carácter filosófico, reposiciones de programas clásicos de la televisión de la pasada centuria, reportajes sobre el nuevo terrorismo que asola nuestras ciudades decimonónicas; todo ello sin renunciar a nuestros clásicos de programación: nuestros celebérrimos reality shows de orientación neomística o nuestra habitual sección de madrugada de cine X, música en directo en MTV, documentales sobre fenómenos paranormales y mesas redondas sobre posfeminismo y sobre la nueva ciencia ficción, sin olvidar ese entretenido mundo de los objetos sofisticados (que incluye productos tanto materiales como espirituales) en el canal de Teletienda. Aene TV es televisión mística y neofamiliar: nos gusta que nuestros reporteros hablen con sus seres queridos delante de la cámara, que hablen con sus familiares desaparecidos. Porque nada desaparece del todo, ése es el credo televisionario de Aene TV. Hacemos misticismo gonzo. Nos gusta que nuestros periodistas estén muertos y hablen desde los micrófonos del Paraíso. Nos gusta entrevistar a los reyes moribundos del futuro, a los monarcas españoles que vivirán en tiempos desfigurados y atroces, pero también románticos. Aene TV es monstruosamente auténtica. Aene TV televisa cosas que no han sucedido ni sucederán jamás, pero eso importa poco: también la televisión del siglo xx emitía ficciones y eran ficciones reales. Televisamos partidos de fútbol que ocurrirán dentro de trescientos años, y televisamos vidas del siglo xx que nunca ocurrieron en la realidad pero que ocurren ahora, en la pantalla. Además, si tocas la pantalla, tocas también la carne de los seres humanos que te hablan sólo a ti. Si la materia es televisable, la materia existe. Creemos en esa gente que elige estar en la pantalla antes que estar en la realidad. Porque nuestra pantalla nos libera del tiempo. En la liberación del tiempo estallan otras liberaciones: sin tiempo, no hay Estado. No hay orden en la televisión fantasmagórica. No somos vampiros. Somos periodistas avanzados. Somos periodistas religiosos. Somos el periodismo que retransmite el pasado porque el pasado no tuvo la oportunidad televisiva que le correspondía en justicia. Aene TV supera el tiempo de la realidad. Porque la realidad tal como fue entendida en la pasada centuria sólo tenía significado político, pero no plenamente televisivo. Aene TV supera los estados ideológicos. La política ha sido superada. No somos políticos, somos teledioses. Somos telemesías. Somos telemarxistas. Somos telecatedráticos. Somos telediablos. Somos telebrujos. Somos teleterroristas. Somos teleobispos. Somos telelibertadores. Somos telecolonizadores. Somos los teletaxis de la Eternidad. Nuestros receptores han visto cuanto había que ver. Damos al espectador un ojo sin presente, pasado o futuro. Damos revoluciones. Damos la destrucción de la realidad. Porque somos teleplatónicos. Alguna vez había que superar las genealogías morales. Aene TV es la muerte del bien y del mal, la muerte de la riqueza y de la pobreza, la muerte de la igualdad y de la desigualdad. El estallido de todas las simbólicas instituciones sociales de la Tierra, eso somos. Si somos capaces de matarte de gozo con uno de nuestros canales, lo habremos logrado. Aene TV está a la vanguardia de las noticias que genera la monarquía española. Puedes ver en tu pantalla a tus abuelos viendo la pantalla de la televisión del siglo XX. Cualquiera de estos once canales puede servir tanto de distracción culta como de revulsivo moral de tu pensamiento. Puedes ver los once canales a la vez por el procedimiento de inserción en pantalla absoluta. Puedes zapear con el procedimiento de pantalla telepática (la pantalla averiguará tus deseos audiovisuales aunque estés muerto y seas sólo un cadáver corrompiéndote delante de una televisión). Pero, en el fondo, somos unos clásicos: amamos la música de Johnny Cash. Amamos la poesía de Federico García Lorca. Creemos en los grandes hombres del pasado. Por eso televisamos sus vidas. Da igual que la televisión no existiera en vida del poeta norteamericano Walt Whitman, nosotros mandamos un reportero al Purgatorio y allí conseguimos filmar a Whitman, un día en la vida de Whitman: puedes verlo en Telepurgatorio. Fuimos capaces de televisar al espíritu errante del Che Guevara. Fuimos capaces de televisar la agonía de Juan Carlos III. Mandamos un reportero de Teletienda al futuro para que entrevistase a Juan Carlos III. El reportero se enganchó a Teletienda. Nos gusta que nuestros reporteros se destruyan televisando las cosas. El futuro es algo que vale la pena tener ya, tener ahora. Lo absurdo del futuro es no poder gozar de él en este instante. Por eso decidimos comprar el futuro. Hacer del futuro una tienda. Porque el futuro es una tienda. Fuimos capaces de televisar una versión de serie B de la Capilla Sixtina. Tenemos reporteros que se juegan el alma inmortal por traernos imágenes del otro mundo, de todos los mundos, porque la televisión es infinita. Las imágenes de nuestros canales están en continua mutación. No somos una televisión inorgánica. Somos pantalla viva. Somos carne revolucionaria. Somos visión de todo cuanto ha sido, es y será. Dios es Aene TV. Tenemos proyectos: queremos televisar el Big Bang;

queremos entrevistar a Jesucristo, televisar su enigmática frase final: «Padre, perdónalos porque nunca han salido por la televisión»; queremos televisar un discurso de Lenin en directo. Queremos a Lenin en un plató de televisión. Queremos mejorar su imagen. Porque Lenin es un monstruo televisivo todavía sin explotar. Imaginad qué sería de los presidentes de Estados Unidos si no existiera la televisión. Lenin se merece un regreso televisivo. Cristo también. Nadie creyó en la resurrección de Cristo por el simple hecho de que no fue televisada. Estamos en ello, estamos en ello. Todo es tan televisable. Parece mentira que la Historia siga vigente sin un repertorio audiovisual en condiciones. Dudamos de la existencia de San Pablo porque nadie televisó sus discursos a los tesalonicenses. En Aene TV pensamos que el estadio humano definitivo es una infinitud de canales emitiendo al mismo tiempo, una ebriedad de imágenes ilimitadas, una fiesta de la realidad interminable. Estamos trabajando para lograr la repetición de la Historia en altos canales de televisión. Filmaremos tu vida entera y la emitiremos eternamente. Filmaremos la vida que quisiste vivir. Televisaremos tu degradación ejemplarizante. Televisaremos a quien decidió televisarte. Televisaremos cientos de vidas que emanan de tu vida. Televisaremos tu concepción. Esos altos canales de televisión se proyectarán sobre el firmamento. Miles de cadenas de televisión emitiendo al unísono sobre el cielo terrestre. El aire convertido en una pantalla. Y he aquí lo más importante: sólo estamos televisando los cimientos de lo que televisaremos en el futuro. Los once canales que te ofrecemos tienen un solo objetivo: son una demo. Si quieres más, habrá más. Tenemos más. No te puedes imaginar lo que vendrá después de esta demo.

Los que hacemos Aire Nuestro no pensamos en satisfacerle a usted, sino que pensamos en satisfacer a su inteligencia. Elíjanos. Elija Aire Nuestro, la mejor cadena de la nueva televisión española independiente. Atrévase. Somos los mejores. Once canales a su entera disposición. Once canales intercambiables, manipulables. Once canales que se alejan de la televisión de siempre. Ésta es la televisión del futuro que no habla del presente ni del pasado, sino del único tiempo posible: El Tiempo Sin Límites.

CANAL 1
LA GRAN PANTALLA AMERICANA

1. Johnny Cash viaja por España
2. Gran América: el sacrificio

CANAL 2
TELEPURGATORIO

1. Coches de alquiler
2. Sergio Leone
3. Dam

CANAL 3
INFORME SEMANAL
(MONOGRÁFICO «LOS EMIGRANTES ILUMINADOS»)

1. Cerdos
2. Golfo de St. Lawrence
3. Entrevista con Bobby Wilaz, nuevo líder del Movimiento Obrero Norteamericano

CANAL 4
TELETERRORISMO

1. Stalin Reloaded
2. Funny Games

CANAL 5
PRESSING CATCH

1. El traje de Superman
2. Return To Sender

CANAL 6
FÚTBOL

1. Final de la Eurocopa: 29 de junio de 2008
2. Juan Carlos I

CANAL 7
REPOSICIONES (CLÁSICOS DEL SIGLO XX)

1. La realidad y el deseo
2. Carta a Fidel

CANAL 8
REALITY SHOWS

1. Peter Pan
2. Collioure

CANAL 9
MTV

1. Caballos
2. Suenan ruidos contra el capitalismo

CANAL 10
CINE X

1. Hércules
2. Historia de Nuela

CANAL 11
TELETIENDA

1. Zaragoza
2. Carta al hijo
3. Habla el espíritu de Teletienda
4. Juan Carlos III

Presione Esc y el número del canal para activar el modo de pantalla individual

Presione Esc 11 para conectar el modo de pantalla absoluta

Presiones Esc * para iniciar el modo de combinación aleatoria de canales

Presione Esc ** para el modo de combinación telepática de canales

Para el antiguo modo de visionado lineal, también llamado visionado siglo XX (receptores y modelos anteriores a 2014), no presione Esc y presione Enter más código individual de usuario y tarjeta de identificación fiscal antigua

Me gusta el aire.

Juan Carlos III

CANAL 1

La gran pantalla americana

1. Johnny Cash viaja por España

En mayo de 1977 el cantante norteamericano Johnny Cash visita España en viaje de placer acompañado de su esposa June Carter. Cash padece sobrepeso. Quiere adelgazar en España. La discográfica de Cash ha buscado una persona para que sirva de guía a Cash y a su esposa en su estancia y viaje por España. Esa persona se llama Manuel Mariscal. Mariscal tiene cincuenta años, habla inglés perfectamente y suele hacer este tipo de trabajos. Son encargos que le vienen de Estados Unidos, Inglaterra, y a veces de Francia, pues también habla francés. No obstante, la lengua que domina es el inglés, y especialmente, el inglés estadounidense. Mariscal tuvo trabajos en el Ministerio de Información y Turismo. Allí ganó bastante dinero. El ministro Manuel Fraga le cogió mucho cariño, tal vez porque eran tocayos. Era un cariño tan insistente y zalamero que incomodaba muchísimo a Mariscal. Fraga quiso que Mariscal hiciese de relaciones públicas con los países de lengua inglesa. Fraga le preguntó mil veces a Mariscal que dónde había aprendido tan bien la lengua inglesa. Mariscal nunca explicaba este extremo. Por otra parte, Mariscal no tenía estudios universitarios. Pero sí tenía hecho el bachillerato, que lo cursó en el Instituto Goya de Zaragoza.

Mariscal fue a recoger al aeropuerto de Barajas a Johnny Cash y a su esposa en un Dodge rojo. Conducía el mismo Mariscal. Le gustaba ese coche. Mariscal no tuvo excesivos problemas con el matrimonio Cash. Mariscal no era demasiado mitómano, quizá debido a su origen aragonés, pues había nacido en un pueblo remoto de la provincia de Huesca llamado Anciles. Al ministro Fraga le despistaba mucho el nacimiento en Anciles de Mariscal: no entendía cómo alguien nacido en tan inhóspito y alejado (tal vez también desgraciado) lugar pudiera llegar a hablar inglés perfectamente.

Cash fumaba mucho en aquella época. June Carter tenía una risa como de conejo, pero muy bonita. Llevaban un montón de equipaje, que no cabía en el Dodge.

Tuvieron que coger dos taxis para que llevaran las maletas que, naturalmente, no cabían ni por asomo en el Dodge. Era un equipaje descomunal, muy americano. Mariscal condujo al matrimonio al Ritz. La primera noche española del matrimonio Cash transcurrió en el hotel. Hasta el día siguiente, a las once de la mañana, Mariscal no supo nada de Johnny. Comieron juntos. Por fin, Mariscal charlaba con el matrimonio Cash. Mariscal les llevó a un restaurante madrileño típico, que se llamaba El Gato. Al final de la comida, Cash tomó un whisky y le dijo de sopetón a Mariscal:

—El mundo se divide en dos clases de hombres: aquellos que consiguen vengarse, de la manera que sea, de las humillaciones que les causaron sus semejantes, y los que no consiguen vengarse, los que se van a la muerte sin venganza, créame, Mr. Mariscal, es así —y Cash sonrió con una de sus sonrisas oblicuas, una sonrisa lejana, pero hermosa, aunque imperfecta, como todo Cash.

Mariscal pensó que él no podría vengarse de Manuel Fraga. Y detrás de Manuel Fraga divisó un ejército de hombres y mujeres.

Al día siguiente Mariscal llevó al matrimonio Cash a visitar Toledo. Cash estaba emocionadísimo con todo lo que veía. Le encantaron las calles, las tiendas, las iglesias. Le encantó la pintura de El Greco. Cash se compró una espada para turistas. Una enorme espada de acero toledano, un mandoble de Carlos V. June le dijo a Mariscal que Johnny estaba saliendo de una depresión. Ah, sí, vaya, vaya, dijo Mariscal, a quien le tocó cargar con la espada toledana. June se compró un sombrero mexicano. Mariscal cargó también con el sombrero mexicano. Mariscal llevaba una espada clásica española en una mano y en la otra un sombrero mexicano y el matrimonio Cash estaba exaltado aquel día, comprando suvenires y disfrutando de la visita de Toledo. June compró unas castañuelas. Johnny una guitarra. Mariscal consiguió contratar a un amigo del botones del hotel Palacio Eugenia de Montijo, donde se hospedaban. El chico se llamaba Pedro, y cargó con la guitarra, el sombrero y la espada. Mariscal se quedó con las castañuelas. Mariscal le dio a Pedro un billete de mil pesetas, y a Pedro se le encendió el alma. Johnny, por casualidad, vio esa entrega y vio el rostro de Pedro. Johnny sabía que, al cambio, mil pesetas eran unos pocos dólares. Fue entonces, en ese momento, en ese preciso instante, cuando Johnny Cash se dio cuenta de que estaba paseando por un país baratísimo. El siguiente pensamiento que tuvo fue una duda, si es que una duda puede ser un pensamiento: decidir qué hacía ante esa realidad barata que se le acababa de revelar: comprarse medio país o compadecer al país entero. Siguió comprando cosas. Compró una reproducción de tamaño real de *El entierro del Conde de Orgaz* de El Greco.

Ocuparon habitaciones contiguas. Los Cash dormían en una suite castellana, grandiosa, parecía un palacio, había dos armaduras, una estaba junto al cuarto de baño y la otra junto a la ventana. Al lado de la suite estaba la habitación de Mariscal, también espléndida, pero más pequeña. Mariscal despidió a Pedro. Le tentó preguntarle a Pedro si conocía a alguna muchacha disponible, pero le pareció que estaba trabajando. Luego se arrepintió. Cenaron los Cash con Mariscal en la taberna Carlos V. Cash pidió cochinillo al horno y el rioja más caro de la carta. Todo le parecía barato. Mariscal hizo una observación sobre el carácter grasiento de las comidas españolas con el ánimo de recordarle a Cash que había venido a España a adelgazar y que si seguía así era evidente que se iba a ir de España con cinco kilos de más. Luego tomaron una copa en el bar del hotel.

Serían las cuatro de la madrugada cuando Cash llamó a la puerta de la habitación de Mariscal. No tuvo que insistir mucho porque Mariscal concilia mal el sueño. Mariscal encendió la luz y abrió la puerta. Los dos llevaban sendos pijamas azules. Parecían idénticos: con botones blancos y anchos.

—Escúchame, Mariscal —dijo Cash con un tono como de confidencia, como si quisiera revelarle un secreto—, he venido a España con una misión, no me interrumpas, por favor, con una misión apasionante; quizá se trate de una misión casi religiosa; tiene que ver con el sufrimiento del mundo, de las cosas, de los hombres; esa misión tiene que ver con todo eso, con lo que canto; claro, mis canciones son importantes, quiero decir que ellas me han hecho ver, me han dicho lo que había que hacer; bueno, Mariscal, llama al servicio de habitaciones y que nos suban una botella de whisky.

Mariscal se levantó de la cama, descolgó el teléfono. Tardaron en contestarle. Pidió el whisky. Cuando colgó el teléfono, Cash se había bajado el pantalón del pijama.

—Mariscal, mira mi polla. No, no digas nada. No, no soy homosexual, no se trata de eso. Tranquilo, tío —y se subió los pantalones—. Sólo quería que la vieras. Estas cosas son importantes. Nunca sabemos muy bien con quién estamos. Nos conocemos de cara, sí, sí, y eso está bien. Pero no sabemos muy bien quiénes somos. ¿Verdad, Mariscal? No, tranquilo, no quiero que me enseñes tu polla. La amistad, la amistad es un tema delicado. También es un tema delicado el de los órganos sexuales. Hace unos años tomaba pastillas para todo. Iba sin control, porque me parecía que la vida no podía ser otra cosa que un puto descontrol. Ya sabes: mi primera mujer, que me acosaba con sus quejas, mi padre, hablando siempre mal de mí, y yo cantando por media América, bueno, eso era muy duro, sí, pero había intensidad. Dejé aquello, y June, bueno, June fue la resurrección. Bueno, Mariscal, que duermas bien. No sabemos muy bien qué son las cosas, quiénes somos y todo eso. Que duermas bien, Mariscal. Hasta mañana.

—¿Y el whisky? —preguntó Mariscal.

—Bébetelo tú solo.

—Que descanses, Johnny.

Unos días después los Cash y Mariscal viajaron a Segovia. En Segovia estuvieron dos días. De Segovia fueron a Salamanca, en Salamanca pasaron tres días. A Johnny todo le parecía inmensamente barato. Se hospedaban en las suites de los hoteles de lujo. Comían en los restaurantes más caros. Y de Salamanca se fueron a Galicia, a Santiago de Compostela. Iban con el Dodge. Mariscal insistía en que tenían que conocer Andalucía. Pero Johnny dijo que le atraía ver la tumba del apóstol Santiago. Johnny seguía comiendo con pasión. Ahora se había aficionado a la paella. En cambio, June sólo comía filetes de ternera con patatas fritas, o calamares a la romana, y ensaladas con espárragos gigantescos. Al menos, Mariscal no había vuelto a ser objeto de visitas nocturnas como la que ocurrió en Toledo. Johnny estaba aprendiendo a decir cosas en español. June se reía. Cantaba *Folsom Prison Blues* en una traducción al castellano que había improvisado Mariscal.

Viajan por España con el Dodge rojo, sí. A Johnny le tienta arrojar el Dodge rojo contra el mar y comprar un Mercedes. Todo es tan barato en España. Pero Mariscal le dice que el Mercedes es un coche de importación, que le saldría mejor comprar un SEAT 131 Supermirafiori. Mariscal está más relajado. Johnny no le ha vuelto a enseñar la polla, o la verga, o el pene, o como se diga, piensa Mariscal. Menuda escena la del pene, piensa Mariscal, pero es verdad que la gente no enseña eso, y tampoco pasa nada por enseñarlo, y puede que realmente sea lo más importante a la hora de enseñar algo; sin embargo, él no se la iba a enseñar, menudo carné de identidad de los cojones, pero es verdad que la escena le vuelve una y otra vez a la cabeza; al día siguiente Johnny no dijo nada y él tampoco, tendría cojones que sólo fuese un sueño, pero no, ya lo creo que no, porque se acuerda perfectamente del color pajizo de la polla de Johnny, además, luego vino el camarero y tuvo que quedarse la botella de Johnny Walker, claro que eso lo paga todo Johnny.

Mariscal lleva ya diez días con los Cash. La verdad es que Johnny está lleno de energía, y no es de extrañar, porque come paellas, callos, conejo, ternasco al horno, cochinillos, almejas a la marinera. Las almejas a la marinera son el último descubrimiento de Johnny. Le gustan las sopas de ajo. Y el salmorejo. Comen y hablan. Johnny usa un inglés estadounidense tremendamente coloquial. A veces Mariscal cree que Johnny pone a prueba su capacidad lingüística. El inglés estadounidense de June es más normal. Mariscal no tiene ninguna dificultad, pero percibe las raras intenciones de Johnny. Sabe que abusa de coloquialismos sureños, que tuerce el significado de muchos modismos. También se da cuenta Mariscal de que si Johnny percibiese alguna vacilación a la hora de entender su inglés sureño y coloquial, eso supondría el resquebrajamiento de la relación. Johnny no soporta no ser entendido al cien por cien, y no va a renunciar a ninguna de las expresiones coloquiales y vulgares que resumen o representan lo que Johnny es. Johnny tiene muchas dificultades para decir cualquier cosa en español. Sin embargo, siente una gran curiosidad. Intenta decir cosas. Intenta hablarles a los camareros. No suelen entenderle y se enfada con la lengua castellana, dice que es una lengua imposible. June está mucho más capacitada para aprender una lengua extranjera, y sin embargo tiene mucha menos curiosidad que Johnny y pregunta poco. Mariscal les dice que en Galicia comerán marisco, que allí es muy bueno. Johnny coge de la mano a June y le da un beso.

Se hospedan en el Parador Nacional de Santiago de Compostela. A Johnny le parece tan barato todo que alquila no dos suites sino tres. Ni Mariscal ni June saben a quién va a destinar la tercera suite. Dice Johnny que ya les dirá por la noche para quién es la tercera suite. A Johnny le encanta el Parador. Tiene la sensación de ser un rey, o un príncipe. Se ríe mientras los botones descargan el equipaje*. El problema de tu Dodge, dice Johnny, es que caben pocas maletas. Necesitas un Ford o un Cadillac. Mariscal tampoco entiende demasiado el problema del equipaje, pues Johnny va siempre de negro, y básicamente son dos camisas intercambiables lo que se pone.

Johnny, al ir de negro, conjunta con el ambiente compostelano. Aquí el negro de Johnny pierde sustancia existencial o laica, y adquiere un tono de religiosidad compostelana. Cuando Johnny ve la catedral de Santiago

---

* El gran equipaje de los Cash está en Madrid, en el Ritz. Para los viajes esporádicos por España el equipaje de los Cash son dos maletas grandes. El equipaje de Mariscal es una maleta pequeña.

se maravilla, y enseguida le brota un deseo fantástico: quiere cantar *He Turned The Water Into Wine,* desde el altar. Se lo dice a Mariscal. Mariscal cree que es una ocurrencia. Pero en la comida, en un reservado del Parador, Johnny insiste. Johnny toma arroz con bogavante y bebe vino albariño.

—Llama a quien tengas que llamar, pero yo quiero cantar allí —dice Johnny—, y si es cuestión de dinero, no tengo inconveniente en donar mil dólares o dos mil si hace falta para las tareas de conservación, o para los pobres, o para el obispo, o para quien sea necesario; tú sabrás hacerlo, hazlo, llama a Madrid, adonde sea, pero yo tengo que cantar junto al sepulcro de Santiago *He Turned The Water Into Wine.*

Mariscal comienza las gestiones, telefonea a Madrid, a políticos que conoció cuando estuvo con Fraga en el Ministerio de Información y Turismo. Desde Madrid le explican que tiene que hablar con el cabildo de Santiago. Mariscal habla con el cabildo, les dice más o menos que un norteamericano famoso quiere donar mil dólares. Gracias a las gestiones con Madrid, y al buen hacer de Pablo de Olavide, un político del Opus que ahora milita en el recientemente creado partido político de Alianza Popular, a quien Mariscal hizo un favor cuando tenía poder en el ministerio,[*] Manolo Mariscal consigue entrevistarse con el arzobispo de Santiago de Compostela. Mientras tanto, Johnny hace turismo. Mariscal le explica quién es Johnny Cash al arzobispo. El arzobispo no entiende nada. El arzobispo huele a colonia de rosas y va inmaculadamente afeitado. A Mariscal le entran ganas de preguntarle por el nombre de la colonia. Mariscal dice al prelado que

---

[*] Sacó a su hija de la prostitución de carretera y la colocó de directora del Parador Nacional de Monte Perdido (Huesca), donde rehízo su vida al contacto con las montañas del Pirineo, al contacto con la naturaleza, con el frío y la nieve, con el sol y la belleza. Fue una ardiente defensora de los derechos del oso pirenaico.

Johnny Cash le invita a comer por todo lo alto. Comen los cuatro: el arzobispo, Mariscal y los Cash. Johnny pide cigalas y ostras y centollos y langosta y caviar ruso (tuvo que encargarlo Mariscal dos días antes). De postre hay arroz con leche casero. A June Carter le encanta ese postre. El arzobispo está contento, bebe y come. Entonces Johnny empieza a hablarle al arzobispo y Mariscal comienza a traducir. Le dice que él es un hombre de fe, y que su manera de expresar la fe es cantando, le pregunta que si ha escuchado alguno de sus discos, dice que es igual, que aunque no haya escuchado ninguno de sus discos da igual. Entonces, Johnny se pone a cantarle al oído al arzobispo *He Turned The Water Into Wine*. Mariscal se apresta a traducir la canción.

—Está bien, pero será un acto íntimo. Mañana a las siete de la mañana, yo lo preparo todo, incluida la guitarra que me ha pedido el señor Cash —dice el arzobispo.

Seis hombres están sentados a las siete y cuarto de la mañana de un día de junio de 1977 en el primer banco de la catedral de Santiago. Son: el hermano Victoriano, que ha abierto las puertas y se ha encargado de las tareas técnicas, como dar las luces, guiar al grupo por los corredores, cargar con multitud de llaves y correr cortinas; el vicario Félix Gambón, que es también organista y ha sido la persona encargada de traer una guitarra «perfectamente afinada»; el arzobispo; Mariscal y los Cash. Sólo han encendido las luces del altar. Johnny va de negro. Se ha puesto unas botas negras con estrellitas brillantes. Al vicario Félix Gambón le horrorizan tanto las botas como el tupé de Johnny. A las ocho de la mañana hay misa, de modo que no disponen de más de media hora. Johnny coge la guitarra y comienza cantando *San Quentin*. Cuando termina la canción, Félix Gambón está llorando. El segundo tema que canta Johnny es *I Walk The Line*. Cuando termina, el arzobispo está llorando. Johnny rasga los primeros acordes de *Jackson*. June se levanta del banco y, como siempre con esa canción, juntos cantan *Jackson*. El hermano Victoriano tiembla. Le encanta que canten juntos. Piensa que son dos ángeles. El hermano Victoriano contempla la eternidad, o una ficción de la eternidad, y tiene una descuidada erección, que no es deseo sexual, sino verticalidad jubilosa. Félix Gambón tiene temblores místicos en los pies. El arzobispo piensa que los Cash son seres sobrenaturales. Ve la conexión de la voz de Johnny con las estrellas, los planetas, la piedra y el mar. Quizá el Apóstol Santiago esté hablando a través de la voz de Johnny. El arzobispo ve en Johnny la figura de su madre. No la de su padre, sino la de su madre, que se llamaba María, y que murió cuando él tenía once años. Comprende el arzobispo cuánto quiso a su madre. Quiere el arzobispo recobrar aquel amor, pero es imposible, completamente imposible, férreamente imposible. Se araña la espalda el arzobispo. Los besos de su madre fueron la cosa más maravillosa de su vida, no fueron ficción, porque ficción es él ahora, o el que vino después de los besos de su madre. Sí, ése. Para terminar, Johnny canta *He Turned The Water Into Wine*.

Son las 7.50 de la mañana cuando las seis personas abandonan la catedral de Santiago de Compostela. Se dirigen al restaurante del hostal Reyes Católicos. Mariscal pide champán. El arzobispo rechaza el cheque de mil dólares de Johnny. Sólo quiere estar con Johnny. Sólo quiere volver a ver a su madre. Les habla el arzobispo de su madre, de lo delgada que era, de cómo cantaba por las mañanas; quiere volver a verla a través de la voz de Johnny, pero Johnny le dice que es imposible, y esta vez Johnny dice «es imposible» en español, con un acento tortuoso. Todos esperan que Mariscal traduzca, pero ahora no hace falta, Johnny ha dicho dos palabras en español.

Dos días después, los Cash abandonan Santiago. Se van en avión a Madrid. El Dodge rojo lo dejan en Santiago, y Mariscal contrata a un chófer para que lleve el Dodge a Madrid. June prefiere hacer el viaje en avión. Es una mañana espléndida y luminosa del mes de junio. Gambón, Victoriano y el arzobispo quieren despedir a los Cash en el aeropuerto de Santiago. Victoriano acaricia los lomos rojos del Dodge. «Es el coche de Johnny», piensa Victoriano. Llevan flores a June, y a Johnny le regalan una gigantesca tarta de Santiago y una cruz de plata que ha colgado toda la noche al pie de la tumba del apóstol para recibir los flujos del pensamiento de Santiago y las gracias secretas de todos los dioses. Los tres están llorando. Han encargado toda la discografía de Johnny a Madrid. Han comprado un tocadiscos Philips último modelo: amplificador de 75x75, tocadiscos y dos cajas Vieta con tres vías, se ha gastado el cabildo 104.000 pesetas. Todo para oír la voz de Johnny. En Santiago no hay discos de Johnny, hay que esperar. Victoriano le pide a Johnny, antes de que suba al avión, que les entone a los tres las primeras estrofas de *I Walk The Line*. Johnny canta para ellos. Se abrazan. June lleva un montón de flores en las manos. Mariscal carga con la tarta de Santiago. Victoriano añade un último regalo: una botella de licor de café casero; explica que lo hace su padre. Mariscal carga con la botella. La beberemos en el avión, dice Johnny. Y eso es verdad. En el avión, Mariscal y Johnny se beben la botella entera. Se abrazan. Johnny canta *I Walk The Line*. Mariscal le da un beso en los labios a June. A June le gusta, y Johnny no ve el beso. June se queda mirando a Mariscal como se mira a un ex novio difunto, pero hermoso.

Pasaron unos días en Madrid, viendo museos, viendo pintura española. A Johnny le gustaba mucho Goya y El Bosco. También le gustaba la comida madrileña. Fue entonces cuando Johnny se vio obligado a conceder alguna entrevista a dos o tres periódicos nacionales, por imposición de la discográfica y con el fin de apoyar la venta de los discos de Johnny en España. Pero Johnny era muy poco conocido en España. Aunque es verdad que tenía algún que otro fan. Firmó bastantes autógrafos a gente extraña. A mediados de junio, Johnny le dijo a Mariscal que ya valía de Madrid, que quería conocer el Mediterráneo. Mariscal pensó en las costas andaluzas. Pero Johnny eligió la costa de Valencia. Mariscal volvió a hablarle de Sevilla, de que no podía dejar de visitar Sevilla. Pero Johnny insistió en que quería tomar el sol en la costa de Valencia. Le dijo a Mariscal que buscase un pueblo bonito. Mariscal le preguntó que por qué había elegido Valencia, y Johnny contestó que porque estaba más o menos por la mitad del Mediterráneo, y que la mitad de todo siempre era un buen sitio. Mariscal eligió el pueblo de Gandía.

Otra vez el Dodge rojo, otra vez la carretera. Se alojaron en el hotel Gran Europa de Gandía, a pie de playa. Johnny reservó las mejores suites, las tres que había. Ahora no era por el hermano muerto. Sí, ésa fue la explicación de Johnny con respecto a la tercera suite que reservó en el hostal Reyes Católicos de Santiago: una suite para su hermano muerto, para que tuviese su espíritu un lugar donde dormir, vestirse, desayunar en la cama, ducharse, un lugar grande y noble. Ahora una noche dormían los Cash en una suite, otra noche en la otra. Se movían todas las noches. Mariscal se quedaba inamovible en la suya. Estuvieron una semana tomando el sol de finales de junio. Comiendo paellas, y bebiendo riojas.

Una noche, a las seis de la madrugada, Johnny volvió a hacerlo. Se plantó en la suite de Mariscal.

—Llama al servicio de habitaciones y pide una botella de whisky —dijo Johnny.

Mariscal estaba otra vez perplejo, temiéndose otra muestra de sinceridad corporal apabullante. ¿Qué me enseñará esta vez?, pensaba Manolo Mariscal.

—Mariscal, estoy muy preocupado por un asunto —dijo Johnny.

—¿Qué asunto? —preguntó Mariscal.

—No sé cómo decirlo, es algo relacionado con el envejecimiento de las mujeres. Creía que las mujeres hermosas no envejecían, creía que las mujeres bellas estaban por encima de eso.

—Es un escándalo, ¿verdad? —preguntó Mariscal.

—Sí, Mariscal; yo creía que era normal que los hombres envejeciesen, pero que las mujeres envejezcan, no sé, eso es...

—Eso es un escándalo político —dijo Mariscal.

—Sí, porque ellas están a la intemperie. June es mayor que yo, sí. Eso nunca me importó, pero es así: ella tiene tres años más que yo. Las mujeres se hacen viejas como nosotros, creía que a June eso no le pasaría nunca. Las mujeres están a la intemperie.

—A la puta intemperie —concluyó Mariscal.

—He visto a una camarera del hotel, es muy joven y muy guapa.

—Sí, ya sé a quién te refieres. Una chica morena. Es andaluza. Es de Almería. Yo hablaré con ella.

—Gracias, Mariscal. Sabes cómo se llama.

—Sí, se llama Cecilia.

—Qué bonito nombre. Es el nombre de una canción de Simon y Garfunkel.

—Johnny, esta vez no me enseñes la polla.

—Tranquilo, Mariscal, ya me voy.

El 9 de julio de 1977 el matrimonio Cash dejó España. Los Cash volvieron a USA sin ver Sevilla ni Barcelona. El 15 de mayo de 2003 murió June Carter. Johnny acudió a la ceremonia sentado en una silla de ruedas. El 15 de junio de 2003 Johnny se acordó de aquellos días lejanos en España, a finales de la década de los setenta. Pide que le busquen la dirección, el teléfono de Manolo Mariscal. Hace cuentas. Fue en el 77 y Mariscal tenía cincuenta años. Calcula que Mariscal, si vive, tendrá setenta y siete años. Nunca más volvió a saber de él. Johnny pide ayuda a su discográfica. Mariscal vive aún, le confirman. Mariscal vive jubilado en un piso del barrio de la Concepción de Madrid. Localizan a Mariscal y Johnny se pone al teléfono.

—Hola, soy Johnny —dice Johnny—. Cuánto tiempo, verdad, Mariscal.

—Sí, Johnny, mucho tiempo, pensé que ya no te acordarías de mí —le contesta Mariscal con su perfecto inglés estadounidense—, pensé que ya sería imposible que me encontraras. Johnny, me enteré del fallecimiento de June.

—Tendría que volver a España, Mariscal, pero ya no puedo. ¿Te acuerdas de aquellos días?

—Me acuerdo, Johnny, me acuerdo.

—¿Necesitas algo?

—Vivo solo, no tengo necesidades de ninguna clase. Ya sabes a lo que me refiero. Todos acabamos igual. Haces mal en llamarme. Tú tienes familia. Gasta tu tiempo con ellos, no conmigo. Es una generosidad absurda, Johnny.

—Es por aquel viaje, no por ti.

—Bueno, ¿qué quieres saber? Ya imagino el qué. Quieres saber si fue real, ¿verdad? Sí, lo fue. Estabais tan felices y llenos de vida, tú y June. Me acuerdo de aquel Dodge rojo. Me acuerdo del miniconcierto en la catedral de Santiago. Tenías que haberlo grabado. Hubiera sido un éxito.

—¿Qué estabas haciendo ahora, Mariscal, cuando te he llamado?

—Estaba leyendo las cartas que me escribió el poeta Antonio Gamoneda.

—No sé quién es ese Antonio, Mariscal —dijo Johnny.

—Verás, sería a mediados de los ochenta cuando comencé a escribir poesía, a escribir poemas. También comencé a hacer crítica literaria en revistas y en algún periódico. Publiqué un par de libros de poemas. Le mandé esos libros a un poeta español que por aquel entonces me gustaba mucho, y ese poeta era Antonio Gamoneda. Estaba mirando cartas antiguas, cartas que me escribió Antonio Gamoneda a finales de los ochenta, cuando ha sonado el teléfono.

Recordó entonces Mariscal que el poeta Antonio Gamoneda encabezaba sus cartas con un «Querido Manolo».

—Dices que te gustaba, ¿es que ya no te gusta?

—Lo que pasó fue que dejamos de escribirnos. Y luego él se hizo muy famoso.

—Entonces ese poeta se portó contigo como yo, ¿verdad?

—Sí, creo que eso fue lo que pasó. Más bien pasó lo que tú dices. Él dejó de escribirme, o algo parecido.

—Sabes, Mariscal, me muero. Me queda muy poco. Estoy terriblemente enfermo. A ti, en cambio, por el tono de tu voz, parece que te va bien. ¿Sabes ya por qué te llamo?

—No debes pensar en eso ahora —dijo Mariscal con cierta vehemencia.

—Creo que tengo derecho a saberlo. Me muero, Mariscal. Hace un mes enterré a June. Es hora de saberlo. ¿Llegó el dinero?

—Sí, lo mandaban tus abogados hasta que cumplió dieciocho años, luego llegó el cheque de cien mil dólares.

—¿Sabe quién es su padre?

—No, no creo que lo sepa, ya te habrías enterado. Lo que tú acordaste con tus abogados. De todas formas, estás hablando de ficciones.

—Querrás decir de cómo invertí una cantidad no despreciable de dólares en ficciones.

—Sí, en ficciones españolas.

—Pero ella está viva, y eso no es una ficción. ¿Se ha casado?

—No lo sé, le perdí la pista. Tendrá veinticinco años ahora. Su madre le puso Cecilia, como ella. Sé que su madre murió.*

---

* Se llamaba Cecilia Vidal. Había nacido en Almería, en 1950. Murió en la famosa tragedia del camping Las Nieves del pueblo de Biescas, cuando pasaba allí unos días con unas amigas. La tragedia ocurrió la tarde del 7 de agosto de 1996. Una tormenta de verano desencadenó una riada misteriosa y brutal, que ahogó a más de ochenta personas que estaban acampadas en un camping situado en medio

—Me lo dijeron los abogados, eso lo sé.

—Oye, Johnny, ¿por qué en aquellos días siempre ponías a prueba mi inglés? Siempre quise preguntártelo y nunca me atreví. Pensé que igual no me pagabas si te lo preguntaba.

—Quería saber si me entendías, quería saber si estábamos hablando de verdad, o si era una ficción. A veces he pensado que yo no debería hablar ninguna lengua. He pensado que la mejor lengua es el silencio puro. No hablar ninguna lengua, ninguna. Sería maravilloso. Me acuerdo de que era incapaz de decir dos palabras en español, y creo que eso era bueno. En realidad, tampoco sé decir dos palabras seguidas en inglés sin que piense en las mentiras, en todas las mentiras, y en el dolor. Odio las lenguas, Mariscal.

—¿Nunca le dijiste a June que te nació una hija en España?

—Buenas noches, Mariscal.

—Buenas noches, Johnny.

---

de un barranco dormido, latente. Dijeron los expertos que el barranco llevaba cien años dormido, de ahí que nadie supiese que el barranco existía. Algún anciano del pueblo altoaragonés de Biescas dijo a Aene TV que él sí sabía que allí había un río durmiendo y «que, claro, el que duerme, alguna vez despierta».

2. Gran América: el sacrificio

I. Buenos días, América

Hola, América: soy un escritor español que vive o vivía en una ciudad española en medio del desierto. Puede ser Logroño, Soria, Córdoba, Cuenca, Teruel, Pamplona, Jaén, Zaragoza o Ciudad Real. En Nueva York he conocido a la poetisa Berta Cooper, que habla español, porque tuvo un medio padre que era medio español (hispánicamente demediada, así es la Berta Cooper), pero lo cierto es que la Cooper tampoco habla el español muy bien. En realidad, tenemos Berta y yo un problema lingüístico mal resuelto. Puede que el problema del mundo siga siendo Babel. Sin embargo, nos entendemos emocionalmente. He venido a Nueva York invitado por la Cofradía de los Poetas Latinos del Último Don. Son gente muy rara, sí. Curiosamente, estos tipos de la Cofradía de los Poetas Latinos del Último Don votan a George Bush, de eso me enteré luego. Pero me pagaron el viaje desde Logroño, que es donde vivo. No desde Madrid, sino desde el mismo Logroño, desde la logroñesa calle de Azorín. Me pusieron un taxi hasta Madrid (y no un taxi cualquiera sino un Peugeot 607 nuevo, con asientos de cuero y servicio de bar, donde había ginebra Hendrick's, y pepino para añadirle a la ginebra) y desde allí, avión en primera hasta Nueva York. De hecho, al ir en primera, viajé al lado de la actriz Nuria Espert y del escritor Carlos Ruiz Zafón, que también iban a Nueva York, pero ninguno de los dos osó hablarme, si bien entre ellos dos sí que hablaron todo el rato.

Los de la Cofradía de los Poetas Latinos del Último Don habían leído mis poemas por Internet, y les entusiasmaron. Es raro esto: pues yo no sabía que mis poemas circulasen por Internet. El caso es que me llamaron a casa, desde América. Me llamaron a casa porque no sabían mi móvil. Tampoco sé cómo encontraron mi número de teléfono fijo.

Debo decir cuanto antes que me quedé ciego; sí, nada más pisar el aeropuerto JFK de Nueva York, me sobrevino la ceguera. Completamente ciego. Un susto de muerte. De modo que fueron los de la Cofradía quienes me describieron Nueva York. La ceguera me la provocó una impresionante bajada de azúcar, porque soy diabético. La Cofradía me alojó en un hotel excelente, nada menos que en el Waldorf Astoria.

Guillén Cristo me preguntó que a quién quería conocer de Nueva York. Guillén Cristo no hablaba muy bien el español, parece ser que lo que sí hablaba muy bien era una mezcla de francés e italiano. Con Berta hablaba en un inglés con acento italiano, o algo así. Me dijeron que era negro. Yo ya estaba ciego, claro. Guillén Cristo era uno de los poetas más célebres de la Cofradía de los Poetas Latinos del Último Don y, aunque hablaba francés e italiano, escribía en inglés. Bueno, yo les dije que me apetecería conocer a la madre del cantante Frank Zappa y a la madre del cantante Lou Reed. Guillén Cristo dijo *no problem*, pero, misteriosamente, lo dijo en catalán. Guillén Cristo llevaba pistola. Me la enseñó, aunque no pude verla porque estaba ciego.

Guillén Cristo me confesó que su sueño sería poder votar algún día al fantasma regresado a la vida de Abraham Lincoln. Se había hecho tatuar la efigie de Lincoln en la espalda. Toda su espalda era la cara de Lincoln. Me lo dijo Berta Cooper, pues yo seguía ciego. En su garganta había otro tatuaje en donde se leía «Lincoln is coming».

Guillén Cristo me presentó a John Flandes, que era un poeta en lengua checa, aunque hablaba perfectamente el español y el inglés. John Flandes me llevó al Instituto Cervantes de Nueva York porque quería presentarme a la escritora española Manuela Vilas*, que acababa de ser nombrada directora del mencionado Instituto. Era todo muy bonito, pero yo seguía ciego. Todo me lo describía John Flandes, que aquella noche había dormido conmigo en mi suite del Waldorf Astoria y yo no me había dado ni cuenta.

Manuela Vilas fue muy amable conmigo. Me ofreció su médico personal para que atendiera mi ceguera. Le dije que no, gracias. Pero ella insistió, así que tuve que aceptar. Me dijo Berta Cooper que el médico, que se llamaba Rod Cale, se parecía a Steve McQueen. Me dijo Berta que Manuela era muy guapa y que tenía un rollo con Rod Cale. Me acordé de mis películas favoritas de McQueen, sobre todo de *Lo que el viento se llevó*, de *Taxi Driver*, de *La guerra de las galaxias*, de *Por un puñado de dólares*, y especialmente de *Un americano en París*, en donde McQueen estaba imponente. La Vilas nos invitó a todos a unos canutos de marihuana que guardaba en la gaveta de su despacho de directora del Instituto Cervantes. La Vilas estaba pletórica y se puso a coquetear con Berta Cooper, que, al parecer, también es guapísima: «Berta de los bosques inmaculados», así la llamó Manuela Vilas.

---

* Manuela Vilas (antes Manuel Vilas) se hizo célebre en España por protagonizar el primer cambio de sexo que se daba en el ámbito de las letras españolas, en el ámbito del mundo intelectual. Véase el ensayo de José Luis Castilla del Pino, *Manuela y el travestismo poshispánico*, Planeta, Barcelona, 2005; o el libro de Sergio Gaspar titulado *Yo edité a Manuela. La literatura española y el nuevo vaginismo*, DVD Ediciones, Barcelona, 2008. Sin obviar el madrugador y pionero artículo de Pedro Laín Entralgo: «Hacia Manuela. Nuevos mitos del alma femenina en su relación con la literatura de tradición española», *Nueva Revista Forense*, 98 (1999), pp. 87-145. Para entender mejor el movimiento literario conocido como el Neovaginismo es imprescindible la web www.neovaginismo-poshispanico.com, allí se recoge una abundante bibliografía y los principales hitos del movimiento, como el ya mentado hito de la transformación sexual de Manuela, con los antecedentes y los consecuentes más célebres.

Luego me dijeron que a la Vilas, de vez en cuando, le afloraban de nuevo sus antiguos instintos masculinos. Manuela llevaba una falda ajustada de cuero, y una blusa muy abierta, según me dijo Guillén Cristo, pues yo no veía nada. Nos fumamos veinte o treinta canutos de marihuana en su despacho. La marihuana venía de España por valija diplomática. Qué lujo. Manuela Vilas nos confesó que adoraba el cine de Tarantino (sólo el cine, porque él era muy feo, dijo Manuela) y que estaba intentando contratarlo para que diera una conferencia en el Instituto Cervantes, y que la conferencia se iba a titular «Tarantino y España», o tal vez «Tarantino y Cervantes», así, al paso, hacía propaganda del instituto. Manuela Vilas introdujo un disco de Paulina Rubio en el CD y se puso a bailar con un canuto en la boca. Manuela bailaba muy bien, se contoneaba como una serpiente árabe y de vez en cuando nos sacaba la lengua como si fuese Alice Cooper o Shakira; eso fue lo que dijo Guillén Cristo, pues yo seguía sin ver nada, aunque lo intuía todo perfectamente. Yo pedí un disco de Madonna, pero Manuela Vilas dijo que en su despacho del Instituto Cervantes sólo se escuchaba a Paulina. El médico Rod Cale resultó que era vecino de la madre de Frank Zappa: mira qué casualidad. Yo estaba loco por conocer a la madre de un genio cuyos discos hacía sonar en mi piso del barrio del Actur de Logroño los domingos por la mañana. Guillén Cristo nos confesó que estaba terminando su novela sobre Nueva York. Se iba a titular *Qué difícil es pillar un taxi en Manhattan*. Berta Cooper era también muy amiga de la mujer de Guillén Cristo, que se llamaba Cruz Landa, y escribía cuentos para niños negros deficientes mentales. La madre de Frank Zappa estaba ancianísima. Vivía en un apartamento muy bonito del Lower East Side. Fuimos todos a ver a la madre de Frank Zappa. No hubo ningún problema, Berta Cooper se lo explicó todo muy bien a Zappa's Mother. Estuvimos todos de acuerdo (fue una sugerencia de Guillén Cristo) en que llamaríamos Mother sin más a la madre de Frank Zappa. La llenamos de besos. Yo, claro, no pude verla. Me dijeron que Zappa era clavadito a su madre. Y comencé a decirle cosas a la madre, y curiosamente las cosas me salían en inglés estadounidense, y eso que yo no sabía ni siquiera el inglés de los ingleses de Londres, a pesar de que llevo veinte años estudiando inglés. Pero en España si no eres hijo de padres muy ricos, no hablas inglés nunca porque no se enseña bien en los colegios públicos cuando eres pequeño, y si no lo aprendes de pequeño, luego es imposible. En España el que habla inglés de coña es Felipe de Borbón.

No se puede aprender inglés de mayor a no ser por ciencia infusa, como era mi caso, claro que eso es así por mediación de Lincoln, que me ayuda en mi periplo americano. O eso me quiso decir Guillén Cristo. Pero a mí qué puede importarme esa minucia sociopolítica de la dificultad de aprender inglés en España en los colegios públicos administrados por Rodríguez Zapatero*. Cómo iba a importarme eso, si empecé a hablar en inglés por ciencia infusa con la persona con la que más quería hablar en este mundo, con Zappa's Mother. Me hubiera gustado que Zappa's Mother se hubiera convertido en mi madre adoptiva, en mi madre real también, en mi madre total, en mi madre definitiva. Porque ni la madre biológica ni la madre social son las madres definitivas. La madre definitiva es una madre inesperada. La verdad es que me estaba encantando América, pese a estar ciego. Estaba viendo con el corazón. Yo creo que la Cooper sabía eso, que yo estaba viendo con el corazón, que había visto las grandes avenidas de Manhattan con el espíritu, que veía la verdad, eso es, la verdad. Me estaba enamorando de América y lo estaba entendiendo todo: estaba entendiendo la Tierra, el Planeta. Y también estaba entendiendo el Mundo. Porque el Mundo es la realidad humana, y la Tierra son los peces, los gatos y las nubes. Le di un beso a la mano inmensamente arrugada de Zappa's Mother. Y al tocar con mis labios la carne anciana de Zappa's Mother sentí el látigo del espíritu de esa leyenda inolvidable de Frank Zappa, el grandísimo paladín de la verdad de aquella dorada década de los setenta.

---

* Hay que señalar que Rodríguez Zapatero es profesor de inglés en el Instituto de Enseñanza Secundaria Antonio Machado en Getafe. Cobra 1.936 euros al mes, con diecisiete años de antigüedad o de servicio: es decir, cinco trienios y dos sexenios. Lógicamente, no enseña inglés. De vez en cuando les dice a sus alumnos de 2.º de Enseñanza Secundaria Obligatoria (ESO): «Hey, babies, I'm Zapatero» y se echa a llorar. Sus alumnos le quieren en español. A una chica le dijo «I love you» y todos aplaudieron, y luego Zapatero invitó a sus alumnos a un chocolate con churros en el recreo, mientras él —a escondidas, muy a escondidas— se bebía un whisky doble solo. Porque bebe: *drinking,* dice él. Getafe entero sabe que bebe, sabe que *drinking.* Pero explícame qué se puede hacer en Getafe sino *drinking.* Zapatero dice en sus clases de inglés de 2.º de la ESO que España es un país bukovskiano, pero en la sombra. A la luz del día es un país multinacionalista. Pero, claro, qué crédito le vas a conceder a un tipo que *drinking.* Los políticos multinacionalistas españoles piensan que la realidad multinacionalista española es respetable, ascendente, formal, digna de confianza, pero hay un divorcio de 6.000 euros al mes entre el pensamiento político español ascensional y lo que la gente piensa.

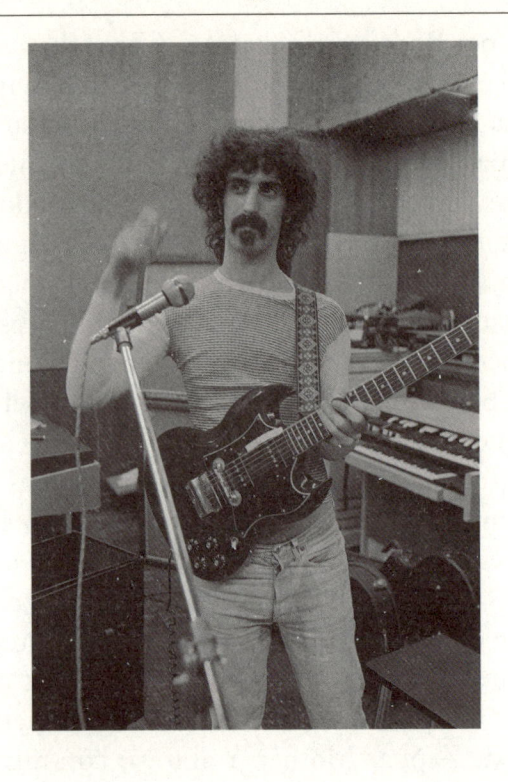

II. Niños, madres, y películas famosas

Le dije a Zappa's Mother que luego iríamos a hablar con la madre de Lou Reed. Le dije que América eran las madres de los americanos. ¿Lo entendió? Mujeres que preparaban desayunos en los años cincuenta, mujeres que cocinaban huevos y tostadas y beicon, mujeres que hacían palomitas fritas, mujeres que limpiaban la casa, mujeres que iban al supermercado, las madres de Lou Reed, de Bob Dylan, de Jesucristo Superstar, de Robert de Niro, de Falconetti, pero del Falconetti de la maravillosa serie de televisión *Hombre rico, hombre pobre*. Hablamos de Robert de Niro con Zappa's Mother. Me dijo que Frank lo amaba, y ¿por qué lo amaba?, pregunté yo, y dijo que porque Frank adoraba una película, y esa película se llamaba: *Érase una vez en América*, de Sergio Leone. Zappa's Mother era una mujer divina y llevaba dentro la sangre de América. Hablamos de Zappa's Father, que era italiano. «Un italiano guapísimo», dijo Zappa's Mother. Los italianos fundamos esto, dijo Zappa's Mother. Guillén Cristo dijo que ahora lo estaban refundando los negros y los hispanos. Pero Berta Cooper dijo que una vez saludó en persona a Clint Eastwood y que se quedó impresionadísima de su estatura y de su garbo. La altura racial es definitiva, dijo Zappa's Mother. Pero Frank era alto, dije yo. Sí, pero muy oscuro de piel, y recordad que además los latinos no somos blancos del todo, si no, fijaos nada menos que en el propio Nicolas Sarkozy, que es el Presidente de la República Francesa y no es blanco del todo, como Bush, que sí es completamente blanco, o como el Príncipe de Gales, que es hiperblanco, dijo Guillén Cristo. Entonces Zappa's Mother dijo que lo mejor de su niño Frank era la sonrisa. La enfermedad se la robó. Y añadió «Lloré veinte días sin descanso, y el día veintiuno se me secó el corazón». Y todos nos miramos la piel, pero yo, claro, no vi nada, y tuve que acordarme de cómo era mi piel. Pero Guillén Cristo me hizo dudar, y mi ceguera contribuyó a sugestionarme, a pensar que mi piel ya era muy *brown*.

    Rod Cale nos metió a todos en su Cadillac y nos fuimos a ver a la madre de Lou Reed, que vivía en una casa de madera de Long Island. Entonces oímos en la radio del coche de Rod que se había muerto Charles Heston, el inolvidable actor de películas maravillosas como *El portero de noche*, *El verdugo*, *El apartamento* y *Apocalipsis Now*.

    Teníamos hambre y nos metimos todos en un McDonald's. Yo me quedaba mirando sin ver las arrugas de Zappa's Mother. Su cabello blanco ondeando en un McDonald's de Brooklyn, cabello blanco que yo no podía admirar con la vista. Entonces Berta Cooper cogió mi mano y me dijo «tío, estás viendo América, lo noto». Y a Zappa's Mother se le escurría por los labios agrietados la mayonesa de la Big Mac, y estaba preciosa: parecía la Virgen de Lourdes, que es una Virgen francesa, y por tanto latina.

La madre de Lou nos recibió con una tarta de manzana en el porche de su casa de Long Island. Dijo que Lou estaba en Italia, de gira. La madre de Lou nos enseñó una foto en donde salía ella con Andy Warhol y Bob Dylan. Pero Lou y Dylan no se llevan muy bien. Lou tiene un carácter muy fuerte, dijo Lou's Mother. Oye, por cierto, qué feo está Dylan últimamente, con ese sombrero mexicano que lleva, y ese bigote de narcotraficante colombiano, dijo Guillén Cristo.

Yo seguía sin ver nada. Berta me dijo que yo le estaba gustando a América. Lou's Mother dijo que no entendía por qué quería hablar con ella y no con su célebre hijo Lou Reed. Tuve que contarle lo que ya le había contado a Berta y a Zappa's Mother, tuve que decirle que yo creía que la verdad de América eran las madres. Lou's Mother me preguntó que si yo era un sociólogo o algo así. No, le dije. Le dije que sólo era un poeta ciego con don de lenguas, pues seguía hablando inglés estadounidense por ciencia infusa. Mi dominio del inglés estadounidense era extraordinario: dominaba todos los registros: el coloquial, el vulgar, el culto, incluso niveles técnicos o científicos, o literarios, sabía decir en inglés las piezas del motor de un ascensor, por ejemplo. No sabía cuándo terminaría este dominio, que era un don. Lou's Mother me dijo muchas cosas de cuando Lou era pequeño. Siempre le contaba un cuento antes de dormirse, le daba un beso en la frente, y Lou cogía la cara de su madre con sus manitas suaves y delicadas. Era muy cariñoso, y era un niño muy alegre e inmensamente feliz. Era un niño bondadoso. Lou compartía sus juguetes con todos los niños de la escuela, incluidos los negros, los chinos y los hispanos. Regalaba sus juguetes. Era maravilloso. Cree Lou's Mother que la vida de su hijo ha sido buena. Está contenta porque Lou ahora tiene una relación muy estable con Laurie Anderson, aunque no se han casado. Claro que su hijo Lou salió desengañado del matrimonio, después de la separación de Sylvia Morales, y eso que a ella Sylvia le gustaba mucho, aunque era bastante mexicana o algo así. Sylvia ordenó muy bien la vida descontrolada de Lou. Porque Lou necesita mucho amor, dice Lou's Mother. Dice que esta chica, esta Laurie Anderson, es muy cariñosa, y que trata muy bien a su pequeño Lou, y que éste está feliz, que se le ve feliz, y esta chica, esta Laurie, es también una gran artista, y que toca muy bien el violín, aunque es mucho más famoso Lou que ella, pero eso da igual si hay amor. A ella ya le queda poco, dice de sí misma Lou's Mother. Dice que Lou también le dio muchos disgustos, sobre todo a su difunto marido, cuando lo de las drogas, a finales de los sesenta, sí, pero todo era un montaje para vender discos, al menos eso le dijo Lou, aunque puede que le dijera eso para tranquilizarla, porque en aquella época la verdad es que su hijo estaba esquelético, pero en Navidad ella le hacía comidas estupendas, porque Lou siempre fue un chico formal, en todo caso un poco alocado en su juventud, pero sólo eso.

Me gustaría ver la cara de Lou's Mother. Me enseña un trofeo que ganó Lou en un torneo de ajedrez cuando tenía diez años. Me enseña fotos de Lou caminando por las playas de Coney Island, pero como no las veo Berta Cooper me las traduce: Lou lleva un bañador claro, lleva un velero en la mano, y Sidney, el padre de Lou, está a su lado. Es una foto de 1953.

III. *The Poet Is Coming. Apuntes sobre Carolina del Norte. Resurrection Now*

Dos días después Guillén Cristo, Berta Cooper y Macedonio Faulkner (Mace era otro miembro importante de la Cofradía de los Poetas Latinos del Último Don) vinieron a buscarme al Waldorf Astoria tempranísimo, a las cinco de la mañana. Berta me guiaba por el espléndido vestíbulo del Waldorf Astoria en plena madrugada, y me dijo que estábamos atravesando el célebre mosaico del Waldorf, conocido como *Wheel of Life*. Me dijeron que nos esperaba un avión. A las diez de la mañana estábamos en Washington. Me llevaron a ver la estatua de Abraham Lincoln. Berta me dijo que era un hombre blanco, una estatua blanca. Me dijo que había docenas de banderas de Estados Unidos ondeando al maravilloso aire azul de aquella mañana. Se estaba bien allí: respiraba una sensación de poder que me encumbraba, pese a mi ceguera. Fuimos al Cementerio Nacional de Arlington donde está la tumba de John F. Kennedy y Berta me dijo que la primera vez que se enterró a alguien en la Tumba del Soldado Desconocido fue el 11 de noviembre de 1921. Cogimos un taxi y nos fuimos al Museo del Holocausto. Teníamos tanto miedo que Mace, Berta, Guillén y yo entramos en el museo cogidos de la mano y entonando en voz baja *La Internacional*. Yo era el que menos miedo tenía por mi ceguera. Después nos fuimos a la sede del FBI. Y luego, al anochecer, regresamos a nuestro hotel, al célebre Four Seasons Hotel, completamente exhaustos. Fue allí, en la habitación del hotel, donde Mace nos confesó que era comunista y prosoviético. Le dijimos que la Unión Soviética ya no existía, pero Mace nos dijo que le daba igual, y llamamos al servicio de habitaciones y pedimos calamares de Canadá, pollo chino, ostras danesas y champán francés, que era lo que recomendaba la carta del Four Seasons. Berta dijo que yo le estaba gustando a América, que América me quería, que me habían puesto a prueba y que América estaba diciendo que sí. Que sí a mi alma, eso dijo la Cooper. Al día siguiente volamos a Raleigh, a Carolina del Norte. Nos alojamos en un hotel de Chapel Hill, y alquilamos un coche.

Y viajamos por los bosques de Carolina del Norte, por los bosques del entorno de Durham. Comíamos en los centros comerciales. Hasta que llegamos a una casa apartada, en medio del bosque. Allí fui recibido por otros miembros de la Cofradía de los Poetas Latinos del Último Don, y allí estaba John Flandes, ordenándolo todo con una voz marcial, y allí por fin supe qué hacía yo en América.

Os entiendo, sí, les dije, y especialmente pensaba en John Flandes, porque me di cuenta de que John Flandes era el jefe del Último Don. Y acepto este sacrificio, dije. Mis hermanos latinos del Último Don luchan por la redención de América. Mi vida servirá para que regrese Él. Berta me ha explicado cómo será mi último Don. Me ha explicado quién es Él. Mientras me sacrifican, todos los hermanos latinos del Último Don (unos veinte, dirigidos por Flandes) leerán al unísono el *Canto general* de Pablo Neruda. E invocarán su regreso. Y Él regresará de entre los muertos con un cometido universal: la creación de Gran América, la unión política y cultural de todo el continente en un país de intención revolucionaria que cambiará el sentido de la humanidad, el sentido de la Historia. Pablo Neruda tomará mi carne. Volverá Neruda, con su alegría, con su sonrisa panamericana, con su mensaje de fraternidad universal, con su poesía liberadora y verdadera, con su palabra telúrica, con sus flores, con su puño levantado, con sus indios puros, con su gorra de cartero, con sus muelas empastadas por los dentistas del Kremlin. Mi ceguera en vida se convertirá en ojos cristalinos en la muerte. Ahora entiendo que mi ceguera era alegórica. Neruda verá por mis ojos ciegos y, vuelto a la vida, liderará el movimiento de los Poetas Inacababales, de Soplo Sereno. Será un movimiento revolucionario. Mañana he de morir. Esta noche haré el amor con Berta Cooper y mañana regresará Pablo Neruda. Él es nuestra esperanza política y revolucionaria, dice Berta Cooper mientras se desnuda. Ahora Berta y yo hablamos en inglés. Dice Berta que mañana, cuando yo desaparezca y Neruda tome mi carne, Neruda hablará en inglés y a partir de ese momento, Neruda escribirá en inglés. Dice Berta que se casará con el Nuevo Neruda. Dice Berta que cuando el Nuevo Neruda reine ya toda Gran América hablará en inglés, y el inglés cambiará de nombre, se llamará simplemente «la gran lengua de los hombres mejores». No puedo verla, no puedo ver a Berta Cooper y su desnudez debe de ser el espectáculo gran americano más hermoso de la Historia. Yo seré el símbolo de Gran América, dice Berta. Y toca mis vísceras calientes, mi corazón. La estatua de la Libertad guiando a Pablo Neruda. El regreso del Partido Comunista de Gran América. Todos seremos comunistas y norteamericanos. Porque el comunismo es OK. Ya no habrá injusticia, amor mío. Ahora ya estamos completamente sumergidos en la lengua inglesa: Berta y yo.

CANAL 2

Telepurgatorio

1. Coches de alquiler

El 8 de abril de 1997 el poeta norteamericano Allen Ginsberg despertó en su celda del Purgatorio. Como era americano, las autoridades del Purgatorio decidieron asignarle la segunda cama en la celda del poeta cubano José Lezama Lima, que también era poeta, americano y homosexual, como Ginsberg. Por otro lado, se pensó que la veteranía de Lezama le vendría bien a Ginsberg. Pronto, Ginsberg y Lezama se hicieron amigos. Se habían leído mutuamente, pero ni a Ginsberg le gustaba la poesía de Lezama ni a Lezama le gustaba la poesía de Ginsberg; sin embargo, eso no era impedimento para la amistad, para la conversación. Conversaban mucho, especialmente hablaban de la suerte que habían tenido de ir a parar al Purgatorio y no a un sitio peor. Se cogían de la mano los sábados por la noche y se contaban los grandes episodios de sus vidas. A Lezama le encantaba la vida llena de aventuras de Ginsberg. La vida de Lezama era, en cambio, tristona y decadente, pero a Ginsberg le parecía fascinante. Y ése era el punto en que se volvían locos de gozo: les fascinaba la existencia del otro. Después de cogerse de la mano largo rato, alquilaban un grandioso automóvil y se daban una vuelta por los arrabales del Purgatorio y seguían contándose sus vidas.* Se contaban sus viejas historias de amor, hablaban de los hombres que habían tenido. Iban

---

* Solían alquilar siempre el mismo coche: un Ford Skyliner de 1954. 6 cilindros en línea. 3.293 cc. 115 CV. 12 válvulas. 155 km/h de velocidad máxima. Rinde hasta 165 si se sabe conducir. Los coches siempre estaban nuevos, recién salidos de fábrica, o con muy pocos kilómetros. Estos coches los fabricaban en el Purgatorio, pero esto ya es otra historia.

con el coche descapotable a ciento cincuenta y cinco kilómetros por hora por las circunvalaciones del Purgatorio, en la misma frontera que separa el Purgatorio del Infer*. Lezama le confesó a Ginsberg que llegó a amar el nazismo y que Hitler le encantaba, que a nadie le había revelado esto, pero que era la verdad. Ginsberg le confesó que llegó a odiar con toda su alma a Bob Dylan.** Ginsberg le dijo a Lezama que todo el tiempo que estuvo con Dylan su obsesión era buscar un veneno que no dejase huella y suministrárselo a Dylan. Cuando amanecía, cuando llegaba la mañana de los domingos, Ginsberg y Lezama volvían a su celda, no sin antes devolver en el concesionario el Ford Skyliner. Allí, en el concesionario, se encontraban con otras parejas de amigos, que también devolvían sus coches después de la juerga. Por ejemplo, estaban Reinaldo Arenas y Philip Larkin, que solían alquilar un Mercury Montclair de 1956***. Reinaldo y Larkin se estaban besando mientras el operario del concesionario se llevaba el Mercury al garaje. Larkin era muy posesivo, y a veces abofeteaba a Reinaldo. Lezama y Reinaldo se conocían bastante, pues los dos eran habaneros. Reinaldo le echaba en cara a Lezama que en vida hubiera sido tan cobarde con el castrismo en Cuba, y Lezama le decía siempre «vete a la mierda, Reinaldo, pero ¿tú crees que ahora tiene sentido que sigamos hablando de una tontería como ésa?, de verdad, Reinaldo, ¿no puedes olvidarte de Castro ya?, ¿ni siquiera aquí?, donde todo ya ha sido vencido, donde todo ya ha acabado, o como coño lo quieras decir», y en ese momento Philip le daba una bofetada a Reinaldo y le decía

---

* Nunca lo nombraban de forma completa porque traía mala suerte. Lo abreviaban.

** Lezama no sabía quién era Bob Dylan, así que Ginsberg le hizo una introducción a Dylan de tres horas.

*** 6 cilindros. 225 CV. Aceleración de 0-100 km/h en 11 segundos. Velocidad máxima: 175 km/h.

«coño, tiene razón el gordo de Lezama; Reinaldo, eres un niño, eres un crío, eres un puto crío». Entonces Ginsberg invitaba a Reinaldo a un cigarrillo en señal de solidaridad. Reinaldo, que siempre tuvo ese aire de sinvergüenza (el cual seguía conservando perfectamente), le preguntaba a Ginsberg si podía soportar sobre su espalda los ciento cincuenta kilos de Lezama. Y Ginsberg mandaba a la mierda a Reinaldo, pero luego todos acababan riéndose, porque eran buenos amigos y en el Purgatorio no tiene sentido enfadarse con nadie, entre otras cosas porque no hay nada ni nadie. También coincidían muchas noches con Federico García Lorca y Walt Whitman. Lorca y Whitman solían alquilar un Crane Simplex de 1915[*]. Lorca y Whitman no hablaban con casi nadie, pero eran muy educados, fríamente educados. Lorca y Whitman eran la aristocracia del Purgatorio. Ginsberg decía que el Crane Simplex era una mierda de coche. La verdad es que en eso Ginsberg tenía razón. A Lezama y Ginsberg les encantaba adelantar por las circunvalaciones del Purgatorio al Crane Simplex de Lorca y Whitman. Con gran frecuencia acababan encontrándose todos en los mismos bares y restaurantes, como el Trucha Salvaje, donde bailaban tangos y baladas. Bebían toda la noche. Bailaban llenos de pasión. Siempre estaban sonriendo. Siempre alegres y dichosos. Pero ni siquiera en el Trucha Salvaje, Whitman y Lorca se desmelenaban completamente. Sabían estar con todos, pero a la vez estaban distantes. Los podías ver en su mesa reservada, bebiendo cócteles cubanos y fumando cigarrillos muy finos y muy humeantes, con sus trajes blancos, con sus sombreros de marineros rusos. Whitman llevaba un bastón elegantísimo, con un león negro en la empuñadura. Lorca llevaba abanico y bolso. A veces sacaba unas casta-

---

[*] 8 cilindros. 110 CV. Con este modelo, Henry M. Crane da el paso a la categoría de los coches de lujo. En 1917 cesó la producción de este modelo. Existen pocas unidades para su alquiler en el Purgatorio.

ñuelas del bolso y entonaba levemente una canción andaluza que sólo podía oír Whitman, quien, al oírla, sonreía con placidez. Pero a todos les gustaba bailar muy pegados. Había que verlos: Lezama y Ginsberg, Reinaldo y Larkin, Lorca y Whitman, en mitad de la sala de baile, bailando *Blue Moon* de Elvis, tan pegados que parecía que eran una sola persona, estaban tan enamorados. Era un amor tan denso, tan duro, que hacía daño. *Blue Moon* era la canción del Trucha. Ay, qué maravilla. Apartaban el recuerdo de sus vidas, del dolor antiguo de la vida pasada, para disfrutar bailando, para amar, para besar. Se besaban. Bueno, eran unos impúdicos. Lezama y Ginsberg eran los más babosos, pero eran tan felices, había que verlos. Era un paraíso, porque el paraíso aparece donde menos te lo esperas. Bebían y bailaban, y se besaban; estaban tan felices que casi no hacían el amor, sí, un misterio, cosas del Purgatorio. Un día ocurrió algo gracioso. Apareció por el Trucha Salvaje un tipo que procedía de algún lugar poco prestigioso del Purgatorio, de algún extrarradio de escasa categoría, de algún callejón perdido en los laberintos de la nada. Se llamaba Freddie Mercury. Supieron que se llamaba así porque se lo dijo al dueño del establecimiento como si ese nombre le tuviera que sonar de algo. Pero nadie había oído hablar de Freddie Mercury a excepción, como luego confesaría en privado, de Ginsberg. Dio la sensación de que Ginsberg sabía cosas sobre ese tipo que se calló interesadamente, pero daba igual. Mercury era bastante guapo y tenía un bigote agresivo.[*] Pero era ese tipo de hombres que armaban escándalos sin que esos escándalos estuvieran motivados por alguna causa elevada. Llevaba una camiseta de tirantes y unos pantalones muy ajustados. Se exhibió delante de todos. Hacía posturitas. Se pidió una vulgar cerveza. Intentó ligar con Lorca, pero

---

[*] Les hizo gracia, en todo caso, que se llamase como el coche de Reinaldo y Larkin.

fue inútil. Cuando Freddie cogió la mano de Lorca y se la llevó a la boca, Whitman le pegó un bastonazo. El bastonazo también le dio a Lorca, así era Whitman. El caso es que el tal Freddie salió del bar muy enfadado. Llevaba una navaja. Y se vengó reventando las ruedas del Crane Simplex de 1915. Y luego se marchó andando por la carretera cantando una canción y saltando. Cantaba una canción de Elvis Presley, pero no era *Blue Moon* sino *In The Ghetto*. Se marchó haciendo gestos obscenos, se tocaba el paquete y decía cosas sobre su propio sexo. Cuando Lorca y Whitman salieron del Trucha se encontraron las cuatro ruedas reventadas. Pero ni Lorca ni Whitman pidieron ninguna clase de ayuda a Lezama y Ginsberg, o a Reinaldo y Larkin. Lorca y Whitman se echaron a reír y les dijeron a todos: esta noche dormiremos bajo la luna. Rociaron el Crane Simplex de gasolina y le prendieron fuego. Lorca y Whitman se reían como dos niños malos. Pero no, ni siquiera esa vez pidieron ayuda alguna. Eran muy estirados esos dos, sí, señor, dos auténticos estirados. Se creían auténticos marqueses. Era una grandiosa noche de verano, había una luna rabiosamente blanca en el firmamento. Se oía el ruido de las aguas de algún río sin nombre. Lorca y Whitman se fueron abrazados, dándose abundantes besos en la boca, dándose ricas palmadas en el culo, silbando, alegres, con una dicha espeluznante en el alma, cantando canciones andaluzas, y Lorca tocando las castañuelas, mientras el automóvil ardía en mitad de la noche.

    Al día siguiente, a las dos de la tarde, todos estaban juntos de nuevo, tomando un vermú en las terrazas del Chez Elvis (otro bar del Purgatorio, célebre y exquisito). Las tres parejas muy elegantes, pero con ojeras. Fumando y bebiendo, charlando animadamente. Nadie se atrevía a preguntarles a Whitman y a Lorca cómo habían acabado la noche anterior, pero se les veía más o menos repuestos, e impecablemente vestidos de blanco otra vez. Lorca llevaba un sombrero estupendo, con un toque mexicano en las alas. Lorca sostenía la copa de vermú frío en su mano pequeña. Y ese sol enorme del verano en el Purgatorio calentándolo todo, hasta tal punto que Reinaldo acabó desnudándose y metiéndose en la dorada piscina del Chez Elvis e invitando a todos a que hicieran lo mismo. Y Lezama recriminándole que se bañara desnudo y no con el magnífico bañador que le habían regalado por su santo (los cumpleaños no se celebran en el Purgatorio). Y Ginsberg, al acabarse su dry martini, no se lo pensó dos veces y se metió en el agua, mientras los educados camareros del Chez Elvis les cocinaban unas hermosas langostas cubanas y vestían una mesa con manteles maravillosamente blancos, bajo un parasol grande y robusto, junto a palmeras y sauces. Eso sí, era difícil que Lorca y Whitman se tiraran a la piscina, pero daba igual, porque sólo verlos a ellos, ver a esos dos enamorados, tan aristócratas, tan antiguos, tan pasados de moda, bajo ese enorme sol de las dos de la tarde, ya era un baño de felicidad y de armonía ilimitadas para los ojos de un pobre y solitario camarero del Chez Elvis como yo.

2. Sergio Leone

No pensaba que me moriría tan pronto. Aunque sigo medio vivo en el Más Allá. Y aún me está permitido ir a ver películas. Y leer lo que se escribe sobre mí, que es mucho y bueno. Por ejemplo, en lo que toca al mercado español, tengo a la vista dos libros en la estantería metálica (y muy mona por cierto, de color rojo mate) de mi celda del Purgatorio. Uno de esos libros es de Carlos Aguilar, publicado por la editorial Cátedra (Cátedra en español significa «definitivo o canónico») en 1990; el otro lo escribió Pablo Mérida de San Román, y lo editó Ediciones Júcar (es el nombre de un río poco caudaloso de España), en 1988, estando yo todavía vivo, aunque lo tuve que leer ya de muerto. Mi nombre y apellido dan título a ambos libros. Sí, dejé de existir físicamente el 30 de abril de 1989, con sesenta años de edad: demasiado pronto. Era un maravilloso día de primavera en Roma, la ciudad de los gladiadores, presagios ancestrales de mis jinetes diabólicos. Pocas veces la gente se acuerda de que el padre del espaguetti western murió joven, que murió a la edad (unos diez años más en todo caso) en que morían los pistoleros crepusculares que tantas veces filmé. Pues unos cincuenta años debía de tener Frank cuando muere a manos de Bronson en *Hasta que llegó su hora*. Pocas veces se dice que no pude filmar las películas de la madurez definitiva por culpa de una muerte antes de tiempo. Por otra parte, contemplo con cierta perplejidad que en el fondo no me equivoqué. Hollywood sigue adorando a esa máquina de matar con cinismo desdeñoso que yo me inventé. Sí, un día entré en un cine de Nueva York y vi el estreno de *Sin perdón*.

El negro de *Sin perdón* estaba ridículo (un tal Morgan Freeman, al que luego vi interpretando el papel de Dios en una comedia asquerosamente aburrida), pero Clint estaba perfecto. Era mi Clint, sí. Todo lo que sabe yo se lo enseñé. Yo he sido un italiano inventando América desde Almería, lejana y sola. La suma falsedad. La elipsis en la historia de William Munny —el pistolero jubilado de *Sin perdón,* cuya esposa ha muerto y cuyo pasado es un pozo insondable— me pertenece. Yo era el mago de las elipsis fantasmagóricas. Carlos Boyero —un crítico español— calificó en un periódico llamado *El Mundo* a la película de Clint como «genial western: desmitificador y épico, sombrío y clásico, reflexivo». Pero el gran desmitificador fui yo. Yo fui el gran quebrantador de la épica malsana del tuerto de John. Debo reconocer que me encanta el personaje de William Munny, sobre todo al final, cuando le grita al mundo eso de «volveré y os mataré a todos». Me gusta también que Munny rehúse los servicios como pago por adelantado de las prostitutas y rechace a esas desgraciadas mujeres por respeto a su difunta. Mis mujeres también fueron bastante desgraciadas: acordaos de Claudia Cardinale haciendo de viuda de McBain en *Hasta que llegó su hora.*

Yo fui quien le enseñó a Clint la ciencia de la lejanía. A veces, aquí, en este maldito Purgatorio al que he ido a parar, charlo sobre eso con el gran Alan Ladd, charlo sobre el dorado momento de la lejanía. No sabía que Alan era gay, eso dificulta la metáfora épica de la lejanía. La lejanía es el momento en que el pistolero se aleja por las montañas o por las praderas, se marcha, se va para siempre, desaparece, como hace Alan Ladd en *Shane.* Le pregunté una vez a Alan eso, que adónde demonios iba cuando acaba la película y se aleja hacia las montañas.

Yo llevaba en la cabeza la degradación de Shakespeare: eso quería. Bukowski, Céline, también querían eso, ¿no? Acabar con el maldito inglés. Pero Orson Welles no quería acabar con Shakespeare. Imagino que por eso estoy en el Purgatorio, a un paso de irme al infierno. Haber degradado la épica shakesperiana es imperdonable. Pero es que el mundo ya no soporta la épica shakesperiana, y eso que yo mantuve el ideal narrativo de la venganza, como si la venganza contuviese alguna significación trascendental. Cuando Armónica se carga a Frank en *Hasta que llegó su hora* se supone que el círculo moral de la venganza se cierra, pero es mentira, no se cierra nada, sólo es un truco narrativo, un simulacro, una imbecilidad para entretener a la clase media occidental, pues de eso se trataba: de entretener a la clase media occidental, ya sabes: norteamericanos, franceses, suizos, belgas, canadienses, alemanes, y hasta a los macarroni. De modo que tampoco fui tan antishakesperiano. Lo cierto es que aquí en el Purgatorio me invitan pocas veces a los salones de los grandes. A Akira Kurosawa bien que lo invitan, y a Sam Peckinpah también, pero a mí no. Quien me tiene vetado es Griffith, que es el amo del canon y la fama y la gracia, Griffith y el gordo chupapollas de Welles. Aquí se me considera un director de segunda clase y eso que hice *Érase una vez en América,* pero a estos cabrones les da igual. Y es que he acabado cargando con esa fama de inspirador intelectual de todo el espaguetti western de la Tierra. Hace poco llegó por aquí Bergman, el maravilloso y también shakesperiano, cómo no, Ingmar. Me miró por encima del hombro. Le hubiera metido un tiro en la frente. Dreyer dice de mí que soy el diablo. Dreyer se santigua cada vez que me ve. Echa agua bendita por donde yo paso. Eso está bien, me refiero a lo del agua bendita. Lo increíble es que a mí me gusta el cine de Dreyer y creo que tiene algo que ver con el mío, pero cuando quiero decirle algo al santurrón de Dreyer, éste se echa a correr por los oscuros pasillos del Purgatorio. Y el tipo corre muchísimo. No hay quien le alcance. Lo protegen los alados y corredores ángeles del Purgatorio.

Sólo Ford se toma algo de vez en cuando conmigo. Me invita a un whisky-ficción en los salones del Purgatorio, en cuyas paredes cuelgan pinturas de Edward Hopper y George Grosz. Con Ford me entiendo, sí, aunque no demasiado. Dice Ford (quiero decir el fantasma de Ford) que me pasé con la escena del negro y la mosca del principio de la película *Hasta que llegó su hora*. ¿Os acordáis? El zumbido de la mosca, el negro sudoroso, esperando en una polvorienta estación de ferrocarril de la desértica y amarilla Almería, que caza la mosca con el cañón de la pistola, y hace sonar el cañón de la pistola como si fuese un sonajero. Pero yo le digo a Ford que se dé una vuelta por el cine de ahora y verá como yo tenía razón. Pero Ford dice que si estoy pensando en Tarantino que me olvide. Dice Ford que le dieron permiso para ver *Reservoir Dogs* en un cine de Brooklyn y que le pareció tan mala como *El mago de Oz*. Y Ford dice que un negro nunca puede ser un buen pistolero. Ford cree que los italianos llevamos la degradación encima. Y no le falta razón. Dice Ford que compare, si tengo valor, a su Wayne de *Centauros del desierto* con mi Eastwood de *La muerte tenía un precio*. Dice Ford que de su Wayne a mi Eastwood hay la misma distancia que va de América a Italia, de un Cadillac a un Fiat 600, es decir que mi Eastwood simboliza el retroceso moral de América. Y tiene razón. Yo filmé, más que el ocaso de un género cinematográfico, el ocaso de una raza, de una fe y de una moral. En eso he sido bastante antinorteamericano. Pero también tiene gracia que uno pueda ser cinematográficamente antinorteamericano filmando películas que en realidad no tienen nada que ver con América sino con una idea de América que sólo se da en Italia y en España. Casi cabría pensar que he sido un promexicano.

    Ford dice que le repugna especialmente mi Lee Van Cleef porque tiene ojos de chino, dice que parece un «charlie». Que le repugna la mexicanización de mis pistoleros.

En el fondo, esa mexicanización de América es la degradación artística más importante que se haya hecho de los restos dorados del Imperio Británico. Yo iba a por la Reina de Inglaterra. Todo es política, claro. Y yo hice política.

Mis westerns eran políticos, eran revolucionarios, portaban una intemporalidad tan ridícula como manierista. Eran bodrios postmarxistas, pero más postmarxistas que bodrios. Mis pistoleros no trabajan para nadie. En cambio, los de Ford eran unos jodidos asalariados. El manierismo es el arte italiano por excelencia. Incluso Clint le parece a Ford un cruce de mexicana con varón anglosajón. Dice Ford que cómo demonios se me ocurrió ponerle un poncho a un héroe del Oeste americano. Yo le digo que mi Eastwood es un ser atemporal, como un fantasma filosófico. Ford dice que si he leído a Sartre. Le digo que sí, pero que Sartre no me gusta mucho, que a mí me gusta Céline. Pero Ford no sabe quién es Céline. Le digo que escribió una novela titulada *Viaje al final de la noche*. Me pregunta que si es una novela del Oeste. Le digo que sí. Para Ford *El rey Lear* ocurre en Arizona y Hamlet es Wayne caminando enloquecido por el Gran Cañón del río Colorado. Llegados a este punto de la conversación, Ford ya se ha bebido media botella de whisky y comienza a cantar *Dixie*. Yo, claro, entono la *Amapola* que versionó Morricone en *Érase una vez en América*. Cuando Ford me oye entonar a Morricone, sentencia «*very well*, Sergio, en *Érase una vez en América*, allí sí te salió un western muy digno; allí De Niro estaba como mi Wayne, aunque más pequeño, más feo y más jodidamente italiano». Mira que admiro yo a Ford, pero a este paso lo mandaré a la mierda, me cansa su racismo con los macarroni. Yo hubiera podido plantar a su Wayne en Almería y no hubiera pasado nada. ¿No plantó Lean a Omar en Soria haciendo de Zhivago?

Mis westerns son las películas más vistas en todas las cárceles y prisiones de la Tierra. En las cárceles francesas, estadounidenses, españolas, rusas, hasta en las cárceles suecas, allí van cientos de presos con deuvedés de mis películas. Asesinos, proxenetas, traficantes de drogas, violadores, estafadores, parricidas, monstruos últimos de la especie humana, inclementes frankensteins del siglo XXI, todos ellos me eligen. Siempre eligen *Por un puñado de dólares* o *La muerte tenía un precio*. Me está permitido verles la cara. Ver la cara de mi público. A Ford lo eligen los catedráticos de universidad, los escritores, los abogados y los críticos de cine. A mí los convictos. Que le recuerde esto a Ford le irrita sobremanera, pero es la verdad.

Aquí acabamos convirtiéndonos en lo que filmamos. De modo que yo me he convertido en el Henry Fonda de *Hasta que llegó su hora:* un fin de raza. Yo pensé en un pistolero errante, que encarna una malignidad decadente. Mi Frank es un asesino inútil. Un bastardo que mata porque se aburre y porque es mudo. Frank casi no habla. Me gustaba mucho que mis matones no supieran hablar ni en inglés ni en italiano, es decir, que no tuvieran lengua materna porque lo primero que hicieron en esta vida es cargarse a su mismísima madre. De modo que se quedaron mudos. Luego dijeron que esto era por influencia del cine japonés, es para morirse de risa.

En general, yo convertí la épica en inutilidad. Yo creo que fundé el aburrimiento metafísico en que se convirtió la épica shakesperiana. Porque en los westerns de John Ford todo parece necesario y justo; en los míos, todo está tocado por el aburrimiento, la nada, el sol del desierto de Almería y por los caballos baratos. Y luego esa música de Morricone, cayendo en cascada sobre la falsedad de mis ficciones españolas.

Hay un tipo aquí que sí me entiende. Este tipo no tiene problemas en beber un whisky con un degenerado cinematográfico como yo. Este tipo es Luis Buñuel. A Buñuel sí le gustan mis westerns. La verdad es que a mí también me encantan sus películas, que son westerns religiosos. En realidad, todo es un western. A Buñuel le encanta el Charles Bronson de *Hasta que llegó su hora*. Dice que le recuerda al cura que le bautizó en Calanda. Pero yo le digo que Bronson en realidad tenía ancestros rusos, de ahí sus facciones de origen mongol. Buñuel dice que justamente por eso le recuerda al sacerdote que le bautizó. Buñuel y yo somos dos solitarios de aquí abajo. A él tampoco le va muy bien con sus westerns religiosos. Aquí el jefe es Hitchcock, claro.

Con Buñuel hablamos de España, de Almería, de Burgos, de Madrid, de los sitios en donde yo rodaba mis parodias del franquismo. Porque mis westerns hispánicos tenían un mensaje oculto: Clint era la democracia del futuro, un ser invencible, enigmático, un ser para la libertad, que venía a disparar al mundo de la Iglesia católica y a la Falange Española, etcétera. Buñuel se ríe, pero dice que sí, que él siempre vio que mis westerns no podían gustarle a Francisco Franco. Por ejemplo, está clarísimo que en *El bueno, el feo y el malo*, Franco era *el feo*. Buñuel dice que jamás le cupo la más mínima duda al respecto. Dice Buñuel que en Calanda y en los Monegros* mis westerns hubieran quedado de lujo. Yo le digo a Buñuel que al Fernando Rey de su *Tristana* le hubiera quedado muy bien una canana y un sombrero, y que a su Simón del desierto le hubiera quedado estupendamente un Winchester, que a su Catherine Deneuve le hubiera venido muy bien ir montada en un caballo y llevar puesto un poncho y nada debajo. Con Buñuel sí vale la pena hablar. Me dice Buñuel que a él tampoco le habla Bergman. El pobre Luis no lo entiende. Dice que es normal que a mí no me hable Bergman porque soy un cineasta de serie B. Pero no entiende que no le hable a él, que es el padre del surrealismo, y eso es institución y *grandeur*. A lo mejor no tiene nada que decirnos, le digo

---

* Tierras de Aragón (España), caracterizadas por un paisaje desértico, pero no nieva lo suficiente, por eso no se fijó en estas tierras David Lean cuando rodó su *Doctor Zhivago* y sí lo hizo en Soria.

yo. En cambio, el bueno de Michelangelo Antonioni sí que nos habla, pero siempre que nos habla salimos corriendo, porque el tipo es un pelma y padece halitosis múltiple (también por las narices y los ojos). En cambio, Bergman sí que aguanta a Antonioni, curioso, ¿verdad? Yo creo que alguien debería decirle a Bergman que yo hice *Érase una vez en América,* que me parece que se merece un respeto.

Me pregunta Buñuel que qué tal me fue por Burgos cuando rodé *El bueno, el feo y el malo* en 1966. Le digo que muy bien. Que una noche cené con Manuel Fraga, que era ministro entonces. Fraga tenía mucha curiosidad por el «cine de vaqueros», como él lo llamaba. Así que vino desde Madrid, con un Mercedes viejo y un montón de guardias civiles.

Alberto Grimaldi, que era el productor de la película, tuvo que enseñarle el vestuario, las pistolas, los caballos, y Fraga estaba contentísimo y emocionado. Dijo que le gustaban mucho más las pistolas de mi película que las que usaba la Guardia Civil. Con Fraga hablamos mucho de la idea épica del western. Fraga decía que los primeros westerns los hicieron Cristóbal Colón y Hernán Cortés, que eran españoles.

Fraga se quedaba mirando a Eastwood como a un extraterrestre, y es curioso porque Fraga hablaba inglés y yo no. Con Eastwood nos apañábamos a través de una traductora. Siempre me ha costado mucho hablar inglés. Me parece una lengua imposible. Tiene su gracia que quien hiciera pegar tiros a Eastwood no supiera inglés. Pero es el mundo de la falsedad radical; eso querían: teatros falsos. Era porque la realidad a finales de los años sesenta había empezado a descomponerse. Querían tiros y balas sin argumento posible. En eso, coño, yo fui el James Joyce del cine. A ver si se entera Bergman de eso. Y Fellini, ése también tendría que enterarse un poco.

A veces Luis y yo cambiamos de galería del Purgatorio, y nos vamos a ver a Picasso, que era amigo de Luis.

Hay que andar mucho para cambiar de galería. Hay que pasar complejas fronteras entre las artes, fronteras vigiladas. Casi es como pasar un desierto, como cabalgar entre montañas fantasmales. Parecemos dos jinetes cabalgando por los desiertos de ultratumba. ¿Os acordáis de Jeremías Johnson? Más bien deberían acordarse de *Pedro Páramo*, la novela de Rulfo, dice Buñuel. El caso es que Picasso es fan mío. En su vejez aún tuvo tiempo de ver algunos de mis westerns y le encantaron. Dice Pablo Picasso que mis pistoleros quedan muy bien en Almería porque, en realidad, no son pistoleros sino toreros. Buñuel aplaude eso, aunque añade que mis pistoleros son rulfianos, y dice que es una lástima que no podamos ir hasta las galerías del Purgatorio donde vive Juan Rulfo. Buñuel y Picasso se entienden muy bien, claro. Dice Picasso que mis westerns son una tauromaquia. Que como en la tauromaquia, el único argumento racional es la danza y la muerte. Y cuando dice esto, Picasso se levanta de la silla de su celda del Purgatorio y se pone a imitar la forma de andar de Henry Fonda en *Hasta que llegó su hora* y dice que Fonda es clavadito a Manolete: el rostro cerrado, la mirada antigua y lejana, el vacío en los ojos, la muerte pura en los labios. Dice Picasso que mis pistoleros bailan. Por eso no hablan, porque bailan. Dice Picasso que qué bien muere Henry Fonda en *Hasta que llegó su hora*. Yo le digo a Picasso que si podría escribirle una carta a Bergman diciéndole todo esto, porque pienso que a una carta de Picasso, Bergman sí que la iba a respetar. Pero Buñuel, que es muy racional, dice que es imposible mandar cartas de una galería a otra. Y mira que hay relación entre la pintura y el cine, dice Buñuel.

  Dejamos a Picasso con una sonrisa en los labios y Buñuel y yo nos volvemos a la nada de nuestro deseo, a nuestras húmedas galerías. Cabalgamos y nos alejamos. Él va con su pistola. Yo con la mía, que es invisible y está aquí debajo.

3. Dam

El poeta español Dámaso Alonso estaba mirando la fotografía de los reyes de Inglaterra junto al Presidente de la República francesa y la primera dama.* Estaba mirando la foto desde una celda del Purgatorio donde cumplía condena. Como fantasma en ebullición, o fantasma emergente, le estaba permitido consultar fotos del presente de la historia del mundo o de la Tierra. En el mundo era finales de marzo del año 2008. Dámaso aplicó a la foto pequeños trucos que había aprendido entre los reclusos del Purgatorio,

---

* Dámaso Alonso: literato español (1898-1990). Fue director de la Real Academia Española de la Lengua entre 1968 y 1982. Fue Premio Cervantes en 1978. Hoy está olvidado. Es una sombra más de la cultura española. Pero fue un hombre importante de su tiempo. Escribió un libro de poemas poderoso y extraordinario: *Hijos de la ira* (1944).

como la audición de pensamientos. Puso su oído de poeta español pasado de moda, de poeta que alcanzó sus mayores éxitos literarios bajo el gobierno del general Franco, sobre el pensamiento de Carla Bruni. No se oía nada. No daba crédito. Se levantó de la litera de su cama y fue a buscar a su amigo el polígrafo español Pedro Laín Entralgo[*]. Laín estaba sentado en la silla de su celda, limpiándose las botas con betún. Dámaso le contó que no podía oír los pensamientos de la mujer hermosa de la foto. Laín se puso las gafas y miró la fotografía que le enseñaba Dámaso. «Dámaso, eres un payaso —dijo Laín—, yo no veo nada aquí, déjame en paz». Entonces Dámaso vio que encima de la mesa de Laín había un ejemplar de la revista aragonesa *Turia*.

—Sí, trae un excelente artículo sobre mi pensamiento intelectual —dijo Laín, al percibir la curiosidad en el rostro de Dámaso.

—¿Quién lo ha escrito? —preguntó Dámaso.

—Diego Gracia —contestó Laín—, y dice cosas muy interesantes. Analiza muy bien el último periodo de mi pensamiento. Mira, te voy a leer un fragmento —y Laín cogió la revista y buscó el texto.

—Ojo, que vas a manchar la revista con betún —dijo Dámaso.

—Coño, es verdad —dijo Laín, y se acercó hasta el lavabo para enjuagarse las manos.

Ya con las manos limpias, Laín volvió a coger la revista *Turia*. Laín leyó en voz alta: «Laín es un personaje importante en la historia de España en varios sentidos; al menos en dos, el político y el intelectual».

—Bah, eso no es gran cosa, te ponen bien, sí, pero mira la foto que te he traído: en esa foto sí que parece que está pasando algo importante de verdad.

—Coño, Dámaso, que luego en el artículo de la revista *Turia* me comparan con Goya, Servet y Cajal.

---

[*] Pedro Laín Entralgo: médico, escritor, intelectual español (1908-2001). Fue director de la Real Academia Española de la Lengua entre 1982 y 1987.

—Sí, si te comparan con Goya la cosa cambia, pero, tío, tú no sabías pintar. Tú sólo sabías escribir y estudiar y medrar, porque era lo único que se podía hacer en España.

—Y lo de medrar, coño, Dam, bien poco.

—Me gusta que me llames Dam. Por eso te he traído esa foto. Yo creo que esa foto nos está diciendo algo, Pedrito, y no sé qué coño es.

—Pareces tonto, Dam, lo que nos dice la foto es que las cosas siguen igual, más glamour y todo eso, pero básicamente lo que dice esa foto es que en Europa mandan la Reina de Inglaterra y el jodido de Napoleón y su Josefina.

—Eres un crack, Pedrito. Sabes, Pedrito, no es eso lo que ahora me importa; lo que me mata ahora mismo es que yo creo que ya nadie lee mi poesía, con lo buena que era.

—No era tan buena, Dam, no exageres.

—Deja que te lea un poema.

—Ni de coña, Dam, ni de coña. Vuélvete a tu celda y duerme un rato.

—Nunca supimos qué era lo importante, verdad, Pedrito.
   —En eso tienes razón, fuimos una generación de españoles que lo único que hacíamos era comer e ir a los burdeles y a misa. Por eso tu poesía no vale una mierda, Dam.
   —No hubieras dicho eso en 1940, ni en 1950, ni en 1960, ni en 1970, ni en 1980, ni en 1990. No te parece, Pedrito, que has tardado mucho en decirlo.
   —Mucho, mucho, Dam.
   Pedro sigue embetunando sus botas. Y Dam continúa absorto mirando la fotografía, tratando de ver en el rostro del Presidente de la República francesa algún indicio de verdad, algún indicio de veracidad histórica. Dam deja de mirar la foto y vuelve a mirar a su viejo amigo. La verdad es que le importa un pimiento lo que le ha dicho sobre su poesía. Lo importante es que son amigos, y siguen siéndolo ahora. Le apetecería darle un beso. Dam se levanta con la intención de darle un beso a Pedro Laín Entralgo. Es su amigo. Siente una loca felicidad: tiene un amigo, y su amigo es bueno.
   —Dam, deja de mirar la foto, ¿quieres que te lea lo que dicen de mí? —dice Pedro, como si le hubiera leído el pensamiento—. Tranquilo, Dam —vuelve a decir—, fuiste el mejor de los hombres, pero pasa de darme un beso, coño. Dam, eres mi amigo, coño, mi mejor amigo, y aún tenemos muchas cosas que hacer juntos.
   —Gracias, Pedro.
   —De nada, tío.

CANAL 3

Informe Semanal

(monográfico «Los emigrantes iluminados»)

1. Cerdos

José Luis Valente, trabajador emigrante, de origen ecuatoriano, fue dado de baja laboral por el médico de la empresa. Valente trabajaba en un matadero de cerdos en Villafranca, cerca de Burgos. El médico de la empresa lo derivó a un psiquiatra de Burgos, no sin antes advertirle a Valente de que lo que le pasaba era cosa de la voluntad, y que la voluntad tenía que ponerla uno de su parte «con dos cojones».

Valente llegó a la consulta de Félix Rodríguez de la Fuente un 3 de junio a las seis de la tarde. Este servicio de psiquiatría corría a cargo del seguro de la empresa del matadero de forma incompleta. Pues Valente tenía que pagar un treinta por ciento de las visitas, aunque la primera visita la pagaba el seguro íntegramente. De modo que Valente estaba muy preocupado y rogaba a Dios que con una visita bastase.

Rodríguez de la Fuente saludó a Valente con cordialidad. Valente le entregó el volante que el médico de la empresa había redactado. Rodríguez de la Fuente leyó el volante donde decía «ansiedad o cuadro depresivo». Le irritó esa estúpida confusión entre ansiedad y depresión, típica de médicos sin preparación. Dígame usted, dijo Rodríguez de la Fuente, soy todo oídos, pero comience hablándome de su trabajo. Precisamente, ése es el problema, dijo Valente. Trabajo en un matadero de cerdos. Mi trabajo actual consiste en partir cerdos por la mitad con la sierra eléctrica, en descuartizarlos.

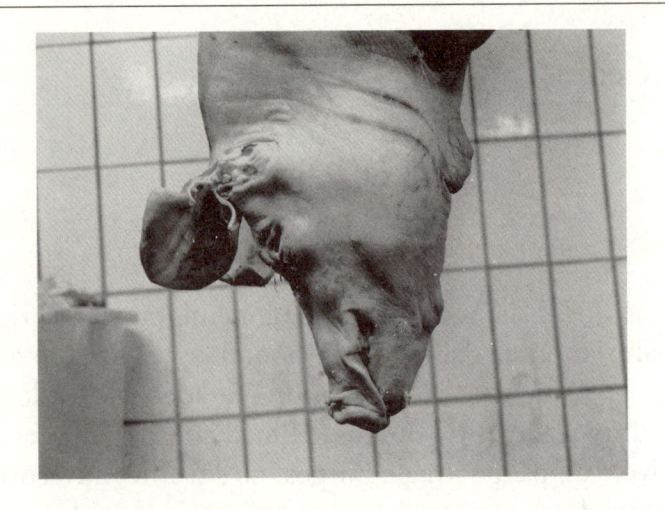

Quiero decir que antes me dedicaba a tareas generales, a ayudar a descargar cerdos, o a barrer y fregar, hacer recados, hacía un poco de todo. Pero el jefe me dijo que ya llevaba tiempo suficiente en el matadero y que ya estaba listo para darle a la metralleta. Nosotros llamamos metralleta a la sierra. Estuve dos o tres días aprendiendo con Fernández, que se jubila el mes que viene. Fernández dijo que nunca había visto un pulso tan acojonante (perdone la expresión) como el mío con la metralleta. De hecho, acabamos haciendo duelos Fernández y yo. Él cogía una metralleta, yo otra. Y Pedro Cernuda, otro compañero, daba la salida. Cada uno cogíamos nuestro cerdo y le dábamos triturina, llamamos triturina a partir el cerdo en dos. Saltaba la sangre, astillas, huesos, no sé, todas esas cosas. Es muy jodido ganarle a Fernández. Fernández ostenta el récord. Pero cuando vieron lo que yo era capaz de hacer con la metralleta se quedaron mudos. Luisa Borges, otra colega del curro, lleva años esperando a que alguien acabe con la leyenda de Fernández. Cuando el cerdo queda dividido en dos, nos sentimos —cómo explicarlo— como creadores de vida, o algo así. Donde había un solo cerdo, nosotros creamos dos. Partir cuerpos en dos con la metralleta te acaba dando mala rabia, malos dones. Fernández dice que se me pasará. Pero a mí me ha dicho la Borges que una vez vio a Fernández partido por la mitad. Claro que luego se rió. Bueno, el caso es que a mí me hizo mella, y pienso que acabaré demediado como castigo por crear dos cerdos donde Dios sólo puso uno. ¿Sabe usted? Si sólo les partiéramos las costillas y el culo, pero les dividimos también la cabeza. Y luego están las simetrías. Ésa es la jodida leyenda (perdone mi lenguaje), la perfección en el corte. Es lo que hace el cabrón de Fernández con la metralleta: no se desvía ni un puto milímetro. Dos cabezas son como dos almas. Eso hacemos con los cerdos. Piense por un momento en una cuchilla a tres mil kilómetros por segundo que empieza a seccionarle la cabeza pero con una precisión milimétrica. Eso hace Fernández. Crea seres nuevos. Habrá creado unos ciento cuarenta mil cerdos demediados en su vida. Ciento cuarenta mil criaturas que salieron de su metralleta. La gente que se ha comido los cerdos demediados de Fernández no sabe a lo que se enfrenta.

    Valente se levantó de la silla y se acercó hasta Rodríguez de la Fuente y puso su dedo índice en mitad de la frente de Rodríguez. Y le dijo a su psiquiatra: ¿a que acojona?

2. Golfo de St. Lawrence

La gran Olimpia Reyes, una mujer guapísima, pero inestable emocionalmente, una mujer que nunca había sabido disfrutar de la vida, que había vivido como encerrada en alguna cárcel del alma, decide luchar de una vez por todas contra el vacío y la locura que le amenazaban desde el ADN familiar. Ve su vida pasada y su vida actual como un mausoleo sin pasión, como unas cortinas de plomo azul que impiden la luz, y ella está detrás de las terribles y mudas cortinas. Así que Olimpia Reyes, por mediación de un conocido que vive en Barcelona, y casi de una forma inconsciente, se enrola en el grupo ecologista Pastores de la Vida, donde es acogida con los brazos abiertos. En Pastores de la Vida todos eran compañeros, amigos, hermanos. Constituían una fraternidad. Usaban como distintivo camisetas de color azul. El azul de sus camisetas simbolizaba el color del mar. Creían en el renacimiento del mar. No eran antisistema, pero sí abominaban del capitalismo universal, y luchaban contra él en largas noches donde se hacía el amor despiadadamente. Creían en el regreso de la utopía. No en el regreso, sino más bien en el nacimiento de la utopía. Pensaban que la realidad era sólo una posibilidad entre cientos, y entre esos cientos de posibilidades había algunas maravillosas, deslumbrantes, vertiginosas. Olimpia era ya una poscomunista con un cometido final. Creían los Pastores de la Vida que ningún ser humano es en sí execrable.

Olimpia está ahora en Canadá, en el bellísimo Golfo de St. Lawrence, andando entre las focas, sobre una gruesa capa de hielo frente a un mar que hacía juego con el color de su anorak, que era azul metálico, y llevaba grabado en la espalda el lema de Pastores de la Vida, que decía *The postcommunism is coming, my love*. Llevaba un año y medio con los Pastores y en ese año y medio su vida se había convertido en un edificante teatro de operaciones de alta ecología. Ecología erótica, ecología amorosa, ecología de las manos encendidas. Se había convertido en una conspiradora. Tenía tres novios. Su belleza aumentaba. Los Pastores habían ido a Canadá a luchar contra la caza de focas. Habían viajado en un minibús robado. Se alimentaban de pan con cereales, plátanos de Canarias, arroz integral y limones. Reía Olimpia entre las focas, estaba muy contenta aquel día pese a la proximidad de los pescadores. Había un sol allá arriba que era mucho más que luz natural, era un artificio cósmico. Hacía como que perseguía, en broma, a las focas. Como una danza infantil. Las focas la miraban con ojos de agua. Detrás de Olimpia Reyes, emergió un hombre alto, corpulento, llevaba en la mano una barra de hierro recubierta de pintura azul. La barra conjuntaba con el color del mar y con el anorak de Olimpia. Una conspiración del azul en el Golfo de San Lorenzo, en un día bellísimo. «Las puedo matar a todas», dijo el hombre en inglés. «Tenemos los permisos», apostilló. Era verdad, los Pastores lo habían leído en la prensa: el Gobierno canadiense había permitido la muerte de hasta 275.000 focas arpa. «Ésta mismo», dijo, y golpeó el cráneo de la foca con la barra azul. Un fino hilo de sangre, al estallar el cráneo de la foca, roció los ojos y la nariz de Olimpia Reyes. El animal quería huir. Gemía con un grito penoso, en el que había una inmensa cobardía. Olimpia se puso delante de la foca para impedir otro golpe mortal. El hombre sintió el ancestral y negro poder del ritmo, de la danza que mata, y golpeó la cabeza de la Reyes. Y luego siguió golpeando a la foca, rítmicamente. Y luego le tocó un turno final de golpes a la Reyes.

Allí estaban los dos cuerpos medio muertos sobre el hielo, con regueros de sangre por todas partes. Olimpia aún podía mover el dedo índice de la mano izquierda dentro de la manopla. Sabía que se estaba muriendo, era como si unas plomizas cortinas azules fueran a caer sobre sus ojos. El hombre sacó un móvil de color azul de su abrigo e hizo una llamada. «Hola, mi niña, soy papá. La he jodido, hija, la he cagado bien. Soy papá, cariño, esta vez no tiene arreglo, esta vez no tiene arreglo. Esta vez es para siempre. Pero te quiero mucho, no lo olvides, amor mío, papá te quiere, papá te quiere», y colgó. Estaba llorando. Quiso volver a llamar pero no pudo. Arrojó el móvil contra el hielo. Giró dos o tres veces sobre sí mismo, lloraba y decía «África, África». Volvió a girar y decía «mi niña, mi niña». Anduvo unos metros hasta el borde del hielo y se dejó caer en el agua helada y humeante del golfo de St. Lawrence como si fuese un peso inerte.

Meses después, John Nixon, que formaba parte de Pastores de la Vida, quiso hacerle un homenaje a Olimpia Reyes, pues fueron amantes. Nixon era uno de sus tres novios, los otros dos se llamaban Bobby Vilas y Darío Ford, pero estos dos Pastores de la Vida le dijeron a Nixon que con que fuese uno al homenaje bastaba. Viajó hasta el golfo de St. Lawrence con sus últimos ahorros. Vilas le prestó una cantimplora y Ford una linterna. Llevaba unas flores de plástico en su mochila que había comprado en un bazar chino de Otawa para dejarlas allí, junto al hielo en donde murió golpeada la hermosa Olimpia. Nixon estaba ahora rodeado de focas, como lo estuvo Olimpia. Al darse la vuelta, después de haber arrojado al mar azul las flores de plástico tóxico chino, se encontró con una chica. Hablaron. Se llamaba África Cot, era de origen mexicano, y era, claro, la hija del cazador suicida, un ex presidiario con problemas graves de inestabilidad emocional, pero un padre grandioso y estupendo, *«a big father»*, dijo África, temblando. «Se despidió desde aquí mismo», dijo la Cot.

Un día y medio después volvieron a encontrarse en un McDonald's de la ciudad de Rimouski, a orillas del río San Lorenzo. Nixon estaba comiendo patatas fritas y Cot bebiendo una cocacola.

John Nixon y África Cot comprendieron que estaban solos en el mundo cuando decidieron juntar las patatas de Nixon con la cocacola de Cot en aquel McDonald's de Rimouski. África tampoco tenía dinero. John y África acabaron como mendigos de la bella ciudad canadiense de Rimouski. Vivían en las afueras de Rimouski, junto a dos paredes sin techo, y sin puerta, y sin ventanas y tal vez sin sentido. Dos paredes que, sin embargo, conservaban el color azul con que fueron pintadas. Conservaban un sentido vertical de la vida. Una mera verticalidad como símbolo. ¿Símbolo de qué? No lo sabemos. No fueron felices, aunque se cogían de la mano con mística vehemencia y se dedicaban a mirar la gutural superficie del río San Lorenzo. Se dedicaban también, amparados por su venérea fantasía, a imaginar la vida amorosa de los peces que habitan bajo las aguas oscuras del río San Lorenzo. La mendicidad de Nixon y Cot no era radical, sino algo vanamente artístico o revolucionario, porque Rimouski, como todo Canadá, es rica, y los servicios sociales les echaban una sólida mano de vez en cuando.

3. Entrevista con Bobby Wilaz, nuevo líder del Movimiento Obrero Norteamericano

La Tarde Americana. 23 de julio de 2065

 Entrevistamos a Bobby Wilaz en su apartamento del Bronx. Wilaz está casado con Margaret Sánchez y tienen dos hijos, Mattew y Juan. Bobby Wilaz nació en Nueva York en 2018. Wilaz es el nuevo líder del Movimiento Poscomunista Panamericano, también llamado Movimiento Obrero Norteamericano.

P: Díganos, en pocas palabras, ¿qué es el Movimiento Obrero Norteamericano?
BW: Bueno, como ya sabe casi todo el mundo, el MON es un partido poscomunista que apuesta por la anarquía del capital y por la reducción de la jornada laboral a una hora y diez minutos diarios, frente a las dos horas actuales. Defendemos la recomposición de la realidad y la vuelta a la sociedad de consumo.
P: ¿Cuál es la relación del MON con el otro gigante americano de la política, el Partido de la Ficción?
BW: Tenemos muchas cosas en común con el PAF. Claro que no podemos obviar algo fundamental que nos separa del PAF. Nosotros creemos que la realidad sí existe, y que ésta es de orden político. Ya sabe usted que el PAF sostiene que la realidad es libre, es decir, es una ficción que puede ser descrita según modelos de origen liberal o científico. Allí está el tema de si la materia es real. El PAF viene a decir que la materia no es real, con lo cual se sientan las bases de la abolición del materialismo cósmico. Y nosotros estamos

industrializando Marte con gran éxito. Repito e insisto, para nosotros la realidad sí existe, como existe esta entrevista, y la realidad es de sustancia política, como esta entrevista. Por eso somos neomarxistas: no someteremos la realidad a los liberalismos de la ficción. Se nos ha tachado de dogmáticos, pero eso es tan simple como decir que la materia es dogmática, que el planeta Marte es dogmático. Precisamente, provengo de una familia que se ha caracterizado por luchar contra la ficción. Mi abuelo, Jerry Walesa, padeció persecución en Zaragoza por decir que su vida no era una ficción.* Vengo de luchadores contra la ficción.

P: ¿De ganar las próximas elecciones, el MON pactaría con el PAF?

BW: Es aventurado contestar a algo como eso. Es verdad que también tenemos muchas cosas en común con el PAF. Los dos defendemos, por ejemplo, la abolición definitiva del bilingüismo. El inglés sigue siendo una lengua tóxica, pese a toda la literatura neonacionalista y neoépica que se le ha echado al tema. Es evidente que el caso de febrero del 43 puede volver a repetirse.** Está claro que los estudios científicos han testado que sólo el español es una lengua médica-

---

* Zaragoza es una ciudad de España. El abuelo de Bobby Wilaz se llamaba Jerry Walesa (1952-2017) y, en efecto, fue un activista político y literario, de origen polaco (era bilingüe, escribió en español y en polaco), que defendió la idea de que la vida tenía sustancia ideológica frente a quienes creían que la vida sólo tenía sustancia ficcional o sentimental. En el tiempo del abuelo de Bobby Wilaz ficción y sentimentalismo eran la misma cosa. Jerry Walesa escribió varios ensayos narrativos intentando demostrar que el sentimentalismo ficcional tenía carácter reaccionario.

** El célebre caso en el que doce millones de angloparlantes murieron de gripe aviar. A partir de entonces, se sabe perfectamente que la lengua inglesa contiene una inmunodeficiencia cerebral que pone al hablante del inglés en situación de contraer cualquier infección bacteriológica de última generación. Los neonacionalistas lucharon contra la evidencia científica, pero fue inútil. Sólo el español demostró ser una lengua cerebralmente resistente a la inmunodeficiencia. Se cree —pero es una hipótesis— que la resistencia del español está basada en la complejidad de la conjugación

mente segura. Tráigame una prueba científica que demuestre que el inglés no es tóxico y cambiaremos nuestra política en ese terreno. Creemos que mantener el bilingüismo es exponer a la población a riesgos innecesarios. El PAF está completamente de acuerdo con nosotros en esto. Y debe decirse que con respecto a la necesidad sanitaria de la abolición del inglés, el PAF ha demostrado ser un partido responsable. No se puede hacer política con la salud pública del ciudadano, y hacerla sólo con miras a mantener una entelequia literaria o nacionalista. Necesitamos una lengua sana, eso es todo; es de sentido común.

P: Una pregunta personal: ¿le costó salir del terrorismo?

BW: Eso a usted no le importa. Mi vida privada sólo me incumbe a mí.

P: Otra de las propuestas señeras del MON es la creación de los grandes peregrinajes trasatlánticos.

BW: Sí, creemos que es fundamental que el ciudadano pueda caminar sobre las aguas atlánticas. En estos momentos faltan sólo doscientos kilómetros para terminar el Camino Lincoln que llevará hasta las islas Bermudas.

P: Es una obra muy polémica.

BW: Es una obra de carácter espiritual. En el MON creemos que el conocimiento planetario a pie o en bicicleta es una de las grandes aventuras de la libertad individual. Cuando los ciudadanos puedan ir andando desde el continente americano hasta el continente europeo se producirá un conocimiento planetario fundamental. Caminar sobre las aguas es un objetivo político de carácter progresista. Muchos in-

---

verbal (especialmente el modo subjuntivo). Esta complejidad conforma una red neuronal muy sofisticada, llena de vías sanguíneas inexpugnables, impermeables e impenetrables para las bacterias de última generación. Por ejemplo, formas verbales como «hubiere» o como «fuere» son resistentes a cualquier virus o complejo de virus lingüístico.

genieros así lo han entendido.* Por otra parte, desde la Conferencia Internacional de La Habana del año 56, somos conscientes de que el dominio natural de las aguas oceánicas sobre la superficie terrestre tiene un perfil político indeseable. Lo digo con convencimiento: basta de aguas oceánicas, el Planeta es para los hombres, no para vastas extensiones de agua salada al servicio de una inercia natural claramente reaccionaria. Las aguas no tienen conciencia, el peregrino sí. Andar el mundo es un objetivo perfectamente democrático. Entra, además, dentro de los derechos de la Declaración de la Alegría Universal. La alegría ilimitada es un bien revolucionario, ayuda a la igualdad. Otra cosa son las soluciones puntuales y de carácter técnico, urbanístico o arquitectónico. Obviamente, tenemos que ofrecer todas las posibilidades: peregrinaje, carriles bici con hoteles y alojamientos adaptados a las necesidades de los ciclistas. Pero no renunciaremos al derecho de andar sobre las aguas. Los primeros caminos estarán disponibles en poco tiempo. Los peregrinos-pioneros dicen que andar sobre las aguas es la conquista política más grande de la Humanidad. Es el verdadero final del feudalismo.

---

* El Movimiento de Ingeniería Revolucionaria Che Guevara. Dicho Movimiento pertenece, como todo el mundo sabe, a la Asociación Internacional de Tecnología Planetaria. La AITP lleva años defendiendo la terrificación con fines humanitarios de parte del océano Atlántico y del Pacífico.

CANAL 4

Teleterrorismo

1. Stalin Reloaded

El escritor catalanosoviético Miquel Bogomolov vivía en un apartamento de Reus (Tarragona). Trabajaba en la construcción. Llevaba un moreno envidiable, un resplandor energético en la piel y en el rostro. La obsesión de Bogomolov era la literatura, pese a que era un hombre de escasas lecturas, pero pensaba que eso no era importante, porque los libros no podían competir con las máquinas ni con los descubrimientos tecnológicos recientes ni con el sexo. Desde que salía de trabajar de la obra de apartamentos de segunda residencia en la costa de Salou, se encerraba en su piso de una barriada de Reus y se ponía a escribir en un ordenador de segunda mano. La barriada era terrible, era semejante a una urbanización de segundas residencias antiguas a la que le hubiera caído encima la bomba de Hiroshima. Bogomolov escribía cuarenta horas seguidas los fines de semana. Y doce los días laborables. Empezaba a juntar palabras. Inventaba docenas de personajes a quienes sólo les ponía un nombre. Se exaltaba. Miquel Bogomolov era un exaltado. Creía estar alcanzando un bien absoluto. Llenaba el disco duro de su ordenador de miles de palabras escritas en una lengua fantasmagórica: una mezcla de catalán y ruso, aunque él al ruso lo llamaba la lengua soviética. Porque Bogomolov era un nostálgico estalinista. Tenía treinta y nueve años, y padecía tendinitis múltiple y una artrosis degenerativa. No le querían hacer fijo en la empresa de construcción porque sus jefes sabían que Miquel iba a petar cualquier día de éstos. Era un viejo de treinta y nueve años. El capataz Garralda dijo que cuando no lo veía nadie Bogo gritaba de dolor al agacharse. La artrosis lo estaba agujereando por dentro. Garralda se convirtió en la sombra de Bogo, y no por diligencia laboral de Garralda, sino por curiosidad, casi una curiosidad atormentada, pues Garralda veía en Bogo algo que le recordaba a su propio padre, que murió cuando Garralda tenía sólo diecisiete años. Garralda estaba sorprendido por los gritos oscuros de Bogo, no obstante fue implacable en su informe. Pero cuando Bogo escribía en su ordenador se convertía en un enviado de la providencia, tal vez en un verdugo, porque ignoramos quién causa la realidad. Pensamos que si alguien muere es porque tenía una enfermedad, o porque tuvo un accidente, pero existen otras causas invisibles. Siempre que Bogomolov decidía matar a un personaje moría un niño o una niña de Reus de muerte súbita. Cuando mataba a varios de sus personajes, explotaban bombas del terrorismo islámico en Madrid. Miquel había nacido en Buenos Aires, en el año 2001. En el año 2040 el terrorismo islámico quemaba Madrid, pero la policía española seguía pistas falsas. En realidad, carecían de pistas. No sabían nada del creador literario Bogomolov, que mataba a distancia con una tecla de su ordenador. La tecla * seguida de un código secreto, de setecientos caracteres, extraído de los sueños estalinistas de Bogo. También Bogo llevaba su propia aritmética, es decir: una proporción entre personajes que mataba y personajes nuevos que aparecían en la pantalla de su ordenador. Cuando inventaba personajes nuevos, nacían más niños en Reus, o aumentaba la inmigración, o arreciaba el turismo, o la gente que iba a morir sanaba inesperadamente. Bogomolov amaba Reus. Escribió una «Oda a Reus». Bogomolov bebía. Bebía demasiado. No tenía amigos, sólo tenía a los compañeros de trabajo y a Garralda. Cuando tenía alguna necesidad biológica relacionada con el amor, iba a un club de las afueras de Reus que se llamaba el 27 y allí pedía los servicios de una boliviana que se llamaba Petrusa. En el 27 coincidía con Garralda. Garralda pensaba que si a Bogo aún le quedaban huesos para ir al 27, los gritos que daba en la obra eran una ficción; a Garralda le parecía que Bogo era una mentira voladora, le inquietaba todo lo que tenía que ver con él. Petrusa tenía cincuenta años y le olía el aliento. Y ésa era toda la humanidad afectiva de Bogomolov. Sin embargo, Bogomolov creía que Petrusa era bellísima y solía regalarle flores y fotocopias encuadernadas de sus textos. A Bogomolov sus compañeros de obra le tenían aprecio porque siempre pagaba él las cervezas y porque nunca protestaba cuando le dejaban los peores trabajos en la obra. Esto también tenía asombrado a Garralda: ¿cómo demonios un enfermo de artrosis era capaz de cargar con las faenas más duras de una obra, gritar cuando nadie lo oía e ir por la noche al 27? Garralda pensó que los gritos eran falsos. Pensó que los gritos de Bogo eran canciones rusas, o conjuros cosacos. Bogomolov siempre tenía una hermosa sonrisa. El apartamento de Bogomolov estaba lleno de pósters de Stalin. Bogo había escrito una biografía de Stalin sacando los datos de Internet, y lo que no sabía se lo inventaba; y, sin embargo, no eran invenciones, porque a veces le daba por cotejar lo que él escribía con las biografías oficiales de Stalin y todo coincidía.

Un día de octubre se presentaron en el apartamento de Bogomolov cuatro agentes de policía: dos eran españoles, los otros dos eran norteamericanos. Detuvieron a Bogomolov. Lo trasladaron en helicóptero a Madrid. Allí fue interrogado por los servicios secretos de la inteligencia española. El agente especial Marlon Reed informó a la policía española de quién era Bogomolov. Se trataba de uno de los últimos prototipos que quedaban en el mundo de la ya imperceptible era soviética. Los científicos de Stalin habían conseguido crear secuencias genético-ideológicas que se manifestaban en la tercera o cuarta generación. Eran latencias genéticas, llamadas coloquialmente por los servicios de seguridad «el virus rojo». Esas latencias, cuando despertaban, provocaban en los individuos que las contenían en su código genético una forma inexplicable de adhesión y amor a la persona de Stalin. Marlon Reed afirmó que la adhesión y el amor estalinista que provocaba el virus rojo era todavía un misterio, y que, en realidad, ni los mismos científicos soviéticos calcularon las consecuencias del virus rojo. Marlon Reed ofreció a la policía española datos históricos sobre la existencia de estas investigaciones. Stalin estaba entusiasmado con la idea y no reparó en medios ni quiso escuchar a sus científicos cuando le advirtieron de las secuelas, de los daños colaterales y de los efectos secundarios. Stalin pensó que era una forma de manifestación permanente de su gobierno. Stalin creyó que a través del virus rojo mantendría un contacto personal con millones de soviéticos de las generaciones del futuro, pensó que desde allí, desde esa tribuna biológica, podría seguir alimentando el estalinismo y la fuerza moral y política del comunismo. En realidad, toda la filosofía científica del virus rojo no se puede entender si no se admite una premisa política un tanto desagradable: que Stalin realmente estaba enamorado de su pueblo. Las investigaciones fueron desastrosas. Fueron utilizados presos políticos como conejillos de Indias. Vista la catástrofe, Stalin encarceló a los científicos. Stalin tuvo una depresión en aquellos días: toda su presencia futura en la vida de la Unión Soviética se disolvía por la falta de talento de sus científicos. Sin embargo, un científico llamado Dmitri Lermontov consiguió la fórmula del virus rojo y lo inoculó a una familia rusa de los Urales antes de que el proyecto científico fuera abandonado.* Marlon Reed dijo que

---

* Dicha familia acabó huyendo a Argentina, que es donde nació Miquel, y finalmente se estableció en Cataluña.

Bogomolov era un descendiente de esa familia rusa. Según los biólogos norteamericanos, Lermontov no previó las variaciones del virus rojo al entrar en contacto con otras herencias genéticas. En este caso, el contacto se había producido con la herencia genética latinoamericana, o tal vez española, o catalanoespañola, ese extremo no había sido aclarado. Había hispanistas de la Universidad de Harvard investigando la interacción del virus rojo con la genética española. Pero eran tipos muy aburridos, eso dijo Marlon Reed. Según los biólogos de la CIA el prototipo virus rojo podía adquirir alguna desviación psicológica importante; es decir, al producirse desarreglos neuronales difícilmente cuantificables, la psique del sujeto podía desarrollar facultades mentales de altas dimensiones tecnológicas. Creían que Bogomolov era un arma tecnológica de última generación. Era como un sicario del futuro, que se activaba con claves que tenían que ser descifradas con calma y serenidad.

Marlon Reed esposó a Bogomolov. Había un avión de la CIA esperando en la T4 del aeropuerto de Barajas. Faltaban por firmar algunos papeles. Al comisario de policía español Bruno Alonso no le caía bien Marlon Reed. Y toda la historia de la detención de Bogomolov le parecía un cuento chino. Aprovechó que Marlon había ido al lavabo para tener una charla particular con el americano. Alonso le puso la pistola en el cuello y con su mano izquierda le agarró los testículos. La cara de Bruno Alonso era de una rabia y un arrojo desesperantes. Reed pensó que Alonso estaba loco, pero que lo iba a dejar sin huevos como siguiese apretando así. Alonso le exigió a Reed que le dijera qué coño iba a hacer con Bogomolov en Estados Unidos. Reed le dijo que lo iban a arrojar al Atlántico en pleno vuelo. Alonso soltó los testículos de Reed. Reed respiró tranquilo. Pero Alonso tenía más preguntas. Así que volvió a agarrar con toda su fuerza los cojones de Reed no sin que unas gotas de orín le salpicasen las manos. ¿Por qué vais a tirar a un inmigrante desgraciado al Atlántico?, le preguntó Alonso. Porque Bogomolov no ha existido nunca, dijo Reed. Alonso lo volvió a soltar y se fue riendo a su despacho. No entendía una mierda de lo que significaba Bogomolov para la CIA ni le importaba no entenderlo, pero le divertía haber acojonado al americano con tanta facilidad. Y eso era suficiente.

Bogomolov fue arrojado en pleno vuelo sobre el océano Atlántico. Ni siquiera le engañaron. Les asombró que a Bogomolov no le afectara la revelación de su destino. Pensaron que no se lo tomaba en serio mientras Bogo pensaba en Garralda, pensaba en cuando abrió el bocadillo de Garralda y puso unas gotas de su propia sangre dentro. Marlon contempló cómo el cuerpo de Bogo era tragado por el viento tan azul como irreal. Sintió, en cierto modo, envidia, la envidia de dejarse caer al vacío absoluto sin miedo. Marlon pensó que moriría a los dos minutos de ser arrojado. Pensó que lo que chocaría contra el agua contaminada del Atlántico Norte sería el último experimento de la era estalinista por perpetuarse desde el futuro.[*] Bogomolov caía sobre las nubes, todo su cuerpo padecía convulsiones mortales y sin embargo su cerebro estaba en armonía no con la naturaleza sino con una entidad maravillosa que le hablaba, que le dijo «hola, Bogo, soy el Materialismo Histórico, tranquilo, tranquilo, no pasa nada, estás bailando sobre la Historia, déjate caer, amado mío, déjate caer. Yo no era una teoría filosófica, Bogo, no, no, no, sólo soy una mujer enamorada de los hombres, siempre fui eso, amor a los hombres, fui plenitud, ansias,

---

[*] Había habido, al menos, cuatro más. Se fueron descubriendo poco a poco, conforme el futuro iba haciéndose presente, claro. Era la única manera de descubrir el panestalinismo: dejar que llegara. Reed pensó que Bogomolov era el último, según sus cálculos.

júbilo, sarcasmo y reconciliación y, sobre todo, Bogo, fui materia, porque la materia es el misterio». Y Bogo chocó contra las aguas atlánticas adonde llegó aún con vida, serenidad y orgullo. El orgullo de ser el último estalinista sobre la Tierra.

2. Funny Games

Sí, había algo parecido a un hombre sentado a los pies de mi cama, con un traje blanco lleno de adornos, de tachuelas, o así. Llevaba un águila dibujada en el traje. No sabía si estaba soñando o es que me acosté completamente borracho porque estuve de copas con los colegas de Ego Sum*. Serían las cinco de la madrugada. Ese hombre había encendido las luces de la habitación. Cuando lo vi, quise chillar de terror, pero no pude, me fallaron las cuerdas vocales. Fue ese hombre quien hizo que mis cuerdas vocales enmudecieran. Luego, al mirarme a los ojos, ese hombre consiguió que me serenase. Sí, ese hombre tenía poderes telepáticos, o lo que fuese. El caso es que ya no quise chillar, y ya no estaba aterrorizado. Entonces me di cuenta de que ese hombre o era Elvis Presley o iba disfrazado de Elvis Presley o era una réplica mutante de Elvis Presley o un muñeco de cera de Elvis Presley. Lo más sencillo es que fuese Elvis Presley, es decir, la primera opción. Por fin, ese hombre me habló y me dijo que sí, que era Elvis. Me dio la mano. Llevaba sortijas muy grandes y horteras en los dedos. Mi miedo se convirtió en felicidad, exaltación. Pues yo soy fan de Elvis. Tío, era Elvis. Para mí Elvis es Dios en la Tierra. Me dijo que estábamos emparentados, cosa que me dejó perplejo, emparentados desde el punto de vista político. Hablaba español perfectamente. Le dije que podía hablarme en inglés estadounidense si lo deseaba, pero siguió usando el español, cosa

---

* Ego Sum era un grupo alterterrorista, neopunk. Tenían su sede en Getafe. Un piso de treinta metros cuadrados en la barriada Samsung 5.

que le agradecí. Dijo que había aprendido el español como los apóstoles de la Biblia aprendieron lenguas, por ciencia infusa. Dijo que ésa era la manera de aprender una lengua de verdad: aprenderla como si hubiera sido tuya desde siempre. Y eso estaba en la Biblia. Tenía una voz dulce, suave. Transmitía tranquilidad. Le pregunté si iba a raptarme. Dijo que no. Le dije que me encantaban sus petos y sus cinturones y sus gafas y que sus patillas (me puse un poco poeta) eran para mí carreteras hacia el Paraíso. Le dije algo en lo que creo firmemente, que su voz era el acontecimiento más interesante que había ocurrido en el universo desde el Big Bang, hace trece mil seiscientos millones de años. Se rió cuando le dije eso. Le pregunté que cómo había entrado en mi piso. Me dijo que no había entrado en mi piso sino en el suyo. Dijo que mi piso era su piso. Me rogó que me callase y que atendiera a lo que me iba a contar, me rogó que no le interrumpiera, que me serenara y que escuchase. Le pedí, entretanto, si podía cantarme *Love Me Tender*. Dijo que después, que primero tenía que hablarme. Me confesó que había venido a ofrecerme la misión de mi vida. Dijo que mi misión era matar al Presidente.

    Tenía que acabar con la realidad, tenía que destruir lo real, esto lo dijo como emocionado, extrañamente convulso. Sabía que yo pertenecía al grupo terrorista Ego Sum, que contaba con los medios necesarios (eso era verdad a medias, sólo teníamos dos catanas marca Marto, un arco de tirador profesional de los años setenta y una barca hinchable). Explicó que me ayudaría a preparar el asesinato del Presidente. Sacó una maleta que escondía al lado de la cama. De ella extrajo mapas y planos. Entonces volví a pedirle que me cantara *Love Me Tender,* y me dijo que luego. Joder, era Elvis, y en vez de cantarme, no acababa de sacar planos de la puta cartera. El Presidente iba a visitar Madrid dentro de un mes. Conocía el protocolo del viaje, que era de tres días. Todos los actos públicos iban a contar con unas medidas de seguridad apabullantes. De hecho, España iba a ser un país pionero para probar las medidas de seguridad Future Six.

Future Six consiste en la generación de peligros virtuales y en su evitación; es como prefigurar un atentado treinta segundos antes de que vaya a ocurrir, y así impedirlo. Se ha conseguido, por el momento, una prefiguración máxima de treinta segundos, lo que resulta insatisfactorio y obliga a los equipos de seguridad a actuar con una velocidad inhumana. Tienen que ser tan rápidos que entre los miembros de la seguridad se llaman coloquialmente como los antiguos pistoleros legendarios: Billy el Niño, Pat Garret, Jesse James, etcétera. Future Six está intentando alcanzar los cuarenta y cinco segundos de prefiguración. La palabra «six» alude a que los primeros experimentos lograron una virtualidad de seis décimas de segundo. La tecnología de Future Six se basaba en el descubrimiento de la captación de las ondas cerebrales.

Todo surgió a partir de las investigaciones del psiquiatra Teo Love, que trabajaba para Eli Lilly and Co., que eran los dueños del antidepresivo Prozac. Teo Love descubrió que la serotonina emitía ondas, las llamó ondas Psique. Teo Love analizó las ondas, las aisló en un aparato diseñado por él, y consiguió descodificar el significado verbal escondido en las ondas.* Al principio lo descodificado por Teo Love eran mensajes muy sencillos, del tipo «Sufro», o «Tengo hambre», o «Soy pobre», etcétera. Pero cuando los científicos de la CIA Robert Marvel y Leonard McBein (eran homosexuales) se enteraron del descubrimiento, contrataron a Teo Love para que traba-

---

* Contó con la ayuda de Jerry de Ory, un informático célebre por haber descubierto los desiertos cuánticos de Internet, los llamados agujeros negros: lugares de la voluntad del usuario que eran «robados» por las páginas web que el usuario consultaba y esos lugares (generalmente esos lugares eran estados psicológicos) eran trasladados a discos duros escondidos por el propio Jerry de Ory en un sótano de Montevideo (Uruguay).

jase para el Pentágono, y de allí salió Future Six. Básicamente, Teo Love descubrió que no existe la simultaneidad entre pensamiento y acción y que ese «momento discontinuo» era objetivable y dimensionable. No existía la simultaneidad pura (salvo en el vacío filosófico de tiempo y espacio), pero sí existía lo que Teo Love llamó la «inexorabilidad», es decir, hay discontinuidad entre voluntad y cumplimiento, pero hay también necesidad. De hecho, sin esa necesidad, no existiría la civilización. Separar la voluntad y el acto para obtener una representación visual, una representación monitorizada de esa separación tenía el mismo valor que el descubrimiento de la fisión nuclear. La no simultaneidad, en definitiva, no impedía la realidad, la acción.

El Presidente tenía un antojo, un deseo personal. Quería asistir a una corrida de toros. No había ninguna corrida programada para esas fechas en Madrid. El Ministerio de Asuntos Exteriores español derivó el cumplimiento del deseo del Presidente a la Junta de Andalucía. Que Elvis me estuviese contando todas esas cosas, como si fuese un agente de la CIA, tenía también su encanto. Claro que, como no me hablaba en inglés sino en español, de vez en cuando me entraban mis dudas de si realmente era Elvis o un tipo disfrazado de Elvis.

Cuando se decidiera a cantarme *Love Me Tender* saldría de dudas. Se lo dije claramente. Ya vale de posponer el asunto, o me cantas *Love Me Tender* o no escucho más tus planes terroristas. Entonces, tío, Elvis me cantó. Y era Elvis. Era el hijo de Vernon y Gladys Presley, que nació en Tupelo, Mississippi, un 8 de enero de 1935, fruto de un embarazo de mellizos. Su hermano Jesse Garon murió al nacer. Era Elvis, el fundador de todo. Elvis: el hombre general, la totalidad, el resumen exacto. Fui el hombre más feliz del mundo. Elvis había venido de donde fuese y me cantó *Love Me Tender*. No era un impostor. Era la voz de Elvis. Le pedí permiso para darle un abrazo y me lo concedió. Y aún me cantó, después del abrazo, un poco de *King Creole*. Estaba muy gordo, lleno de michelines. Nos dimos también un beso. Titubeamos en dónde darnos el beso. Finalmente nos dimos un beso en la boca. Le olía la boca a hamburguesa, cocacola y colonia cara. Yo estoy, en el fondo, tan solo como Elvis, aunque tenga mi grupo terrorista Ego Sum. También Elvis tenía, si no un grupo terrorista, una banda de rock. Después de cantarme *Love Me Tender* y un poco de *King Creole,* y después del beso, Elvis prosiguió. En la ciudad de Córdoba sí que había programada una excelente corrida de toros para esas fechas. Le pregunté que cómo sabía todo eso. Dijo que había venido a ayudarme. Le pregunté si creía en nuestro movimiento de liberación Ego Sum, porque si no, no entendía el motivo de su ayuda. Dijo que eso lo trataríamos luego. Sacó más planos. Sacó un plano de la plaza de toros de Córdoba, que llevaba un sello del Ayuntamiento de Córdoba. Argumentó de forma incontestable que una plaza de toros como la de Córdoba era refractaria a las medidas de seguridad de última generación. La circularidad de la plaza la convertía en un lugar completamente vulnerable. La inexistencia de ángulos es el grado cero de la seguridad. Siguió explicándome detalles sobre la espacialidad de una plaza de toros. El tema de su charla derivó hacia la circularidad, hacia la circunferencia. Indicó que no podía ser un asesinato limpio. Quería que hiciésemos una carnicería. Una leyenda. Algo que se grabara en la Historia. Quería que torturáramos al Presidente. Soñaba con una maravillosa tauromaquia de la realidad. Una carnicería, como una carnicería obesa fue su propia carne al final de su vida.

Dijo: yo sólo tenía cuarenta y dos años, sólo cuarenta y dos años. No era más que un crío en manos del Presidente. Tampoco sé en manos de quién estará o estaba el Presidente, no me aclaro con los tiempos verbales del español (pero mintió). Nunca sabemos quién está arriba de la pirámide. Ni si existe la pirámide. Tal vez todo sean juegos divertidos, juegos de niños donde acabas muriéndote muy torturado.

Siguió hablando de la obesidad, del enorme papo, del ensanchamiento de su cara, de las tallas de sus pantalones. De que se miraba en el espejo a las diez de la mañana y ya sabía que ese día no podría salir de casa. Habló de que muchos días no sabía qué ropa ponerse. Dijo: están preparando una máquina terrible; es una máquina que engorda cuerpos a la velocidad de la luz; gente que pesa setenta kilos al acostarse por la noche se levanta por la mañana pesando ciento veinte kilos y no pueden soportarlo y se tiran por la ventana. Se les engorda mientras duermen, y luego se suicidan. Miedo. Terror. Cuerpos engordados súbitamente: es lo último en destrucción, en armamento, en psicologías de la demolición. El Presidente está pagando ese tipo de investigaciones.

Dijo, y esto sí lo dijo en inglés, por primera vez en toda la conversación dijo algo en inglés: *And cold the sense and lost the motive of action.*

Dijo: fui el primer obeso político de USA.

Yo le dije: pero yo te quiero igual y da igual que estuvieses gordo, eras el mejor. Dijo: gracias, tío. Dijo: tenéis que hacerlo en el sexto toro de la tarde, cuando el rito de la sangre es ya una conclusión, una realidad. No lo podéis hacer con el primer toro, eso sería un error de terroristas de tercera categoría. No sabes la estupidez que ha cometido el Presidente pidiendo ir a una corrida de toros donde él va a ser lidiado (risas)*. Cuando lo supe, vine hacia ti a través del tiempo. Esa querencia del Presidente, ese deseo de estar en España y contemplar una corrida de toros, tan típicamente americano, en fin, que es para morirse de risa: el Presidente es un guiri. España es el imán mundial de todos los guiris de la Tierra. Hasta tú tienes cara de guiri. Y en la corrida, el Presidente contemplará su propia muerte. Porque se activará Future Six en el momento en que los de seguridad detecten la voluntad de muerte en vuestros cerebros conspiratorios.

Hubo un silencio. Le sugerí la posibilidad de que abandonáramos el dormitorio, pues seguíamos allí. Él

---

* El español de Elvis no sólo era perfecto, es que, además, no era un español aprendido, sino vivido. De ahí que usara con tanta gracia expresiones coloquiales, emocionales, juegos de palabras, etcétera, etcétera. Era el español de un español, sin más. Quizá en eso también se pueda ver un símbolo, pero ¿de qué?

a los pies de mi cama, yo dentro de la cama, hablando, con los planos extendidos encima de las sábanas. Seguía intentando no mirarle demasiado, para no percibir las misteriosas cicatrices que enmarcaban ahora unos ojos secos y negros. Sus manos eran humanas, pero su corazón era un misterio.

—No, no, aquí estamos bien —dijo—, quiero que mires con atención todos estos planos —volvió a sacar más papeles de su cartera—, como te digo es en el sexto toro; en ese momento el Presidente habrá saciado su deseo de ver una corrida de toros, ese deseo típico de hombres cuyo afán de conocimiento se ha fusionado con todas las posibilidades del turismo VIP; debéis daros cuenta de que el Presidente también tiene corazón de turista; quizá él sea el Gran Turista, el Arquetipo, en el sentido de que el mundo le es permanentemente ofrecido, aunque no sabe gozarlo. El Presidente quiere acumular conocimientos del mundo, tal vez para tener algo que recordar cuando se jubile, por eso mezcla turismo y política. Cuando se active Future Six tenéis que ser más rápidos que ellos. Future Six mostrará la muerte del Presidente unos tres segundos antes de que lo asesinéis, no seis, sino sólo tres, pues alardean mucho de esa tecnología pero en realidad sólo ofrece un adelanto de tres asquerosos segundos sobre la realidad, si podemos llamar realidad a lo que va a venir después de esos tres segundos. Admitamos, no obstante, que en ese tiempo, en esos tres segundos, se decide el futuro de la realidad. Future Six no podrá localizar una conspiración inexplicable. Quiero decir que tenéis que haceros con la voluntad del torero del sexto toro. Ese torero pedirá saludar al Presidente. Future Six no podrá detectar inmediatamente la voluntad de muerte en alguien que es en sí muerte. Pues un torero español es muerte pura. Por eso he venido. Era la ocasión perfecta. Tendrá dificultades la máquina ante un ser sanguinario. No podrá distinguir a un toro del Presidente de Estados Unidos. Será cómico. Imagino las combinaciones virtuales de las imágenes: la cabeza del Presidente en el cuerpo de un toro, el cuerpo del Presidente con la cabeza de un toro, la cabeza del Presidente con cuernos, el Presidente con rabo, el toro con corbata, las combinaciones pueden ser espectaculares. Claro que tendréis que doblegar la voluntad del torero. Para ello os traigo estos documentos —volvió a esparcir papeles encima de la cama.

Miré los documentos. Había una foto de gran formato del célebre matador de toros boliviano Constantino de Soria. En efecto, él iba a ser quien lidiase el sexto toro de la tarde. Constantino acababa de casarse con la célebre cantante mexicana Paulina Rubio.

Paulina había obtenido su divorcio hacía poco, para poderse casar con Constantino, de quien estaba locamente enamorada. Había abundantes recortes de prensa que informaban sobre la sonada boda de Paulina y Constantino. A esa boda acudieron los presidentes de Gobierno de Bolivia y de México. También acudieron los Príncipes de Asturias, como amigos personales de Paulina y Constantino.

—Bien —dijo—, has de saber que Constantino de Soria está obsesionado con Paulina, su mujer. Es una obsesión peculiar. Tiene que ver con el deseo, no con el erotismo o con el sexo. Constantino desea a Paulina, pero por favor sigue leyendo el dossier.

Más adelante, había otras fotos y datos con fechas y lugares. En esas fotos se veía a Constantino besándose con hombres jóvenes. Yo no sabía que el célebre Constantino fuese gay, pero las fotos y las facturas de hoteles y las cartas de su puño y letra escritas a otros hombres no dejaban lugar a la más mínima duda.

—Tú y los tuyos tenéis que chantajear a Constantino. Como buen boliviano, Constantino es un hombre de costumbres radicales. Lo amenazaréis con divulgar su homosexualidad. Sed crueles con él, reíos de su homosexualidad, haced chistes. Decidle que es un moro maricón. Constantino tiene la piel muy oscura, le molesta muchísimo que la gente se crea que es árabe. Luego decidle que si colabora, Paulina jamás lo sabrá. Decid la palabra «jamás» con vehemencia. Los bolivianos, en su simpleza radical, sólo conocen los adverbios «jamás» y «siempre». He de decir que no sé si eso es simpleza o absoluta sabiduría, tal vez una lucidez futura. Tampoco me incumbe todo eso. En fin, Constantino no soportaría que todo Bolivia y todo México supieran que es gay. España le importa menos. Destruiréis todas las fotos, todas las cartas, a cambio de que pida, en el toro sexto, subir a la tribuna de presidencia para brindarle en persona el último toro de la tarde al Presidente de Estados Unidos. No subirá solo. Tú, disfrazado de banderillero, de ayudante de Constantino, con un ramo de claveles rojos para entregárselo a la primera dama, subirás con él, discretamente, en un segundo plano. Future Six no detectará nada. Constantino subirá con la espada.

Cuando salude al Presidente, necesitará tu ayuda, pedirá que le sujetes la espada y el capote. Entonces tendrás tres segundos para clavarle la espada en la garganta. Sólo tres segundos. Cuando cojas la espada, Future Six proyectará tu voluntad sobre el cielo televisivo de la plaza de toros de Córdoba, quiero decir —entiéndeme— que tu voluntad se materializará en los monitores de los servicios de seguridad. Se verá cómo inyectas el estoque en la garganta del Presidente. Se verá tres segundos antes de que ocurra. Se verá la muerte del Presidente tres segundos antes de que ocurra. Tiene gracia que mi desgracia política proceda de la lentitud a la hora de clavar un estoque. Tiene gracia que los toreros lentos dibujen la irrespirable tecnodemocracia del futuro. Pero el tiempo se repite y siempre acaba habiendo una segunda oportunidad; una segunda oportunidad causada por el aburrimiento del cosmos, del universo que reitera planos con cambios mínimos, como el escritor que cambia un adjetivo y tiene que volver a leer el libro entero para ver cómo afecta ese cambio a la totalidad, porque cambiar una coma afecta a la totalidad. Ese aburrimiento a veces causa de forma inesperada movimientos, fluctuaciones, vacíos. No es una voluntad, es simplemente una posibilidad que se levanta y ocurre. Pero jamás es una voluntad. No existe la desgracia personal, ni la melancolía personal, nada es biológico, todo es político. Mi soledad y mi afición a las cocacolas y al beicon y a la crema de cacahuetes eran pura política americana. Mis líos con las mujeres también eran un asunto político. Se enamoraban de un mito, no de mí. Pero es igual, daba igual, el caso es que estaba enamorado de la vida. Yo sabía que cuando cantaba la vida inundaba el corazón de la gente. Mi talento era América, tío. Mi nauseabunda obesidad física y moral era USA en estado puro. Mi gloria era la gloria de ellos, no la mía; yo sólo era un ser humano que cantaba por las mañanas, cuando se despertaba en la cama y oía cómo su madre le preparaba el desayuno. Yo era la vida. La vida, sí, únicamente la vida. La gente nunca se entera de eso, de que es sólo vida y que con eso ya es bastante. Sólo tendrás tres segundos, ya los tuviste una vez, hace mil quinientos años. Y no lo conseguiste. Frank Sánchez, un hombre del Presidente, se puso delante cuando vio la proyección de Future Six. Murió él como una bestia, y la espada se detuvo a tres milímetros de los ojos del Presidente. Lo has adivinado, no quiero estar donde estoy ni donde estuve: todo se puede modificar salvajemente, no hay nada inamovible. Como todo es ficción, las cosas se pueden cambiar; sí, la ficción se repara, vete a ver la película *Funny Games*, y entenderás lo que te digo. La estrenan ahora, he visto la cartelera, sale una crítica de la película en el periódico *El País*. Tú eres el único que puede evitar el orden político del que procedo o del que procedí (es lo mismo pasado y futuro, ya lo dijo Eliot, un poeta católico), la vasta tempestad de nadas que arreciará después de tu fracasado intento de magnicidio.* Tú puedes cambiar mi vida. Mátalo. Tres segundos. Sabes, si yo te contara.

 Dijo: la madre de Jean Arthur Rimbaud, el poeta francés, ya sabes, el poeta ese tan famoso; bueno, pues esa madre odia el mundo occidental, odia lo que la gente dice de su niño. Odia a Francia. Veía a ese bebé en la cuna y no entendía nada. Imagino que tendrá también su Presidente. Ella vendrá también con un alto cometido. Ella sacó de sus entrañas a un niño inocente, angelical. Ella vendrá también. Porque ella sólo ve a su desgraciado hijo. Mucha gente así irá viniendo pero no desde el pasado sino desde el futuro, como yo. Vendrán con planos y estrategias terroristas o posterroristas o preterroristas. Probablemente

---

* T. S. Eliot escribió «Time present and time past / Are both perhaps in time future /And time future contained in time past». Tal vez Eliot creyó que su razonamiento era de carácter filosófico o metafísico o religioso incluso; nunca pensó probablemente que sus versos eran ciencia pura, que acabarían siendo tecnología punta, como Future Six.

todos elijan las plazas de toros españolas, son naves sin tiempo, donde la seguridad es inútil. El espíritu dañado es superior a las cronologías, a la ordenación de pasado, presente y futuro, es superior a la lógica y a la razón. El espíritu dañado es un acelerador de partículas. El espíritu dañado es un canto a la vida. Los que vengan, vendrán henchidos de amor. Busca la madre de Rimbaud la mejilla de su niño para darle un beso y encuentra un ídolo occidental enlodado y destruido por dentro, como yo. Encuentra: pósters, fotos, películas, malas palabras, como yo. Tío, sólo hay pósters.

Dijo: qué bonita es tu sonrisa. Claro que soy Elvis, mi querido Jesse, mi hermano, no dudes de eso, sólo que me he convertido en un terrorista del futuro. Vengo del futuro porque mi pasado fue una mentira política,[*] eso es todo. Y ahora qué quieres que te cante. Dime, prefieres *Trouble,* o *Don't Be Cruel,* o *Return To Sender.* O mejor comienzo con *Guitar Man,* y sigo con *Blue Moon* y luego *Good Luck Charm.* Son tan hermosas todas. O prefieres *Heartbreak Hotel,* o tal vez *Tutti Frutti.* O *Suspicious Minds,* ésa claro, o *My Way.* O tal vez tú eres un romántico y quieres oír *Unchained Melody.* O mejor *Jailhouse Rock,* o *Always On My Mind.* O quieres oír otra vez *Love Me Tender,* tal vez seas uno de esos capullos que se pasan toda la vida oyendo la misma canción un millón de veces. Ah, quieres *Memories.* Quieres *King Creole.* No, ya sé la que tú quieres, tú quieres *In The Ghetto.* Cuando me vestía así, a mediados de los setenta, a nadie se le ocurrió pensar que era un terrorista del futuro. Ya sabes: «Time present and time past», etcétera. Hubo un momento en que ya no sabía cómo vestirme. La desesperación por no saber qué ponerte. Las noches aquellas, las noches de los años setenta, la gente chillando, la gente transformándose

---

[*] O sea, una mierda.

con mis canciones, la exaltación de la gente, un mundo que convierte a los cantantes en profetas, en dioses, porque lo único que se parece a los ídolos antiguos es la voz de unos cuantos tipos como yo; y que esa voz nos exalte, nos conduzca a las pasiones salvajes, a los sueños. A la Vida. Camino de la vida. Pero yo qué, eh, cómo me sentía después de los conciertos. Priscilla se fue y me dejó muerto. La gente se enamoraba con mis canciones y construían sus vidas desde la mía, pero todo eso se lo lleva el tiempo, y en cada país hay un tipo como yo, alguien que hace ese papel. En Francia, creo, aunque tampoco me importa mucho, tenían a Édith Piaf. Y esos tipos, los franceses, construían sus vidas sobre la voz de una mujer. Hay uno como yo o como ella en todas partes. También los hubo en el siglo XVIII y en el XIX, pero no había tecnología que pudiera guardar sus voces y sus rostros. Siempre hemos estado aquí. Siempre. Incluso puede que seamos una repetición de un arquetipo. Ayudamos a que la gente viva, se enamore o se suicide. Ayudamos a lo que sea. Le damos solidez al tiempo. Y luego la gente se muere de nostalgia cuando los años pasan y recuerdan su pasado cuando oyen nuestras voces, porque también somos los dueños del pasado de la gente. Pero la gente no existe. La gente es ficción. Creo que hacemos el mismo papel que los santos del cristianismo, algo así. Puede que San Pablo fuese en realidad un cantante.

Dijo: ¿quieres que te enseñe mi polla? No, tranquilo, es para que veas algo importante de mí, algo real, algo que era yo en serio. Bueno, mejor que no, pero que conste que entiendo de lo importante. Porque a alguien tenía que enseñarle lo que soy: en eso consiste vivir en sociedad, tío. Pero, tranquilo, no te voy a enseñar mi polla, igual le hacías una foto, aunque nadie te creería.

Dijo: todos se iban, así que me fui yo también. No supe que era un cantante político hasta que me quemé por dentro aquel 16 de agosto de 1977. Hice boom. Me fui en mitad de un radiante amor a todo. Y seguía enamorado de ella.

Dijo: bueno, elige una, elige una canción, claro, tío, elige *In The Ghetto,* anda, elige una rápido, porque me estoy muriendo de pena, pues no sabes lo que quise yo ese mundo en el que vives tú ahora, ese mundo al que he vuelto para ayudarte a destruirlo, a consumirlo, a humillarlo, a quemarlo en la pira del amor. Para decirte que lo ames, que lo ames todo. Te he traído un peto blanco con cinturón. Anda, póntelo y asombra al mundo. Dame tu mano. Bailemos un poco. Qué dulce habitación, amor mío.

Toma mi mano, cariño. Eras el mejor de los hombres. Tu vida nos ilumina. Dame un beso. Besa al bueno de Vilas, que te quiere. Te quiero, tío. Te quiero un montón. Vayámonos de fiesta. Ya mataremos al Presidente otro día. Me ayudas a vivir. Me ayudas a todo. No podría soportarlo sin ti: *you were always on my mind.* Tu voz está en mi corazón para siempre. Bésame. Necesito tanto amor esta noche. Qué solos estamos, tío. Qué solos estamos todos los niños de la Tierra. Deberíamos refundar Unicef. Ir como pastores de la buena nueva a ofrecerles a los niños de África un mensaje de esperanza. Yo conduciría un Jeep y tú cantarías a los niños de África. Y seríamos el comando definitivo de Unicef en África. Ya mataremos al Presidente otro día. Vayamos a África ahora, vayamos enarbolando la bandera de Unicef. Los niños de África oirán tu voz y entonces todo tendrá sentido, porque cuando oigan tu voz entenderán que la vida es buena y que la lucha comienza. La lucha está comenzando. Pastores de Unicef, tú y yo, hermano mío.

CANAL 5

Pressing Catch

1. El traje de Superman

Pedro Garfias, militar jubilado por enfermedad nerviosa indefinida, se probó la talla XXXL del traje de Superman. Le quedaba bastante bien. Le preguntó al dependiente de la tienda Mundo Dorado que cuánto costaba. El traje era muy caro. Valía setecientos cuarenta euros. Garfias pagó con su tarjeta de jubilado de la Caixa, sabiendo que ese mes pasaría hambre. Le preguntó al dependiente si se podía llevar puesto el traje. El dependiente dijo «coño, claro, de eso se trata, joder, qué tonto es usted, ¿no ha visto las pelis o qué?». Garfias pensaba que esa imitación que se acababa de comprar no podía incluir el kit de camuflaje, pero así era, lo cual le puso muy contento, pues justificaba el precio del disfraz. Le gustaba que los diseñadores hubiesen tenido en cuenta el tamaño mayúsculo de su sexo (claro, era una XXXL) y que éste se encontrase a gusto en un compartimento estanco del traje. Siempre había pensado en el problema de las erecciones de Superman. Con su traje eso estaba resuelto. La verdad es que el traje le quedaba estupendamente. Hizo delante del espejo algunos movimientos claves. Salió de la tienda. Se metió en un bar. Entró en el lavabo. Y la gente se quedó alucinada. Allí estaba Pedro Garfias, volando por las calles de Barcelona, con el puño levantado apuntando a la Sagrada Familia.

2. Return To Sender

I. Tony Lomas: joder, tío, estamos vivos, año 1976

Es el año de 1976, y el cantante español Tony Lomas, que canta en el conjunto Los Indomables, tiene un problema moral relacionado con el destino final de su automóvil. Su automóvil es un SEAT 850, con el que ha hecho ciento veinte mil kilómetros en los últimos diez años. El SEAT 850 es la adaptación española del Fiat 850. Fiat lanzó al mercado el 850 en la feria del automóvil de Turín de 1964. Ese mismo año se presenta un Fiat 850 Super con un motor de 37 CV, que alcanza los 126 km/h. Es en 1966 cuando el Fiat 850 hace su gloriosa entrada en España con el nombre de SEAT 850. Y éste es el modelo, en su versión de 37 CV, que compra Tony Lomas una tarde de diciembre de 1966 en el concesionario Sánchez y Hermanos de Madrid. Lo compra por 82.542 pesetas. Compra la versión de dos puertas. Diez años van a vivir juntos el SEAT 850 y el cantante Tony Lomas. En esos diez años hay dos viajes internacionales: uno a Lisboa, en 1968; otro a Burdeos, en 1970. Hay varios viajes a Cádiz, a Sevilla. Hay un viaje Madrid-Barcelona, que le cuesta a Tony un día y medio porque el 850 se calienta a la altura de Calatayud.

II. Joder, tío, estamos muertos, año 2008

Pero ahora estamos en el año 2008. Los cantantes españoles de pop de última generación Gregorio Morán y Azucena Carrillo van montados en el coche de un escritor español, que se llama Manuel Vilas. Morán está contando a Vilas la historia del coche de Tony Lomas. Morán le cuenta esta historia a Vilas porque piensa que esta historia debe de interesarle a un escritor. Morán fue amigo-discípulo de Tony Lomas, por eso conoce la historia. Es el mes de junio. Hace un calor brutal en Zaragoza. Es el calor de España, ese calor español es una entidad histórica multiperversa. Vilas piensa que no hay orden en el mundo, sino una aceleración de la mala voluntad del clima, las arterias de las nubes y la conciencia de que lo real es basura. Ensucio, luego existo. Morán sigue hablando del coche de Tony Lomas. Azucena, que también fue discípula de Lomas, matiza la narración con detalles preciosos, necesarios. Un mecánico de la España tardofranquista sentenció el coche de Tony Lomas. Le dijo a Lomas que no valía la pena cambiarle el motor, que lo tirase, que lo llevase al desguace. Tony Lomas escuchó el diagnóstico embutido en una cazadora de cuero y puso una mueca de incertidumbre que quedó enmarcada por las dos patillas pobladas que descendían a través de su cara y arañaban su pómulo blando. ¿Cuál era la avería exacta? Azucena Carrillo señala algo relacionado con el carburador, Gregor VI (es el nombre artístico de Gregorio Morán) apostilla que era el motor en sí. Vilas piensa en la culata, en la dirección, en el embrague y en... Habría que llamar a la viuda septuagenaria de Tony Lomas, a ver si ella recordaba la avería exacta. Gregor VI lleva el móvil de la viuda de Lomas. Llaman. Estáis locos, dice Genoveva, la viuda de Tony Lomas. Tratan de explicar a Geno la razón de la pregunta. Geno estaba viendo una peli en el DVD. Geno dice que estaba viendo *La muerte tenía un precio*. Acaban hablando de cosas normales: ¿qué haces?, ¿estás bien?, ¿dónde estáis?, ¿cuándo quedamos a cenar? Y Vilas se queda sin saber de qué murió el coche.

Pero Gregor VI prosigue. Tony no quería que su 850 muriese reventado en un desguace. Pensó que el coche seguía siendo un lugar. Pensó, dice Gregor, que el coche era una casa. Claro, piensa Vilas ahora, el cantante español Tony Lomas fue un pionero del reciclaje. Nació en él la idea del reciclaje desde el sentimiento moral que le inspiró una máquina agonizante. Es verdad que las máquinas agonizan. Vilas se acuerda de que hace unos años le hablaban las neveras y los microondas. De hecho, el sentimiento de irrealidad en que el ser humano vive instalado desde hace décadas tiene que ver con los electrodomésticos. La electricidad produce un sentido vital en el hierro, en el cristal, en el plástico. Prosigue Gregor diciendo que Tony Lomas se bajó con el coche hasta Algeciras. Le costó descender la península con el cadáver mecánico. Tuvo que hacerle pequeños apaños en talleres de pueblos de Córdoba y de Sevilla. Descendía la península a ochenta kilómetros por hora con destino a Algeciras, donde tenía un billete en el ferry de Ceuta. Era un ferry viejo, con olor a purpurina y a gasoil, con unas letrinas en mal estado, con unas bodegas quemadas por la sal y el viento. Pero ahora vuelve a ser junio de 2008 y una nube de calor inunda Zaragoza. Un termómetro público marca 42 grados. Está descendiendo el fuego de allá arriba.

Sí, prosigue Gregor VI, Tony alcanzó Ceuta con el 850. En Ceuta tuvo que llevarlo a otro taller. Faltaba poco, pero le quedaba adentrarse en Marruecos. Tony Lomas, cantante de Los Indomables, pensó que en Marruecos ese 850 tendría una oportunidad de seguir vivo. De repente, Tony Lomas se siente absurdo en una mañana de junio de 1976, conduciendo por las calles de Ceuta un 850 que camina hacia un Tercer Mundo que aún no sabe que es el Tercer Mundo. Dice Gregor que Tony creía que allí, en Marruecos, ese 850 sería como un regalo de los cielos. No se lo iba a dar a nadie. Simplemente, lo dejaría abandonado en la carretera, en algún sitio, dejaría las llaves puestas, y se marcharía. Gregor VI dice que ha olvidado un detalle muy importante, dice que el 850 de Lomas tenía casete.

Era un casete de cartucho, una vieja tecnología ya extinta. Dice Gregor que esos casetes de cartucho fueron diseñados a principios de los años setenta para evitar que el movimiento del coche afectase a la audición y al aparato reproductor del casete. Luego, se dieron cuenta de que podían inmovilizar una cinta de casete de tamaño normal, y ese diseño de casete cartucho desapareció del mercado. Dice Gregor que Tony Lomas tenía un casete cartucho de Elvis Presley. Lomas era fan de Elvis. Dice Gregor VI que algún marroquí, al ver el coche, haría del 850 su casa. O le daría algún uso inesperado. Es decir, sería útil para alguien. Dice Gregor VI que Tony Lomas abandonó también el cartucho de Elvis. Escuchó por última vez *Always On My Mind* y dejó el casete cartucho en la bandeja del copiloto. A quince kilómetros de Tánger el 850 se detuvo. Fallaba el motor de arranque. Tony Lomas puso el punto muerto y retiró el coche de la carretera, lo condujo unos metros por un camino. Un hombre le ayudó en esa tarea. Desplazaron el 850 cerca de un estanque de agua. Tony aprovechó el estanque para lavar el coche, con un cubo que llevaba en el maletero. Luego hizo autostop y un camionero le llevó a Tánger, desde donde volvió a España.

Pregunta Vilas si Lomas no dejó algún casete cartucho de Los Indomables en la bandeja del copiloto. Gregor contesta que Lomas y Los Indomables grabaron algún disco, pero en vinilo, no en casete cartucho. En aquella época, dice Gregor, sólo pasaban a casete cartucho los éxitos indiscutibles, como Elvis Presley, o los Beatles. Gregor se ve en la necesidad de recordar que Lomas no tuvo mucha suerte, que acabó cantando en discotecas de la costa, en salas de fiesta, en verbenas, en esos sitios. Murió en el año 2000, en un accidente de circulación. Entonces, Tony tenía un Mercedes de segunda mano que le compró a un empresario alemán que veraneaba en Torremolinos. Un Mercedes rojo. Dice Azucena que ella recuerda todos los coches de Tony. Después del 850 vino un Dodge Dart, luego un Volvo, luego un Alfa Romeo, y finalmente el Mercedes. Dice Azucena que en la década de los noventa Tony Lomas comenzó a engordar notoriamente. Medía 1,84 centímetros y pesaba 122 kilos. Se quejaba de que le apretaban todos los pantalones. Estaba muy gordo y empezó a tomar anfetas para adelgazar. Veía su cara ensanchada en el espejo, la papada, los pómulos engrandecidos. Y lo que hizo fue matarse, dice Azucena, porque se dio contra un árbol en una carretera desierta camino de un pueblo llamado Trujillo, en donde tenía que actuar cantando en una boda de unos pijos sin nombre. Desde entonces, entiendo el sobrepeso como un arma de destrucción, dice Azu. Gregor VI dice que Azucena lo quería. Sí, dice Azu. Fue un gran tipo antes de que se derrumbara y empezara a engordar, era muy guapo, muy dulce. Cállate ya, dice Gregor VI, qué coño le importa a Vilas eso; a Vilas sólo le importa el coche. Vilas dice que él también está engordando. Sí, se te nota, dice Gregor VI. Ten cuidado, es el principio del fin, es el arma que usan contra nosotros, dice Azu.

III. Crash versus Elvis Presley

Tres meses después de su abandono, el SEAT 850 de Tony Lomas sirve para consumar una violación de una niña de trece años a manos de un hombre de setenta y dos. Llovía, así que el 850 fue una solución maravillosa para el violador, quien después de violar a la niña le aplastó la cabeza con el gato del coche. Luego tiró el cadáver a un estanque. Miró el cartucho de Elvis. No lo robó. No sabía qué era. Pensó que era un objeto peligroso, por eso no lo robó. A la policía marroquí ni se le ocurrió pensar que el 850 estaba relacionado con el crimen. Un policía orinó encima de una rueda. Quince días después, una perra da a luz a diez cachorros dentro del 850. Un año después un tal Alí consigue mover el coche, ayudado de una mula, y llevarlo hasta un taller de las afueras de Tánger. La mula está enferma, pero Alí no tiene compasión. En vez de ir andando, Alí va subido en el 850 que la mula arrastra y, además, injuria a la mula. La mula echa babas verdes por la boca, pero Alí sigue insultándola y tirándole piedras desde la ventanilla del 850. Las piedras las lleva en una bolsa de plástico, que está encima del asiento del copiloto. Toca el claxon también. Con la ayuda de un negro que se llama Dris Bashri, consigue reparar el 850. Y éste arranca. El coche de Tony Lomas resucita. Dris y Alí van por las calles de Tánger. Consiguen hacer sonar el casete y escuchan *In The Ghetto*. Dris y Alí se enamoran de la voz de Elvis. La voz de Elvis les transmite una alegría ilimitada. Tienen ganas de estar de fiesta y de hacer el amor. La cuarta marcha no entra pero da igual. Emplean el coche para traficar con armas automáticas, que les vende un español agitanado llamado Mauricio Machado, un tipo de Córdoba, con mal aliento y tuerto, pero muy inteligente. Alí y Dris venden las armas al turco Mustafá Fayet. Fayet se dedica a la trata de mujeres. Fayet les dice que no sólo quiere comprarles las armas, también quiere que le enseñen a conducir, pues Fayet no sabe conducir y tampoco quiere que sus subordinados y sus prostitutas sepan que no sabe conducir. Alí y Dris ponen el casete cartucho para que Fayet oiga el prodigio. A Fayet también le encanta la voz de Elvis. De hecho, Fayet se queda perplejo cuando oye cantar a Elvis. Incluso se pone a llorar. Dris, Alí y Fayet conducen por caminos de las afueras de Tánger mientras Elvis canta *In The Ghetto* y *Always On My Mind*. Fayet es un jodido desastre conduciendo, pero al final aprende. A Fayet le gusta tanto el 850 que lo hace pintar de rojo. Consigue Fayet arreglarle la cuarta marcha al 850. Consigue otra cinta cartucho de Elvis Presley. Ahora pueden escuchar más canciones de Elvis. Les gusta mucho *Blue Moon*. Pero el 850, como bien sabía Tony Lomas, está absolutamente acabado. Claro que Fayet es un tipo medio loco, además tiene dinero porque vende putas a España, Francia e Italia, y tiene un montón de sicarios a sus órdenes: tangerinos sin cerebro, que primero prueban a las putas que van a enviar a Europa y luego matan a los familiares de las putas. Fayet le coge cariño al 850 porque es el coche con el que ha aprendido a conducir y con el que ha descubierto la voz de Elvis, y, como es un hombre supersticioso, cree que ése es el único coche con el que puede conducir. Los sicarios le dicen que se compre un coche alemán, un Mercedes, pero cuando le dicen esto Fayet los golpea con una barra de hierro. Alí y Dris le dijeron que no le vendían el 850 y Fayet quería degollarlos a los dos; finalmente, degolló sólo a Dris porque le parecía que era peor profesor de autoescuela, y le perdonó la vida a Alí, porque Fayet pensaba que Alí podría seguir instruyéndolo con la conducción del 850, pues todavía tenía problemas con el embrague, con los intermitentes y con las luces. Fayet se quedó con el 850 rojo. Se lo llevó al mejor mecánico de Tánger. Le cambiaron el motor. Le pusieron un motor 1200. Le cambiaron todo lo que pudo ser cambiado. Le pusieron dos altavoces más. Fayet tenía un 850 nuevo. Fayet recorría los domingos las afueras de Tánger con Elvis cantando por los cuatro altavoces. *Always On My Mind* se adueñaba de Tánger. Fayet gritaba el estribillo. Le gustaba conducir su 850 por aquellos caminos llenos de sol, llenos de nada. Se dio cuenta de que Tánger casi no tenía carreteras en condiciones y eso le entristeció terriblemente. Quiso saber más cosas de Elvis, y también se dio cuenta de que en Tánger nadie había oído hablar de Elvis, cosa que le pareció inexplicable. Fayet parecía un príncipe con un caballo rojo caminando sobre un desierto corrompido, irreal, excremental. Tres días después, Fayet, que estaba medio loco, se corrió una juerga terrible con alcohol y drogas.

Mandó matar a un niño, a una mujer y a un pato. Se quedó mirando las manos de Alí, las manos del hombre que le había enseñado a conducir. Le dijo a Alí que le dejara tocar sus manos. Fayet estaba trastornado, muy drogado, veía cosas, veía elefantes rojos caminando sobre la luna. Le preguntó a Alí algo que nunca le había preguntado por miedo, por superstición. Le preguntó que a quién había pertenecido ese coche. Alí le dijo la verdad, que se lo había encontrado en un camino. Dijo Fayet a dos de sus sicarios que colocaran en el asiento de atrás el cadáver del niño, la mujer y el pato. Le dijo a Alí que se montara en el asiento del copiloto. Fayet arrancó el coche y comenzó a conducir por los caminos de Tánger. Sonaba *Love Me Tender*. Cuando estaban a unos treinta kilómetros de Tánger, Fayet paró el coche. Le dijo a Alí que saliera del 850. Luego salió Fayet del coche, llevaba una pistola en la mano. Fayet le pegó un tiro en la cabeza a Alí y, sin más contemplaciones, se marchó andando por una carretera llena de agujeros, estrecha y rota. Iba cantando el estribillo de *Blue Moon*, o lo que él creía el estribillo de *Blue Moon*, porque Fayet tenía un oído espantoso. Dos horas después se encontró la carnicería un tipo de unos treinta años, llamado Mohamed. El tipo sacó los cadáveres del coche, después de registrarlos. Le dio un beso en la mejilla al niño asesinado y casi estuvo a punto de llorar de impotencia. Pero luego se meó encima de Alí porque lo reconoció. Como las llaves estaban puestas en el contacto, Mohamed se largó con el 850. Mohamed sabía, como todo Tánger lo sabía, que el 850 rojo era del asesino Fayet. Así que, como tampoco había nada en Tánger que le retuviese, y como encontró unos dólares americanos en la camisa del perro de Alí, se largó con el coche en dirección a Fez y puso el casete cartucho y comenzó a sonar *Good Luck Charm* de Elvis y Mohamed tuvo una visión: sintió la voz de Dios. Mohamed era algo médium y percibió que ese 850 era un patíbulo, o que tenía poderes patibulares, se dio cuenta de que ese coche era un imán para los cadáveres. Cuando llevaba recorridos treinta kilómetros en dirección a Fez, comprendió que tenía que volver a Tánger. Moha se presentó en casa de su amigo el escritor norteamericano Paul Bowles (Bowles llamaba Moha a Mohamed) y le contó lo que había pasado, haciendo hincapié en el hecho de que él, Moha, en su calidad de médium, consideraba que el coche tenía los poderes de una morgue móvil. Moha se había aprendido el estribillo de *Good Luck Charm* y se puso a cantarla delante de Bowles. Bowles reconoció inmediatamente la canción de Elvis. Bowles dijo así que detrás de todo esto está Elvis, qué bien, qué extraordinario. A Bowles, que estaba durmiendo con un niño de nueve años, le entusiasmó la historia y lo bien que imitaba a Elvis el negrata de Moha. El niño de nueve años se despertó al oír cantar a Moha. Taleb se levantó de la cama, un hilillo de sangre descendía de sus nalgas. Tenía una cara de ángel oscuro y unos ojos enormes, le gustaba lo que estaba cantando Moha. Paul Bowles salió de casa y montó en el 850 de Moha y le dijo a Moha que sí, que ese coche era una Santa Morgue Infinita, una casa de amparo para la sangre difunta. Pusieron el cartucho casete dos y sonaba *Don't*. Y luego comenzó a sonar *Return To Sender* y Bowles y Moha se pusieron tan alegres que pararon en una cuneta y comenzaron a besarse. Moha le dijo a Bowles que la próxima vez que le viera con un niño le mataría. Bowles le contestó diciendo que eso no era asunto suyo y que le iba a pagar a Taleb los estudios en Francia, que él se preocupaba de Taleb. Dieron una vuelta por los caminos de las playas de Tánger. Estaba amaneciendo. Bowles le dijo a Moha que dentro de una semana se marchaba a Nueva York, que por favor le vendiese el 850, porque quería llevarse el coche a Nueva York. Moha aceptó. Bowles le exigió a Moha que limpiara la sangre de los asientos y que se librara de los restos humanos que había dentro del coche y que le quitase la pintura roja y lo volviera a pintar de blanco. Tanto Moha como Bowles temían que Fayet quisiera recuperar su coche. Desconocían que Fayet había renunciado casi de una forma religiosa no sólo al 850 sino también a la conducción de vehículos. De hecho, dos días después de abandonar el 850, Fayet se compró una moto japonesa de importación, pero tuvo que buscarse a alguien que le enseñara a llevar una moto, pues ni siquiera sabía montar en bicicleta. También mandó a uno de sus sicarios de confianza viajar a Barcelona para que le comprase un tocadiscos y un amplificador marca Philips de 100 vatios y cuatro cajas Vieta de cuatro vías y se hizo traer de París toda la discografía de Elvis Presley, porque en Barcelona no estaban todos los discos de Elvis. Fayet se enamoró de la canción *Don't*. Estaba todo el día escuchando esa canción. Se le rayó el vinilo. Cuando la aguja del tocadiscos caía en el surco rayado del vinilo, Fayet cogía la pistola y salía al patio de su casa disparando tiros. Mató a un camello así, le pegó un tiro en el hocico. Decidió comprar cien copias del mismo disco. La voz de Elvis le traía un mensaje sagrado. Fayet lloraba. La vida le parecía hermosa, pero su propensión al mal permanecía inalterable.

IV. Mártires

Bowles arregló los papeles del 850 y se lo llevó consigo a Nueva York, en un trasatlántico americano llamado *Abraham Lincoln,* que partió del puerto de Tánger el 8 de agosto de 1977. Las autoridades portuarias norteamericanas impidieron la entrada del SEAT 850 del cantante español Tony Lomas en Estados Unidos porque la cilindrada del motor no se correspondía con la cilindrada expresada en la carta técnica del vehículo expedida por el Ministerio de Industria de España. Bowles protestó, pero le dijeron que lo único que tenía que hacer era pedir un permiso federal de cambio de cilindrada, y esperar a que se lo concedieran. Mientras tanto, el vehículo fue retenido en una nave secundaria del puerto de Nueva York, junto a otras máquinas y objetos extraños que la gente traía a América desde cualquier punto de la Tierra. Bowles se dedicó durante unas cuantas semanas a reencontrarse con sus amigos americanos, iba de fiesta en fiesta, aunque no olvidaba el asunto del coche, que de vez en cuando le venía a la cabeza, pero se sentía sin ganas para presentarse en las oficinas correspondientes. Entretanto, a Bowles le salió un viaje a Roma. De Roma regresó otra vez a Tánger. Y el 850 se quedó abandonado en la nave del puerto de Nueva York. Las autoridades portuarias escribían de vez en cuando cartas a Bowles, a su domicilio neoyorquino. Estas cartas no le eran reenviadas a Tánger. En noviembre de 1978 le fue escrita la última carta en la que se le multaba y se le comunicaba que su automóvil iba a ser sometido a subasta pública, y si no se encontraba comprador, iría directamente al desguace. Se le avisaba de que había perdido todo derecho a percibir la cantidad que por la venta del automóvil se obtuviera en subasta pública. Tampoco recibió esa carta. Sin embargo, Bowles se acordaba de vez en cuando del asunto de su 850 retenido en el puerto de Nueva York. Pensó que no estaba nada mal haber dejado en estado latente una nevera de carnicería del Tercer Mundo en el país más rico de la Tierra. Bowles intuía que el patíbulo andante se pondría en funcionamiento el día menos pensado. El 850 lo compró un empleado del puerto de Nueva York que asistió a la subasta. El empleado se llamaba Federico Villamediana, y era nicaragüense. Compró el coche por diez dólares. La compra le obligaba a solicitar los permisos legales, que valían mucho más que los diez dólares que había pagado. Sin embargo, la normativa había cambiado en el último año, y el asunto de la cilindrada del motor ya no era una condición indispensable. Un 7 de enero de 1980 Fredy (lo llamaban así) conduce el 850 del cantante español Tony Lomas por la Quinta Avenida de Manhattan. Tuvo que cambiarle la batería, que se había descargado. Costó encontrar una batería que se adaptara al 850, pero Fredy dio con ella. También hubo que hacerle un cambio de aceite y de bujías e hinchar las ruedas. Por lo demás el coche estaba bien, pues el mecánico que pagó Fayet en Tánger hizo un espléndido trabajo. A una de las dos casetes cartucho se le había roto la cinta, pero la otra estaba intacta. Y Fredy escuchaba a Elvis mientras hacía rodar el 850 por la Quinta Avenida. Fredy ya había oído muchas veces la voz de Elvis. Sin embargo, cuando la oyó en el 850 le pareció que era la primera vez que la oía. Se sintió feliz. Sonaba *Blue Moon* y le dio la sensación de que su vida comenzaba de nuevo.

Un 15 de febrero de 1980 a Fredy Villamediana le abandona su mujer, que se llamaba Mara Luis. Mara Luis le escribe una carta diciéndole que ya no le quiere y que se marcha a México, pues Mara era mexicana. Mara se ha ido con el 850. Fredy la busca en casa de algunos amigos neoyorquinos, pero no la encuentra. Recorre el Bronx en busca de Mara, y en busca también del 850. Un tipo que se llama Gabriel Bocángel, amigo de Fredy, le dice, movido por el odio y por la envidia (envidiaba la posesión de la mujer de Fredy y el 850, como si la mujer y el coche formasen un lote, un pionero pack de los años ochenta) que Mara no se ha ido sola, lo cual es cierto. Mara se ha largado con un amigo de Fredy, se ha largado con Manuel Lomas, un mexicano rubio, que se apellida igual que el cantante español (un azar de los apellidos hispánicos), pero que no es cantante, sino descargador del muelle de Nueva York. Bocángel le dice a Fredy que se han largado con el coche a la Costa Oeste. Fredy le dice que el 850 no aguantará cruzar este maldito país, se derretirá, explotará, se disolverá como aire podrido. Cuando acaba de decir esto,

Manuel Lomas intenta controlar el 850 pero la dirección no responde. Es una bajada, en una autopista, a cincuenta kilómetros de Nueva York. Mara y Manuel están escuchando *Blue Moon*. El 850 choca frontalmente contra un Buick Riviera, que iba a ciento ochenta kilómetros por hora frente a los ochenta kilómetros por hora del 850. Mara y Lomas perecen en el acto. El 850 queda convertido en una chatarra indescifrable.[*]

V. Zaragoza otra vez, ciudad de criminales gloriosos, año 2008, España, diálogos, Gregor VI. El viaje a NYC

Van Gregor VI, Azu y Vilas en el Peugeot 206 azul, 41 grados a la sombra, ciudad de Zaragoza. Vilas ha estado hablando todo el rato.

—Eso fue lo que pasó —les dice Vilas a Gregor VI y a Azucena—, ésa fue la historia del 850 que dejó Lomas en África.

—No acabó allí —dice Azucena.

—Pues como no resucite, ya me dirás —afirma Gregor—, ¿no creéis que podemos dar al cochecito por muerto?

—No, no podemos darlo por muerto. El hierro, la chapa, muchos de los materiales del 850 de Tony Lomas estarán en alguna parte, habrán resistido más esos materiales que los restos óseos de las personas que murieron dentro de él. En algún lugar de Estados Unidos quedará

---

[*] Era un Buick Riviera fabricado en 1979. Un coche completamente nuevo en ese momento. El Buick Riviera poseía 172 CV, 16 válvulas y 8 cilindros. Tenía una velocidad máxima de 194 km/h. Medía 5,25 metros. Era un coche inmenso. Fue catalogado como *luxury car*. Consumía 20 litros a los 100 kilómetros. Es legítimo y hasta conveniente hallar en esto un trasunto simbólico: la muerte de un pequeño utilitario español a manos de un gigante americano, con todas las consecuencias sociales, culturales, políticas y morales que se quieran añadir.

algún fragmento del 850 de Lomas. Incluso fragmentos de los casetes cartucho de Elvis. Deberíamos ir a buscar esos hierros perdidos. Es lo único que podemos hacer para que haya un sentido, para que todo tenga sentido —dice Azucena.

Van Gregorio Morán, Azucena Carrillo y Manuel Vilas por las calles de Zaragoza, montados en el coche de Vilas, un Peugeot 206 azul. Vilas pone *In The Ghetto,* y los tres se ponen a hacerle los coros a Elvis. Hace mucho calor. Usan la parada del semáforo para besarse. Vilas besa a Gregor VI y Gregor VI besa a Azucena y luego Azucena besa a Vilas pero inexplicablemente le muerde un labio y el semáforo se pone en verde y el conductor de atrás comienza a darle al claxon. Cada uno de ellos tres lleva una idea del mundo en su cabeza: el pasado, el tiempo, los que ya han muerto, el afán por seguir vivo. Es decir, están pensando en el coche de Tony Lomas. Porque el coche de Lomas, el 850 que murió en Estados Unidos, dice Vilas, somos todos nosotros, pues algo tenemos que ser y no veo que podamos ser algo espiritualmente superior a esa caja de hierro que tuvo destinos misteriosos. Les dice Vilas que podrían viajar a Estados Unidos en busca de algún resto del 850, en busca de partículas y polvo, porque seguro que un resto de ese coche, por pequeño que sea, contendrá todas las respuestas. Usan otro semáforo para seguir besándose. Siguen cantando los coros de *In The Ghetto*. Azu besa a Vilas con una fuerza trágica, y Gregor VI le da una bofetada a Azu.

—Voy a parar en una agencia de viajes y sacamos tres vuelos para Nueva York. Anda, Azucena —dice Vilas—, vuelve a llamar a Geno y pregúntale si le saco billete a ella también.

Geno dijo que sí, que ella también quería viajar a NYC con ellos y que la fecha que mejor le iba era en Navidades. Así que Vilas sacó los billetes para el fin de año en Nueva York.

VI. *Pornografía, certificado de defunción*

Dos meses después, Vilas murió de un ataque al corazón. La viuda de Vilas, que se llamaba Lili Manresa, tuvo que encargarse de que los de la agencia de viajes le devolvieran el dinero. La autopsia reveló que Vilas llevaba padeciendo microinfartos desde que era un niño, tal vez un niño de nueve años. Unos extraños microinfartos que no fueron advertidos nunca por ningún médico. Un apilamiento de pequeños sustos que dio al final una suma mortal. Sustos que eran causados por el escándalo, por los escándalos concatenados con que los adultos contaminan la vida de los niños y de las inocentes máquinas. Vilas fue violado a los nueve años por un hombre viejo y nunca se lo dijo a nadie. Allí empezó la orgía de los sustos que deterioraron su corazón. Cargó con la violación con un silencio de máquina. Las máquinas cargan con todas nuestras insolaciones morales. Las máquinas contemplan crímenes y callan. La mudez de las máquinas es sólo física; en sus adentros, estallan de pena. Vemos a Lili Manresa acompañada por Gregorio Morán y Azucena Carrillo. Viajan en el Peugeot 206 camino de los Pirineos, donde tirarán las cenizas de Vilas. Manresa pone un CD de Elvis. Suena *Always On My Mind*. Los tres se sienten suavemente voluptuosos, con una energía negra que sale de la canción y que hace que Lili se desvíe por un camino y pare el coche, una energía caliente que hace que salgan los tres del coche y comiencen a darse besos en la boca mientras las cenizas de Vilas permanecen inalterables en el asiento de atrás del Peugeot 206 y va terminando *Always On My Mind* y comienza ya *Blue Moon* y los besos arrecian y las caricias se convierten en fuego. Lili lleva unas medias negras. Está guapísima. Sus pies con las uñas pintadas de rojo hacen que Gregor VI enloquezca casi. Azu le da una bofetada a Gregor VI, pero Lili enseguida se pone a besar a Azu. Lili, a la vuelta del adiós a su marido, aún tendrá que pelearse con los de la agencia de viajes para que le devuelvan el dinero. Vemos a Lili (Lili lleva una minifalda roja muy ceñida) entrar con Gregor VI y Azu Carrillo en la agencia de viajes Gran América, pues así se llama la agencia. Gregor le pregunta a Lili si ha hecho fotocopia del certificado de defunción de Manolo.

VII. Look Away Dixieland, neuronas valientes

En las cumbres pirenaicas, una ventisca de diciembre mantiene en el aire las cenizas de Vilas. Como si las cenizas reconstituyeran un cerebro. Recomponiéndose ese cerebro. Donde hubo neuronas valientes, ahora hay cenizas conquistadas por la oscuridad. Y alguien está cantando *Dixie,* y Tony Vilas entra en el paraíso, sentándose a la derecha de Elvis Presley. Están desnudos, gruesos, con sobrepeso, beben, y cantan *look away, look away, look away, Dixieland... Away, away, away, away, away, Dixieland...* y Elvis canta *look away,* y Elvis coge la mano de Tony Vilas y vemos a dos gordos entrar en la fiesta final. Los hombres gruesos tienen derecho al Paraíso, grita alguien. La obesidad también puede estar en la Gloria, vuelven a gritar. Las maravillosas barrigas, la alegría de la infancia, el sol, *away, look away Dixieland.* Las barrigas espléndidas, las papadas taurinas, el corazón ensanchado, engrandecido, las caras convertidas en lunas llenas. Y vinieron más amigos, vinieron todos, vino Bowles, con un sombrero amarillo, vino Fayet, con un turbante rosa, vino Alí con una gorra del Che Guevara, y vino Mara Luis, y vino el gran Manuel Lomas, con su tupé ardiendo. Manolo Lomas los miró a todos, y dijo, tíos, qué bien estáis, estáis como siempre, qué bien os trata el fin de la carne y el fin de lo que sea, el puto final, vamos, y se puso a llorar de alegría, porque se acordó de lo fascinante que había sido estar vivo y se acordó del SEAT 850 y vio la cadena humana resuelta en belleza negra que ese hijodeputa de 850 había creado sobre la asquerosa tierra, y Manolo Lomas se sintió el fantasma más ágrafo y sinvergüenza del fin del mundo. Pensó que ese puto 850 había sido como la variante hispánica del monolito de la película *2001: Odisea del espacio* de Kubrick. Lomas se puso a cantar *look away, look away,* y lloraba y besaba a Mara Luis. Y Mara Luis se desnudó allí, delante de todos. Y Mara llevaba unas bragas rojas que eran una auténtica pasada. Y Mara dijo que quería montárselo con todos. Y Lomas se desnudó también. Mara era una mujer extraordinaria. Estaba buenísima. Era perfecta. Era mulata. Tenía las proporciones perfectas, o casi. Era como la actriz del porno Belladonna pero en oscuro. Y comenzaron a bailar. Elvis descorchó una botella. Una fiesta dura como el sol. Y todos gritaban *Return To Sender.* Y Vilas pudo olvidar a aquel hombre que le pudrió la vida cuando sólo tenía nueve años. Y chilló Vilas con todos, todos gritando como bestias enamoradas y emergentes, gritando *Return To Sender.* Bestias emergentes, sí, tío, la Odisea, la puta Odisea. Y Lomas diciendo te quiero a todo lo que se movía, y besándolo todo. Menuda pasada, tío. Era la Capilla Sixtina, te lo juro. Estaban todos, estábamos todos allí, tan guapos, tan bien pintados, tan de verdad, tan en el cielo, tan en la gloria. Porque la Capilla Sixtina era como el Ritz, sí, tío, como el Ritz. Era eso, tío: la Capilla Sixtina, sí, esa que está en Roma, esa que miran desde abajo millones de turistas venidos de todos los puntos de la Tierra, esos turistas de la clase media occidental, sí, esos genios. Toda esa gente que viene a vernos a nosotros, a Lomas y a todos nosotros. Y yo estaba con mi carita de nueve añitos, porque aquí no se envejece, porque

Bowles no me pagó nada, se lo dio todo a mi padre y mi padre acabó conmigo cuando se enteró, pero ya da igual, porque ahora estoy aquí con todos, tío. Toda esa gente que viene a vernos, que viene a verme a mí, a Taleb.

«Aleluya, Taleb, yo te quiero», dice Elvis.

CANAL 6

Fútbol

1. Final de la Eurocopa: 29 de junio de 2008

—No quiero ser yo el que se pierda el partido —dijo Juan Carlos.
—Y yo tampoco —dijo Felipe.
—Vosotros dos sois los elegidos, y esta misión es importante, es la más importante —dijo José Luis.
—Tranquilo, tío, que era una broma —corrigió enseguida Juan Carlos con el asentimiento de Felipe—, sabemos perfectamente que es una misión importante, pero nos jode perdernos el partido, espero que lo grabéis bien y que luego toda la Hermandad lo vuelva a ver con nosotros.
—Eso dalo por hecho.

Juan Carlos y Felipe subieron a su SEAT Ibiza. Llevaban porras de goma y dos pistolas. Era la noche del 29 de junio de 2008. Zaragoza estaba desierta. Todo el mundo estaba viendo la final de la Eurocopa de fútbol que enfrentaba a España contra Alemania. Pero Juan Carlos y Felipe sabían que encontrarían a pequeños desertores a quienes debían castigar. Estaban excluidas las mujeres y los niños; se vio en esta exclusión una demostración palmaria de la generosidad de la Hermandad. Ahora bien, todos los varones de más de dieciocho años eran culpables. Juan Carlos y Felipe, además, estaban de muy mala hostia porque por culpa de esta misión justiciera se iban a perder la final de la Eurocopa, pues no estarían con sus colegas de la Hermandad viendo el partido en el club social El Artillero, que tenían en la calle Salvador Allende, del barrio de Las Fuentes. Además, ahora habían comprado una televisión Pioneer PDP-LX5080D Plasma 50" Full HD, que les había costado 3.799 euros en la Fnac de la Plaza de España de Zaragoza. Estaban al borde del paroxismo con aquella televisión de 50 pulgadas. Habían visto todos los partidos de la Eurocopa en esa televisión, mientras gritaban «Viva El Artillero».

Juan Carlos y Felipe comenzaron a patrullar las calles. Encontraron mujeres y niños, como habían previsto. Patrullaban el barrio de Las Fuentes. Pero al doblar por la solitaria calle Adán se toparon con un hombre de unos cuarenta años. Aparcaron el coche al lado del hombre, no sin frenar de una forma violenta. Juan Carlos y Felipe salieron del coche con sus porras y sus dos pistolas, llenos de determinación, dispuestos a acojonar a ese hijodeputa que no estaba viendo el partido, dispuestos a apalear a ese traidor, a ese desertor inmundo. Juan Carlos y Felipe se pusieron delante del traidor nauseabundo.

—Eh, capullo, ¿por qué no estás viendo el partido? —preguntó Felipe.

El tipo se los quedó mirando. Era como si llevase un chicle en la boca, o algo parecido. Hubo un silencio demasiado largo. Daba la sensación de que sonase alguna música lejana. Juan Carlos y Felipe percibieron que el tipo que tenían delante olía mal, como a podrido.

—No me gusta el fútbol, me parece una puta mierda el fútbol, pero aún me gusta menos tu asquerosa cara —respondió el hombre de cuarenta años, y al hablar pudieron verle el rostro, un rostro con barba de tres días, una barba negruzca y sudada, una mirada escasa, unos ojos rasgados, inútiles, una frente como de hielo, una camiseta negra, manchada, vieja, raída, y un poncho descolorido encima—, además, vosotros sólo sois dos pequeños maricones de mierda.

Juan Carlos y Felipe sacaron las pistolas, con ánimo de intimidar al hombre, aunque presentían en las zonas más inconfesables de sus almas que algo iba mal, que algo extraño, muy extraño, estaba pasando.

—¿Cómo te llamas, hijodeputa? —preguntó Juan Carlos enseñando su pistola—, ahora no te ríes tanto, eh, pedazo de maricón. Así que no te gusta el fútbol, vas a lamentar mucho lo que acabas de decir, vas a arrepentirte de no estar viendo el partido, eso te lo aseguro.

—Creo que no os estáis enterando de lo que va a pasar —dijo el desconocido—, no basta con enseñar una pistola. Es una lástima que os tengáis que perder el partido.

—Lo veremos luego, con nuestros colegas. Pero ¿cómo te llamas, capullo?

—Me llamo Frank, y vengo directamente del sitio al que te voy a mandar a ti dentro de unos segundos.

La calle Adán estaba desierta. Casas de obreros abandonadas. Bares cerrados. Parecía ahora como si la calle fuese distinta a la calle en que hacía unos minutos se habían adentrado Juan Carlos y Felipe. Se acercaba la música aquella.

—Es una lástima que os quedéis sin saber para siempre el resultado del partido —entonces el desconocido sacó una pistola pequeña del bolsillo de su pantalón y apuntó con ella a la frente de Felipe—. Creo que jamás sabréis el resultado. No sé, 3-0, ¿os vale ése?, o 0-0, qué mierda de resultado el 0-0, mejor 1-4 —y se echó a reír con una risa estridente y salvaje.

Felipe y Juan Carlos se quedaron paralizados. Completamente rotos en sus voluntades. Les dio tiempo de ver cómo la calle seguía transformándose en un desierto sin casas, en un páramo desdentado. Y el desconocido siguió hablando «ya sabía yo que ese SEAT Ibiza acabaría en mis manos» y se rió amargamente, y volvió a decir «cuando estéis en el infierno, saludad de mi parte a la hija de perra que os dio la vida» y disparó contra Felipe y después, casi simultáneamente, contra Juan Carlos. Les metió una bala en medio de la frente. Un agujero limpio y perfecto en medio de las frentes de los dos chicos, de los dos amantes del fútbol. Los dos cayeron contra la acera como bolsas azules de basura. Miró en el bolsillo de una de esas nauseabundas bolsas azules de basura y encontró las llaves del Ibiza manchadas de aceite, de mayonesa, de restos de comida, de líquido de yogur de fibras bio. Limpió las llaves en su poncho. Se montó en el coche y se marchó, enfilando la calle Adán velozmente. Una sonrisa negra le ceñía los labios secos, cortados. Se perdió el SEAT Ibiza en la lejanía.

2. Juan Carlos I

Es el 19 de julio de 2022 y el Rey de España Juan Carlos I agoniza en un hospital de la Nueva Ciudad Deportiva del Real Madrid, pero aún está consciente y lúcido, aún le quedan unos días. Ha pedido que pongan delante de su cama los últimos trofeos del Real Madrid. Pide hablar con su hijo Felipe de Borbón a solas.

—¿Te acuerdas de aquel escritor español que se llama o llamaba, no sé si vive todavía, Manuel Vilas? —le pregunta Juan Carlos a su hijo—. Sí, aquel escritor que dijo en una novela o en un ensayo, vamos, en algún sitio, dijo algo así como que los grandes mandatarios estábamos alienados; que la alienación se cebaba más en los reyes, en los presidentes de Gobierno, en los presidentes de las multinacionales, de los bancos internacionales que en los pobres, que en la gente del Tercer Mundo, y todo eso.

—No, no me acuerdo, papá —contesta Felipe de Borbón—, pero ¿a qué viene eso ahora?, se dicen tantas cosas, vaya tontería. No pienses en intelectuales ahora.

—Es que tenía razón —dice Juan Carlos I—, tenía razón ese Vilas. Se nota mucho ahora. Porque veo ahora que todo ha sido una alienación sin gravedad. Quiero decir, hijo mío, que antes no la vi, la alienación, la veo ahora. Es como un ser monstruoso, como un Frankenstein. Nunca la vi antes, la veo ahora. Suerte de esos trofeos del siglo xx del Real Madrid, esos trofeos me dan gravedad, esos trofeos representan a millones de españoles, ¿no?, ¿dónde están los entrenadores del siglo xx? ¿La Copa del Rey? Ni siquiera la Copa del Rey es real. Veo que se derrumba el firmamento.

—Son los efectos de la medicación —dice Felipe.

—No, en absoluto, precisamente por eso quería estar a solas contigo antes de que te deje para siempre. He dicho para siempre. Los reyes pensábamos que nuestras almas se derramaban por los caminos de nuestra tierra, de nuestro país. Nos íbamos, pero España y el Real Madrid continuaban. Y nosotros nos fundíamos con la tierra, con el tiempo. En realidad, sólo te tengo a ti y tú ya eres como yo fui y como ya no quiero ser aunque sea en el último momento. Entiendo que nos maten en distintos momentos de la Historia. Yo no sabía que estaba humanamente alienado. Sólo de ti aceptaría un balazo. Cámbialo todo, hijo mío, cámbialo todo y mátame. Coge la pistola de un miembro de la seguridad, dile que te la preste. Lo hará. Coge la pistola y mátame, y funda un orden nuevo. Tiene que haber algo que no sea Frankenstein. Tiene que haberlo.

CANAL 7

Reposiciones

(clásicos del siglo xx)

1. La realidad y el deseo

Elisa Márquez era vegetariana. Estaba delgada. Escribía poesía con notable éxito. No tenía trabajo fijo. Vivía de trabajos eventuales, y por tanto trabajos mal pagados. Compartía piso con Alfredo, un estudiante de Veterinaria, y Mara, que quería ser actriz y sobrevivía con ahorros de cuando trabajó en Estados Unidos en una empresa farmacéutica y con ayudas familiares, especialmente el dinero que le mandaba su hermana mayor, que era la única que creía en el talento artístico de Mara.

Se llevaban más o menos bien. Había una desesperación compartida en cierto modo: Elisa no podía vivir de la poesía, aunque había ganado un par de premios, y su nombre sonaba en el mundillo de la poesía (pero de ese sonido de un nombre no se podía vivir);* Alfredo tenía veintiocho años y había retomado las tres asignaturas que le quedaban para acabar la carrera de Veterinaria, carrera que dejó plantada seis años atrás para irse a ver mundo de la mano de una chica colombiana que luego lo dejó plantado; y Mara se pasaba el día mirando su móvil y su correo electrónico, se pasaba el día esperando una llamada. Pero nadie llamaba. Alfredo se mareaba, literalmente se mareaba, cuando se ponía a estudiar las asignaturas que le quedaban para acabar la carrera. Sabía perfectamente que jamás podría aprobar esas asignaturas, además, estaba en-

---

* Había tenido relaciones sexuales interesadas con unos treinta poetas. Un día se dio cuenta de que si esas relaciones las hubiera tenido en otro ámbito profesional, ahora sería directora general de Medio Ambiente, ministra, presidenta de Simpson-España, o similar.

ganchado a los tranquilizantes. Alfredo, en realidad, estaba bastante desequilibrado, pero dijo en casa que quería acabar la carrera y sus padres le creyeron. Estaba claro que a la que mejor le iba era a Elisa, después a Mara, y en último lugar a Alfredo. Alfredo sabía que era el último, y eso le enloquecía o desesperaba aún más, por eso fue él el primero en apoyar con un convencimiento radiante la presencia de John Vidal en sus vidas.

Vidal apareció en las vidas de Elisa, Mara y Alfredo en forma de vecino de rellano. Se había mudado al piso de enfrente. Era un hombre joven, de unos treinta y cinco años. Era muy guapo, tenía encanto. Le caía un mechón de pelo negro sobre la frente. Tenía un fulgor especial en las manos, a la hora de mover las manos. Fue apareciendo poco a poco, de forma imperceptible, en la vida de los Tres Genios, como Vidal los bautizó cuando tuvo ya un poco de confianza. Vidal era periodista *freelance* y hablaba perfectamente inglés y francés, lo que le permitía vender muchas entrevistas con escritores y artistas de esas lenguas, pues su campo de acción era la literatura y el arte. Su madre era inglesa, de ahí la razón de su nombre de pila. Pero ya había muerto. De su padre no hablaba. Trabajaba de forma ocasional para varias revistas y periódicos, y aunque algún prestigioso periódico le había hecho ofertas de entrar en plantilla, siempre las había rehusado: no le gustaban los horarios ni los despachos. Le gustaba su casa. Tenía un gato negro que se llamaba Olo. Los Tres Genios y Vidal acabaron siendo amigos. Pequeñas coincidencias en el rellano, favores domésticos, préstamos de libros o de DVD, algunas sólidas complicidades frente a otros vecinos del inmueble, y finalmente: la cena de los viernes. Unas veces en casa de los Tres Genios, otras en casa de John Vidal. Intimaron. Se hicieron inseparables. Se lo contaban todo. Llegó la hora de amarse. No hallaron manera de formular su amor en parejas racionales, y se metieron los cuatro en la cama, pero aun así había una barrera espiritual: de una parte estaban los Tres Genios y de otra Vidal, pero no pasaba nada por eso. Al cabo de un tiempo, eran cuatro amigos unidos casi de una forma sobrenatural. Era una amistad sin fisuras, sin grietas. Estaban convencidos de que lo que les estaba pasando era un milagro. En la cama todo iba muy bien. Pero un día John Vidal comenzó a darles unas inquietantes y pequeñas palmadas en el culo a Elisa y a Mara. No pasó nada, de momento. Pero las palmadas se convirtieron en bofetadas, en verdaderos golpes.

Se sentaron los cuatro a hablar de esas bofetadas. Fue entonces cuando John Vidal les reveló quién era. Les pidió que no le interrumpieran, e intentó relatarles su verdadera identidad. Comenzó con digresiones y preámbulos científicos, o seudocientíficos, sobre la reencarnación. Citó libros. Citó a investigadores. Citó casos. Fue a su piso y regresó con varios volúmenes. Abrió los libros, leyó párrafos subrayados. Eran libros de segunda mano, y de muy pocas páginas. En realidad, eran manuales de autoayuda. Mara, Elisa y Alfredo se sentían a mitad de camino entre la perplejidad y la comedia. Pero el rostro de John Vidal era sereno, brillante. Finalmente, les dijo que él, John Vidal, era la reencarnación del poeta español Luis Cernuda, que murió en México, en noviembre de 1963.

Vidal les dijo que él era Luis Cernuda. Les explicó cómo ocurría. Escribió fórmulas matemáticas en varios folios con un rotulador de trazo grueso que sacó de repente del bolsillo de su pantalón. Alfredo observó que eran fórmulas sin precisión matemática. En todo caso, eran fórmulas simbólicas. Como no entendían las fórmulas, «las cuales encerraban una alta especulación sobre la materia», les tradujo todo aquello. La traducción de las fórmulas era divertida. Es como si escribes $X+5=8$ y dices que faltan tres años para el fin del mundo, que ocurrirá el día 5 del X del año 8. Cernuda murió antes de tiempo. Su cuerpo falló, pero su energía psíquica estaba en plena efervescencia.

Entonces Vidal sacó de su bolso de mano la poesía completa de Luis Cernuda, y les leyó un fragmento del poema «A sus paisanos»:*

A SUS PAISANOS

No me queréis, lo sé, y que os molesta
Cuanto escribo. ¿Os molesta? Os ofende.
¿Culpa mía tal vez o es de vosotros?
Porque no es la persona y su leyenda
Lo que ahí, allegados a mí, atrás os vuelve.
Mozo, bien mozo era, cuando no había brotado
Leyenda alguna, caísteis sobre un libro
Primerizo lo mismo que su autor: yo, mi primer libro.
Algo os ofende, porque sí, en el hombre y su tarea.

¿Mi leyenda dije? Tristes cuentos
Inventados de mí por cuatro amigos
(¿Amigos?), que jamás quisisteis
Ni ocasión buscasteis de ver si acomodaban
A la persona misma así traspuesta.
Mas vuestra mala fe los ha aceptado.
Hecha está la leyenda, y vosotros, de mí desconocidos,
Respecto al ser que encubre mintiendo doblemente,
Sin otro escrúpulo, a vuestra vez la propaláis.

Contra vosotros y esa vuestra ignorancia voluntaria,
Vivo aún, sé y puedo, si así quiero, defenderme.
Pero aguardáis al día cuando ya no me encuentre
Aquí. Y entonces la ignorancia,
La indiferencia y el olvido, vuestras armas
De siempre, sobre mí caerán, como la piedra,
Cubriéndome por fin, lo mismo que cubristeis
A otros que, superiores a mí, esa ignorancia vuestra
Precipitó en la nada, como al gran Aldana.

Cuando Luis Cernuda murió en México —prosiguió Vidal—, solo y triste, su razón de vida no murió. Murieron sus órganos corporales. Pero había sufrido tanto en vida, que su sufrimiento no desapareció con su cuerpo, como es lo habitual. Había tanto dolor en su alma que ese dolor se había hecho como de acero y no admitía desaparecer. Se había hecho materia. Sí, como lo oís: el dolor era material, como hueso y carne, pero en otra dimensión.

---

* No hubiera hecho falta que lo leyera, se lo sabía de memoria, además, era el autor de esos versos.

Ese dolor tenía existencia aparte de su cuerpo. Era un dolor luminoso, y en cierto modo un dolor lleno de júbilo. Tampoco es tan difícil de comprender. Cernuda se amotinó contra un país entero, contra España y los españoles de su época, a quienes odió porque pensaba que le odiaban a él. Eran odios cruzados, como fuego cruzado. Pero él estaba solo, y los demás eran un ejército. España no estaba preparada para entenderle, claro. Lo curioso es que le siguen odiando, después de muerto. Y ésa es la condena: porque Cernuda, que va en mí, o soy yo, percibe ese odio nuevo a su persona. Gente nueva odiándome, gente que dice de mí que yo era un histérico, un resentido, una mala persona, que nunca supe apreciar la generosidad con que me trataron, por ejemplo, los poetas Pedro Salinas y Jorge Guillén. Poco se dice de mi incorruptibilidad, de mi independencia, sencillamente porque en España sigue siendo inverosímil la independencia. Tíos: en España no te dejan ser Lord Byron.

En el fondo —prosiguió Vidal, mientras Mara, Alfredo y Elisa observaban cómo se producían pequeños movimientos en el piso: un cuadro se torcía, un vaso explotaba en el fregadero, la televisión se encendía y se apagaba, una bombilla se fundía y al rato volvía a encenderse—, Luis Cernuda quería la reconciliación absoluta con su país. Quería amar a todos los poetas de su generación, pero tenía la sensación de que éstos lo despreciaban. Y contestó a ese desprecio con el suyo. Un malentendido que hizo sufrir a Luis Cernuda, o sea, a mí, porque Cernuda soy yo. Ya sabéis lo que dijo Kafka del malentendido; dijo que el malentendido sería nuestra ruina. La Historia es un malentendido general. La Segunda Guerra Mundial también fue un malentendido, lo mismo que las guerras púnicas. Sin embargo, ese malentendido hizo que mi poesía se convirtiese en una entidad moral capaz de soportar el paso del tiempo. Cuando leo la poesía de Vicente, o la de Gerardo[*], me doy cuenta de que a mí me salvó mi estatura moral o mi elevación sobre las cosas o el odio a la vulgaridad o el desprecio a la pusilanimidad o la incorruptibilidad ética y estética. A veces pienso —y perdonadme la inmodestia— que esa hostilidad mía a la vulgaridad moral es la creación más genuina de toda la historia de la literatura española del siglo XX. Vamos, estoy hablando del odio a lo que no merece otra cosa que ser odiado. Joder, odiar: qué bien, queridos, qué bien. Es lo más fuerte de toda la poesía española del siglo XX. No hay nada comparable a mi odio justificado: es de acero. Ni las pasiones andalucistas de Lorca o de Alberti, ni la ontología de Guillén pueden con mis rigores morales. El «Ser» heideggeriano de Guillén es un perro pulgoso al lado de la Quimera de acero de mi odio. Claro que mi odio en realidad era una ficción literaria, no era real. Me inventé lo del odio porque me quedaba bien. Igual que a Lorca le quedaban muy bien los gitanos y los guardias civiles y a Al-

---

[*] Se refiere a los poetas españoles Vicente Aleixandre y Gerardo Diego.

berti los ángeles y a Aleixandre los adjetivos interminables. Mi odio era un adorno byroniano en un país donde el único adorno permitido es el adorno de la cruz. Sin embargo, coño, ya veo cómo ha cambiado todo. Ahora no sé con qué me adornaría. Tendría que inventarme otra cosa.

Vidal interrumpió el monólogo. Se levantaron los cuatro del sofá y fueron a la cocina a por vasos y hielo. Se habían roto dos vasos. Pero aún quedaban seis. Volvieron con los vasos y el hielo al salón y se sirvieron whisky en abundancia. Comenzaron a beber en silencio. Necesitaban beber. Era la única forma de aplacar la tensión: bebiendo.

Fui un romántico —comenzó otra vez Vidal—, y elevé un mito, el mito de la poesía. Pero eso fue al principio, hasta la guerra civil. Después de la guerra, a partir de los años cuarenta, todo se me hizo insoportable. Y conforme pasaba el tiempo, mis poemas se convirtieron en juicios contra España y contra los poetas españoles de mi generación, y contra la institución literaria española. Suerte tuvo la cultura española de que la muerte me sorprendiese tan pronto. Suerte tuvieron de que mi cuerpo se desmoronase en aquel noviembre de 1963. Sé que Rafael Alberti eludía mi nombre siempre que podía, especialmente desde su regreso a la España de la Transición a la democracia. También sé lo que pensó Vicente Aleixandre cuando supo la noticia de mi muerte. Si no llego a morirme en el 63, me hubiera convertido en un problema cultural. Claro que me envenenaron, sí. Sólo tenía sesenta y un años cuando me fui de este mundo. Que qué pensó Aleixandre: se alegró, se alegró de que abandonara la partida, de que me retirase.

John Vidal volvió a servirse whisky. Se levantó del sillón. Tengo que besaros, dijo. Si queréis que prosiga, tengo que besaros. Y le dio un beso en la boca a Mara, luego a Elisa, y luego a Alfredo. Les besó salvajemente, dejando whisky y saliva dentro de sus bocas. Mara, Elisa y Alfredo se cogieron de las manos, se hacían pequeñas caricias y sonreían levemente. Qué bien besaba Vidal. Ya no había fenómenos extraños en el piso. El alcohol les daba fortaleza y entusiasmo. Besaba bien Cernuda, todos estaban excitados.

Sí, me hicieron la vida imposible —prosiguió John Vidal con una voz distinta—, pero yo callé en los aspectos concretos: quise elaborar un mito perdurable, y de sus desprecios, los desprecios de Guillén, Salinas y Alonso, construí un mausoleo literario, y en ese mausoleo, creedme, compañeros, brilló la originalidad artística más singular del espíritu español del siglo XX. Tenéis que saber que los poetas Guillén, Salinas y Alonso eran onanistas, porque no aguantaban a sus mujeres. Onanistas de alta graduación. Eran Tenientes Coroneles del onanismo*. De no haber muerto envenenado por el señor X, que vino a México con ese cometido, hubiera seguido publicando libros. Imaginaos: en 1969 hubiera publicado *Las estrellas* y, mientras, se hubiera ido acercando la muerte de Francisco Franco, y yo de pie, esperando. Y yo de pie, en México, vivo. En 1974 hubiera publicado *Las arenas de Libia,* y aquí ya hubiera sido Premio Nacional de Literatura, sencillamente porque el exilio terminaba. Hubiera vuelto a Sevilla, a mi Sevilla natal. Hubiera visto a los míos, a mis hermanas y a mis sobrinos. Hubiera ido a la tumba de mi madre, incluso a la de mi padre. Me hubiera vuelto a bañar en el Mediterráneo. En 1979 hubiera publicado *Palabras a la oscuridad,* que hubiera precipitado en 1980 la concesión del Premio Cervantes. E, inopinadamente, en 1984 hubiera publicado el libro de relatos *Sueldos miserables,* libro que me hubiera granjeado la adhesión de los nuevos escritores españoles, y hubiera propiciado un cam-

---

* El onanismo es, según los últimos estudios psicológicos, muy difícil de erradicar en individuos que han cruzado los cuarenta años. Existe mucha literatura sobre este tema. Los cantantes de rock Roger Daltrey y Patti Smith han confesado abiertamente su onanismo. La novedad es que el onanismo Pop no es una sustitución, o un simulacro, sino que es un fin en sí mismo. El onanismo Pop es mediático y muy confesable. Es una gran diferencia con respecto al onanismo de Alonso y los demás, que era secreto y masónico.

bio de rumbo de la narrativa y de la poesía española hacia el realismo sucio. Y nuevas ediciones aumentadas de *La realidad y el deseo*. Y en 1976 mi regreso a España, del que se escribiría en todos los periódicos y saldría en el NODO: «Luis Cernuda regresa a España, después de cuarenta años». Y yo de pie. A mediados de los ochenta, hubiera polemizado con los escritores postfranquistas españoles como Umbral, Cela, G., T., M., y A. Yo, Cernuda, aún vivo, en 1987, con ochenta y cinco años, pero de pie, y luchando contra el pútrido espíritu nacional. Hubiera salido en la tele. Hubiera bailado en las discotecas. Hubiera rehusado entrar en la Real Academia, con escándalo mayúsculo. Hubiera sido amigo de Jaime. Muy amigo de Jaime[*]. Pero no os dais cuenta de que me envenenaron, que me fui de este mundo a la edad en que ahora la gente entra en lo mejor de la vida. Sesenta años, sí, sesenta años. Pensad en gente de sesenta años. Pensad que yo me fui de este mundo con seis años menos de los que tienen ahora mismo Mick Jagger, Lou Reed o Bob Dylan. Lo que me quedaba por vivir, los grandes placeres que no consumé. Me hubiera hecho amigo íntimo de Pedro Almodóvar y de Charles Bukowski. Fijaos en lo que aguantaron Dámaso y Vicente, o Guillén, o ese vejete de Diego. Y Francisco Ayala, ¿qué hubiera sido de Ayala si yo hubiera vivido tanto como él? Lo hubiera eclipsado, lo habría dejado convertido en una sombra andaluza. Pero me envenenaron. Claro: hubiera sido Premio Nobel de Literatura. Y, sin embargo, se lo dieron a Vicente, se lo dieron al verbalismo español de siempre. Se lo dieron al no-decir. Se lo dieron al peor poeta español de su generación, creedme, *sabedlo*. Claro que odié a Vicente. No soportaba su comedimiento, su habilidad política para situarse a buenas con todos, con los exiliados y con los franquistas. Y estaba calvo y le olía el aliento. Aleixandre era calvo, sí, qué horror, porque no era una calvicie ele-

---

[*] Se refiere al poeta Jaime Gil de Biedma.

gante como la de Jaime, era una calvicie de anciano de pueblo o algo así. Pero no os dais cuenta de que yo soy lo único puro, incorruptible, que dieron todos esos años tristes, tristísimos. Intentad leer ahora a Aleixandre, a ver si lo soportáis.* Los jóvenes poetas españoles me adoran hasta que cumplen treinta y cinco años, a partir de entonces comienzan a darse cuenta de adónde conduce mi ejemplo, y me abandonan. Me abandonan porque mi compañía exige renuncias. La poesía de mis últimos libros es un psicoanálisis de familia.

  John Vidal se levantó de nuevo. Y volvió a besar a Mara, Alfredo y Elisa. Y se abrazaron los cuatro, y se palparon y se tocaron. Pero Vidal dijo esperad, tengo que acabar esta historia, esperad, esperad.

  Pero, Dios mío, ¿qué os estoy contando? —prosiguió Vidal, con voz distinta a la que acababa de emplear para decirles a Mara, Alfredo y Elisa que esperasen—, no estoy siendo fiel a la verdad. Sí, todo eso pasó, claro. Pero se me olvidaba lo fundamental. Odié mucho sí, pero aún amé más. Me enamoré de Salvador. Un chico maravilloso. Fue él quien me dijo que mi odio era un regalo de los dioses, que mi odio era el sentimiento más honesto que podía tener un español de mi tiempo en cuyo corazón aún hubiera un mínimo de moralidad, de dignidad y de pasión. Fui muy feliz a su lado. Recuerdo aquellas noches en el hotel Copacabana, noches del cincuenta y tantos, los dos completamente ebrios, contemplando el Pacífico, y el verano azotando nuestras almas levantadas hasta lo Alto, sí.

  Y entonces mandaron desde España al Señor X. Le pagaron entre todos: Dámaso, Guillén, Aleixandre, Panero, Cano, Laín, Gerardo, y hasta desconocidos míos. Hasta Alberti mandó un donativo. Incluso consiguieron una subvención del Ministerio de Manuel Fraga. Fue Aleixandre quien le escribió mi dirección mexicana en un papel. Laín y Dáma-

---

* Mara, Alfredo y Elisa pusieron, en ese momento, cara de póquer. Sin duda, allí tenía toda la razón Vidal/Cernuda.

so, a mediados de octubre de 1963, le dieron las instrucciones finales. Es más, Dámaso y Laín lo llevaron (en el Renault 8 nuevo de Laín) al madrileño aeropuerto de Barajas.*

Le dieron un abrazo y le dijeron «mata a ese hijodeputa». El señor X llegó a México D. F. el 24 de octubre de 1963. Lo gracioso es que venía desde París, porque no había vuelos directos España-México en 1963. Tuvo que hacer escala en París. Se podía haber quedado allí con la pasta franquista que le dieron y pasar de mí, haber encontrado a una francesita guapa y haber sido feliz, pero no, el tipo resultó ser un hombre cumplidor. Cuando llegó a México D. F., pasó unos días investigándome. Y el día 5 de noviembre de 1963 entró en mi habitación por la ventana y puso el veneno en mi vaso de leche mientras yo estaba en el baño.** Un asesino a sueldo pagado por todos

---

* En mayo de 1962 Renault presenta una nueva berlina, con motor posterior, el R-8. Potencia: 40 CV. Velocidad máxima: 130 km/h. Fue una de las primeras berlinas con frenos de disco a las cuatro ruedas.

** El veneno lo había diseñado ex profeso un discípulo aventajado de Pedro Laín Entralgo. Fue Dámaso quien le pidió este favor a Laín. Dámaso no podía olvidar la sátira que Cernuda le había dedicado en el poema «Otra vez, con sentimiento», en donde Cernuda llamaba sapo a Dámaso, al paso que ironizaba sobre el hecho conspicuo de la ignorancia que siempre manifestó Dámaso sobre la célebre homosexualidad de Federico García Lorca. En el trayecto de Madrid a Barajas, sentado en el R-8 de Laín, Dámaso no paraba de gritar «te vas a enterar, cabronazo, te vas a enterar».

ellos, pagado por España, por el arquetipo de España. No soportaban ya más mi disidencia. Mientras agonizaba en la madrugada otoñal, me sentí dichoso, firme, sólido como el planeta. Me fui de este mundo con plena conciencia de mi envenenamiento. Habrá quien piense que me invento esta historia, pero no, fue así: me envenenaron.

John Vidal se volvió a levantar. Cogió de la mano a Mara; Mara a Alfredo; y Alfredo a Elisa y se fueron los cuatro a la cama, donde hicieron todos juntos el amor durante cuatro horas seguidas. No paraban de reírse mientras se besaban. Y luego bailaban mientras sonaba *Blue Moon* de Elvis. Vidal se sabía la letra de memoria e imitaba a Elvis de putísima madre. No paraban de hacer el amor, de bailar y de reírse. Y John Vidal no paraba de azotarles el culo a los tres, con mucho amor, con todo el amor del universo. Luego, al día siguiente, cogieron el SEAT Ibiza de Vidal y se fueron los cuatro a la playa, a Marbella, porque era el mes de agosto y hacía un calor maravilloso. Cuando llegaron a Marbella fueron directamente a la Fnac del parque comercial La Cañada. Agradecieron el aire acondicionado que envolvía el interior de la Fnac de Marbella. Allí compraron con la tarjeta de crédito de Vidal un reproductor portátil de DVD (cogieron el mejor) y eligieron las siguientes películas: *Poltergeist, Aloha From Hawaii* (De Luxe Edition), *El exorcista* (la versión del director), y *El mago de Oz*. Se fueron a la playa, alquilaron dos toldos de color verde y cinco hamacas (cuatro para ellos y una para el reproductor), y debajo de los toldos conectaron el DVD y pusieron *Aloha From Hawaii* y ya se pusieron a bailar con la voz de Elvis, que cantaba *How Do You Think I Feel,* pero lo hacían torpemente y chocaban con el laberinto de hamacas que habían instalado debajo de los toldos, pero daba igual, porque estaban locos, locos de luz y de alegría.

2. Carta a Fidel

La Habana, junio de 2008

Querido Fidel: oye mi voz, es una voz de la memoria, pero también del presente, ahora mismo es del presente. Tardé un tiempo en darme cuenta de que estaba muerto. Tú esa sensación nunca la conocerás. Les pasa a los que mueren jóvenes. Tardan, tardan en estar muertos del todo. Desde aquel 9 de octubre de 1967 han pasado muchas cosas en el mundo, bien lo sé. Hasta que me di cuenta de que estaba muerto, no me dejaron verlas. Ya te he dicho que tardé un tiempo; un tiempo en que giras y te repliegas sin hallar materia, pero sigues girando. Al fin supe que ya no estaría más al lado de la vida como lo había estado hasta ese 9 de octubre de 1967. Y, entonces, me fue permitido viajar por el mundo con mi cámara de hacer fotos. Pude fotografiar el mundo, sí. Más de treinta años llevo dando vueltas por el mundo, como una nube. Un día, a principios de la década de los setenta, me di cuenta de que podía tocar las cosas, que podía intervenir como una fuerza invisible a la que vosotros llamáis azar, pero no era azar, era yo. Movemos objetos, cerramos puertas, hacemos crujir muebles, escondemos cosas, empujamos a la gente. Hacemos milagros o causamos accidentes, según tengamos el día. Docenas de nosotros somos lo que vosotros, tan filosóficamente, llamáis el azar. Tampoco somos tantos, pues la Historia acaba de comenzar, como quien dice. Paso a relatarte, querido Fidel, dónde he estado durante todo este tiempo. Estuve en Madrid, a mediados de noviembre de 1975. La tromboflebitis de Francisco Franco no la causé yo, claro, ésa la organizó el tiempo y la vejez, pero yo sí podía cerrar alguna puerta inexplicablemente, dilatar una cura, entorpecer el paso de las enfermeras, esconder un tubo, camuflar unas tijeras, apagar la luz de repente. Todas esas cosas que llevaron al doctor José Luis Palma Gámiz a pensar que en el El Pardo había fantasmas y denunciarlo así al coronel Estrada Marqués, jefe de la seguridad del moribundo Caudillo. A pesar de mis desvelos, Franco resistía. Al ver su resistencia, casi me conmoví. No era un tipo cualquiera. Estaba a la cabecera de su cama, fumándome un puro, cuando Franco expiró. Aplaudí pero no sonaron los aplausos. Él también hubiera aplaudido de ser yo el muerto, cosa que era, tiene gracia. Él llevaba aplaudiendo sus muertos durante cuarenta años. Pude ver su memoria y su inteligencia en el tránsito de la vida a la muerte. Vi que había sido feliz y dichoso, vi que amaba la vida tanto como despreciaba a los españoles, tiene gracia eso. Sirvió a algo oscuro que no era él. En realidad, acabó sirviendo a la monarquía. También él era la monarquía, una monarquía sin sangre de la buena, sólo con sangre de los otros, de todos aquellos desgraciados a quienes reventó la vida. Pero la gente lo quería, Fidel, la gente lo quería. O se querían a sí mismos, o querían la vida que él les dio porque carecían de imaginación para pensar una vida distinta a la que él les daba. Quiero decir que su pueblo era como él. Cuando decidieron que ya no querían ser así, lo tiraron a él en vez de tirarse ellos. Para eso sirven los generales, Fidel. Pensaron que nunca habían sido como él y le dieron a Franco el protagonismo absoluto, pero Franco sólo era una emanación de ellos, de millones de españoles que eran así. Esto es jodido de afirmar. Se escudan diciendo que no podían hacer nada, y bla, bla, bla, pero es mentira, Fidel, una puta mentira. A la media hora ya estaba el espíritu de Franco dando vueltas por el mundo, sin destino. Entre el afán de los médicos por mantenerlo vivo y mi afán en entorpecer su labor, el sufrimiento final de Franco fue comparable al de los mártires, esos que tanto le gustaban. Por fin, el hijoputa tuvo su martirio. Era alucinante ver cómo el espíritu de un hombrecillo había oscurecido la vida de treinta millones de personas. Eso da náuseas. No son gente normal, estos tipos, los españoles. Aspiran a joderse los unos a los otros. Ahora, en este 2008, se creen que ya han resuelto su mala hostia endémica, pero yo te digo, Fidel, que no la han resuelto. Se siguen jodiendo la vida, a menor escala si quieres, pero se dan por culo todo lo que pueden. En 1988 estuve en Alemania. El 9 de noviembre —otro noviembre— de 1989 estuve presente en la caída del Muro de Berlín. Siempre participando, un empujón a la hora de que un guardia apriete el gatillo, un teléfono descolgado, un motor de un coche que no se enciende, esas pequeñas cosas que hacemos los espíritus y que la gente llama azar. Un mareo de Erick Honecker (igual la gente ya no sabe ni quién fue Erick Honecker), provocado por una inexplicable presencia de abundante insecticida derramado en su dormitorio que le causa un dolor de cabeza tremendo y una falta de reflejos inexplicable, cosas así. Un ascensor que no funciona y alguien que tenía que tomar una decisión militar llega tarde y cansado y sudando. También fui el fantasma que perseguía a Egon Krenz y los objetos que se movían en su casa, y su paranoia. A estas cosas me he dedicado durante todos estos años, Fidel. No son tareas de primera línea, pero te aseguro que dan resultado. Son tareas de espionaje revolucionario. Fui fantasmagóricamente hábil con Honecker. Y ahora que pienso en Honecker, no sé, siento como ganas de vomitar, pero de vomitar algo maravilloso. Porque Honecker no era un mal tipo, incluso tenía sentido del humor; y tenía una verga descomunal que empleaba muy de tarde en tarde. Los comunistas nunca fueron comunistas, eso es lo que pasó, mayormente. Eran funcionarios. Eran mierda. Pero te aseguro que el Muro no hubiera caído sin los frecuentes y escondidos dolores de cabeza que asolaban a Honecker. Te cuento si acaso las cosas más graciosas o las más sonadas, pero también las hay de corte personal, privado. Por ejemplo, estuve, cuando todavía no era muy consciente de mi muerte, escuchando el último concierto de los Beatles, un 30 de enero de 1969, en la azotea de los estudios Apple Records. Fidel, tío, entonces me di cuenta de que la alegría tiene que ver con gritar, saltar y amar. John Lennon estaba guapísimo. Había cerrado un buen trato económico con sus colegas. Después del concierto se fue a cenar a un italiano de luxe de Picadilly Circus. Yo le acompañé. Iba con Yoko. Cerraron el restaurante para ellos dos solos. Mandaron poner música de Elvis. Les encantaba besarse con Elvis de música de fondo. Comieron espaguetis a la boloñesa y bebieron vino de Rioja. Tenían el mundo a sus pies, eso es brutal: saber que eres dueño de la materialidad de todo lo inventado por el hombre, así eran John y Yoko, los dueños incluso de las emociones relacionadas con la bondad, un capitalismo nuevo que me dejó hecho polvo, no estaba preparado para eso: capitalismo y bondad, Fidel, eso era la hostia, era una mezcla poderosa, me di cuenta de que contra eso no había nada que hacer. La gran invención de John: soy bueno, y da igual que sea riquísimo, os voy a echar una mano: voy a pedir la paz en el mundo. Después de los espaguetis se comieron un tiramisú de la casa, especial. Y tomaron champán francés, claro. Una botella de Dom Pérignon. Sí, el último concierto de los Beatles fue un concierto maravilloso, pero enumerar este tipo de cosas más personales me alargaría demasiado. También estuve en la Factory de Andy Warhol, en Nueva York, escuchando conversaciones, disfrutando un poco de todo aquello, me gustaba mucho cómo cantaba Nico, una rubia alemana que se destruyó lentamente en los años ochenta. Nico era una máquina de follar. Se los fue tirando a todos. Yo la acompañaba. Me sentaba en una silla y veía cómo Nico se cepillaba a medio centenar de artistas neoyorquinos de la época. Era un chocho loco, sí. A veces me acercaba hasta su frente y le soplaba en el sudor amatorio y ella notaba una brisa venida del fin del mundo. Nico los asustaba a todos. Asustó a Alain Delon, a Lou Reed, a John Cale, a Jim Morrison, a Dylan, a Jagger, los trituraba y luego no sacaba nada. Se quedaba mirando por la ventana como una sosa. Yo me daba vidilla y me iba a ver mujeres. Me metía en los pisos de las mujeres más hermosas de la Tierra: las veía dormir, ducharse, comer, hacer el amor. Las cuidaba, las tapaba por la noche para que no se enfriasen. Me quedaba mirándoles el culo durante días enteros. Me encantaba Raquel Welch, cuántas veces le soplé en el sexo cuando tomaba el sol desnuda en las playas de Miami. Ella se creía que era el maravilloso viento del Atlántico, pero era yo, Ernesto Guevara, el fantasma solitario, dando vueltas por el mundo, por la realidad del mundo. Le soplaba el sexo, y el cabello, y las piernas, y ella sentía una gran felicidad, se sentía plena, radiante. Raquel era un arquetipo. Raquel era como la madre de la Humanidad, el gran sueño, la gran dignidad, o algo así. Verla desnuda ha sido una de las cosas más hermosas de esta estresante vida de ultratumba. Y lo más increíble: guardaba sus hermosos pechos en una camiseta con mi efigie. Detrás de mí, iban los pechos más perfectos de la creación. ¿Pongo creación con mayúsculas? Me enamoré de muchísimas mujeres y muchas de esas mujeres vestían camisetas con mi rostro. Hasta Bob Dylan llevaba una camiseta con mi rostro. Cuanto más consciente era de que ya no tenía ni masa ni materia, más me enamoraba de las mujeres. Mira, Fidel, si quieres entender un poco lo mío, lo que me pasa es más o menos lo que se describe en la película *Jumper*. El espacio a nuestra disposición. Los fantasmas somos sociedades de neutrinos enamorados. Hermandades de neutrinos, somos física cuántica. Saltamos, como en *Jumper*. A las tres de la tarde estamos en España, a las tres y un segundo en las antípodas, en Nueva Zelanda. Una vez me metí en el apartamento neoyorquino de Greta Garbo. Estaba sentada en un sillón rojo, en mitad de un salón de ciento veinte metros cuadrados, en silencio; recuerdo que fue una tarde de agosto de 1971. Se quedó así seis horas seguidas, casi sin mover un músculo. Sudaba, había apagado el aire acondicionado, y sudaba. Un silencio atroz, le di un beso en la mano derecha y ella abofeteó su mano derecha con la izquierda creyendo que mi beso era un mosquito, y me fui. Me gustaba mucho ir a las conferencias de Stephen Hawking. Me sé de memoria sus ideas sobre el universo. El universo es una novela de terror, Fidel. Una auténtica novela de terror, créeme. También iba a los estrenos de las distintas entregas de *Batman*. Yo fui algo Batman. Me colaba en las grandes fiestas: en Nueva York, en Los Ángeles, en París, en Londres, en Hong Kong. Me metía en los camerinos de las artistas famosas. A veces me quedaba en mitad del océano Atlántico sin saber dónde ir, si hacia Europa o hacia América. En mitad de los océanos, observando la estupidez del agua. Los vivos aún no lo sabéis, pero el agua os roba el territorio. El futuro es acabar con el agua. El agua sobra. Con agua virtual es suficiente. Cuando me sentía solo, procuraba ir a algún concierto de Elvis, hasta que murió y qué pronto murió. Estuve allí, sí. Era como ver sumergirse a una estrella en la antimateria. Arrastró consigo remolinos de carne, peces muertos, quarks y protones moribundos. Me encantaba Elvis. Los setenta fueron muy buenos años. También iba bastante a España en esas fechas. Me encantaba el turismo. El turismo era una celebración. Los franceses, los alemanes empezaron a viajar a España en masa. Y yo iba con ellos. Iba a Torremolinos, a Ibiza, a Salou, a Marbella, a Benidorm, a Mallorca, a Lanzarote. Los turistas venían a España llenos de ilusión; y a los fantasmas, a los quarks enamorados, la ilusión de los otros nos ciega y nos atrapa. Las cofradías de neutrinos enamorados vamos a donde brilla la ilusión de los seres humanos, como los mosquitos van a la luz en las noches de verano. He visto a alemanes morir en estos primeros años del siglo XXI recordando sus vacaciones en España. Alemanes de Múnich o de Fráncfort que fueron felices en España en la década de los setenta y que entran en la antimateria en el siglo XXI. Nadie sabe por qué ocurre. Me presentaba en sus camas de hospital tecnogermánico, donde agonizaban al cuidado de médicos de última generación, y les soplaba al oído palabras españolas, les decía acuérdate de aquel agosto del 72 en Ibiza, acuérdate de tus baños en el Mediterráneo, y sonreían y, finalmente, se los llevaba la antimateria. Cuando se los llevaba la antimateria, me quedaba yo a solas con los recuerdos-spam de esa gente. Todo es spam. Y lo que no es spam es antimateria. Tuve miedo de convertirme en un jodido fantasma-neutrino psicótico. Los neutrinos pueden enloquecer. Me he sentido muy solo, sí. Tan solo como el universo hasta que llegamos nosotros, los comunistas. Estuvo bien ser comunista. Si volviera a nacer, volvería a ser comunista. Era honesto ser comunista. Era como acordarse de las teorías de Hawking en cada segundo de tu vida. Quiero decir que era ser consciente de todas las cosas. No sé, me gustaba tanto Madonna, y aún me gusta, a pesar de que se hace vieja. Madonna envejece y a veces entro en sus mansiones y la veo sentada encima de su cama, desnuda, mirándose al espejo, pensando en la antimateria, como Elvis. Lo extraño es que también estuve un 8 de diciembre de 1980 en Nueva York y no moví un dedo a favor de nadie, lo dejé en manos del azar, porque yo soy el azar, el azar paseando por el maravilloso edificio Dakotta. Lo tuve en mi regazo mientras agonizaba. Le di un beso. Le cogí la mano. Pesaba setenta y nueve kilos, y los pesaba en oro, y en millones de dólares. Se daba cuenta de eso, conforme se iba, se daba cuenta de todo eso. Me vio y me sonrió, pero no abrió la cartera. Qué extrañamente corpulenta y baja de estatura era ya entonces Yoko Ono, y qué vieja está ahora. Pero sufrió; cuando lo vio morir, esa mujer sufrió como nadie ha sufrido nunca. Esa mujer amaba a ese hombre con una intensidad salvaje. Tuve que apartarme como espíritu al ver el fuego de su amor. Casi me abraso.

Son cosas del más allá, Fidel. A veces entraba en ese edificio, husmeaba en el edificio Dakotta, nunca llegaremos a eso, Fidel, nunca tendremos eso en La Habana, pero no te preocupes: yo administro el azar de ricos y pobres, un karma marxista, hermano mío. Yo hacía todas estas cosas porque me gusta que la Historia cambie. Honecker no era como nosotros, no era como tú y yo. No era un verdadero revolucionario. Puede que fuese un comunista consistente, pero desde luego que con él me empleé a fondo. Le gastaba toda clase de putadas. Le escondía las gafas. Le ensuciaba la corbata. Le escondía el bolígrafo.

Honecker no entendía lo que estaba pasando, pero era un animal reaccionario y sabía cómo parar a la gente. El cáncer que lo mató finalmente estuvo lleno de insecticida de la antigua RDA, sí, y de más cosas que encontraba en su casa: productos de limpieza de la Alemania del Este.

A veces los acontecimientos históricos me sobrepasaban. Necesitaba pensar con tranquilidad. Veía cómo las conciencias cambiaban. Luego estaba el monstruo de la tecnología, que hacía que los hombres ya fuesen distintos. Y decidí que tenía que estar el 11 de septiembre en Nueva York, al lado de quien tú sabes. Sigue habiendo miles de razones para que la revolución regrese, millones de razones, millones de seres humanos empobrecidos, humillados. La novedad es que los opresores, en este junio de 2008, están más psiquiátricamente alienados que los oprimidos. La riqueza sin finalidad humana aliena más que la pobreza radical. Hay una ironía en lo que acabo de decir que todavía no acabo de entender, pero te aseguro que es así; veo a esa gente dando vueltas por el mundo, con sus cincuenta casas, con sus cincuenta aviones, con sus quinientos mil millones, y veo que están súper estresados, y encima se mueren. Una cosa es segura, para la nueva revolución necesitaremos más psiquiatras. Quizá más psiquiatras que guerrilleros.

Te abraza,

Ernesto.

P. D.: Estoy muy orgulloso de ti. Lo has hecho muy bien. También estoy muy orgulloso de Gabriel García Márquez, es el mejor amigo que tienes. Ese tío es bueno de cojones. Fidel: eres el mejor de los hombres. Claro que sigo ayudándote. No te imaginas las balas de las que te he salvado en estos últimos treinta años. Como Neo en la película *Matrix* yo ponía mi mano delante de las balas que iban hacia ti y esas balas se detenían en el espacio y caían al suelo como chatarra cantarina. La CIA creía que los rusos habían diseñado un prototipo de cinturón térmico antibalas exclusivamente para ti, pero era yo, era yo en un episodio de su propio cine hollywoodiense, de su propia imaginación. A ellos se les ocurren cosas estupendas, y yo aplico esas cosas en beneficio de la revolución final, o algo así. Ay, Fidel, los abrazos que nos dimos, los grandes besos en la oscuridad de las suites de la planta 22 del antiguo Hilton. Tío, eres el mejor. Es acojonante que el mejor no sea ni un ruso ni un chino, sino tú, joder, un cubano. Volveremos, sí, porque la revolución está aquí de nuevo. Fidel, tío, este amor, este enorme amor a todo, no puedo más, no me quieren los muertos porque dicen que estoy vivo, que sigo viviendo, Dios mío, Fidel, la vida, Dios, qué cosa más grande. Yo serví a la vida. Fidel: *The revolution is now, my love.*

CANAL 8

Reality Shows

1. Peter Pan

John Polanski fue secuestrado por el NELT (Nuevo Ejército de Liberación de los Trabajadores) del pequeño país hispanoamericano de Teulca cuando se dirigía a su trabajo en la Marte Company, una empresa norteamericana dedicada al desarrollo global de países del Tercer Mundo, siempre y cuando se tratase de países con recursos naturales importantes.

Fue un secuestro verdaderamente lamentable. Polanski fue detenido a punta de pistola. Polanski llevaba aquella mañana un traje que costaba mil dólares, como corresponde a un ejecutivo de Marte Company, empresa que tiene sedes en Nueva York, Miami, San Francisco, Buenos Aires, Londres, Milán, México D. F., Berlín, Sofía, La Paz, Ankara y El Cairo. Algunas de estas sedes las eligió a mediados de los años sesenta Margarita Xirgu, que fue la amante del fundador de la compañía, Harold Bloom, aunque esto no viene al caso, pero sorprende la originalidad geográfica de las sedes de Marte Company. Aunque tampoco viene al caso, cabe recordar que Margarita Xirgu escogió las cortinas, el mobiliario, y el diseño de los teléfonos y el diseño de los uniformes de los empleados de las sedes antes citadas. Luego, con la muerte de Harold, esto se cambió, claro.

Con el secuestro de Polanski, el NELT pensaba sacarle a la Marte Co. dos o tres millones de dólares. No sabía el NELT que Marte Co. había rescindido la póliza de seguros que cubría posibles secuestros de sus ejecutivos en países del Tercer Mundo. Tampoco lo sabía Polanski, quien, esposado, era conducido en un todoterreno por caminos indescriptibles, a cuyos lados crecían arbustos de color rojizo, algunos de los cuales conseguían convertirse en verdaderos árboles. Le dieron un par de bofetadas para atemorizarlo. Durmió su primera noche en una choza, junto a un río, a la entrada de la selva. Al día siguiente, el grupo de secuestradores y Polanski entraron en la selva. Ya no iba esposado. El jefe de sus captores, que se llamaba César Valleja, le dijo a Polanski que no le iba a pasar absolutamente nada. Polanski hablaba español, eso era una suerte. Porque los guerrilleros de César Valleja no sabían ni decir *thanks* en inglés. Polanski aprendió el español en Los Ángeles, en una escuela nocturna. El saber español le ayudó en Marte Co. pues la compañía estaba en plena expansión centroamericana. Le daban de comer tortas de maíz, plátanos, arroz, carne de iguana y pipas. Como hablaba español, los guerrilleros mantenían conversaciones con Polanski. Éste se dio cuenta de que eran gentes desesperadas y que, en realidad, no eran humanos. Eran como árboles. Estaban allí y movían sus ramas. Le dieron antibióticos y una pomada para los insectos. Luego le ofrecieron un caldo de carne que evitaba las diarreas y los vómitos producidos por el aire de la selva. César Valleja le dijo que si hacía todo lo que le decían ni siquiera llegaría a tener fiebre. Sin embargo, a los tres días de andar por la selva, Polanski cayó enfermo. Valleja hizo llamar a una anciana de un poblado para que viera a Polanski, quien llevaba la espalda, la cara, el pecho y los brazos llenos de moratones negros, vomitaba, y tenía cuarenta de fiebre. La anciana se llamaba Gabriela, pero la conocían como Gaby. Gaby se dedicaba a la magia. Era curandera. La gente decía que era el fantasma de la poetisa Gabriela Mistral, pero ella decía que en realidad era el fantasma de Eva Perón. A veces también decía que era el fantasma de Jane Austen. Todo era según le daba. Gaby tocó las manos de Polanski y comenzó a rezar. Eran oraciones de la santería. Luego Gaby le tocó el pene a Polanski, se lo retorció un poco. Le hizo beber unas infusiones de hierbas. Y le puso un amuleto en la frente. Era un trozo de plata con forma de estrella. El caso es que Polanski comenzó a mejorar y al cabo de dos o tres días ya estaba repuesto. Polanski quiso darle las gracias a Gaby. Cuando la tuvo delante, Polanski no vio a la vieja que todos veían. Vio un caballo.

Polanski se dijo a sí mismo que corría el riesgo de enloquecer. Lo que se dijo fue «veas lo que veas, convive con lo que veas, ése es el secreto».

Valleja inició los trámites del rescate. Habló con mediadores que se pusieron en contacto con directivos intermedios de Marte Co. Valleja pedía tres millones de dólares. Alguien en Marte Co. se apiadó de la mujer de Polanski, que se llamaba Bárbara y era guapísima y se había quejado amargamente a la embajada americana, y a todas las autoridades a las que tuvo acceso, del secuestro de su marido, y le hizo llegar el mensaje a Valleja de que nadie en Marte Co. iba a dar un dólar por Polanski, porque éste, además, estaba despedido. Valleja le contó a Gaby que Polanski era un peso muerto en la empresa americana. Gaby le dijo «sólo te queda la familia de Polanski, pídele un millón a la mujer». Bárbara recibió la petición de rescate de un millón de dólares. Se quedó helada. Estaba ya de regreso en Estados Unidos, cuando un tipo la llamó a la casa que su marido y ella tenían en Los Ángeles. Lo cierto es que Bárbara amaba a su marido. Mucho, lo amaba mucho, pero, de repente, al ser secuestrado, al desaparecer de su vida, había notado como una liberación que no se atrevía a confesarse. Le dijeron que o pagaba o mataban a su marido. Bárbara lo puso todo en manos de la CIA y de Marte Co. Todos le dijeron que no pagara. A Bárbara le venía muy bien no pagar. Marte Co. le daba medio millón en el caso de que su marido fuera asesinado. No se atrevió a confesarse tanta mezquindad. Polanski era hijo único. Su madre había muerto hacía seis años, y su padre padecía una enfermedad degenerativa y estaba ingresado en el carísimo geriátrico San Juan el Nuevo, a cincuenta kilómetros de Los Ángeles. A Bárbara ese geriátrico, que costaba tres mil dólares al mes, siempre le pareció un despilfarro, pese a que el padre de Polanski puso sus posesiones (una casa y el monto de la venta de su negocio de hostelería) a nombre de su hijo y de su esposa. Incluso le regaló a Bárbara su Chevrolet.

Valleja estaba desesperado. Polanski practicaba español y seguía teniendo visiones en medio de la selva, a las que combatía diciéndose a sí mismo «convive con las visiones, convive tanto con el terror como con el dolor, tanto con la belleza de la selva como con el recuerdo de Bárbara». Bárbara, mientras tanto, ya se acostaba con un agente de la CIA que se llamaba Richard Vilas. Era un negrata guapísimo, con una verga descomunal. Le habían encargado sus jefes que investigase un poco el caso de Polanski, sobre todo para que no salpicase a la política exterior de Bush en Centroamérica. El cometido de Vilas era que nada trascendiese, que hiciera lo humanamente posible por que el caso Polanski tuviera un olvido sencillo. Bárbara estaba ilusionadísima. Vilas se estaba enamorando de esa blanquita tan dulce. Vilas le dijo a su jefe que se estaba acostando con la mujer de Polanski y éste le felicitó. Sin duda, Polanski era ya historia. América abandonaba a Polanski a su suerte. Bárbara canceló el pago de las mensualidades de San Juan el Nuevo. El padre de Polanski, en unas semanas, acabaría en la calle, mendigando. Pero Bárbara ya no era un ser moral, sino una mujer obsesionada por el sexo y por la felicidad. Incluso vendió el Chevrolet y con lo que le dieron le compró un regalo a Richard Vilas: un Rolex de oro.

Valleja se desesperaba en medio de la selva. Polanski seguía perfeccionando su español y veía caballos y toros. Las infusiones que bebió cuando estuvo enfermo habían convertido su cerebro en una plaza de toros española. Valleja y Polanski tuvieron muchas discusiones. Valleja le dijo a Polanski que América lo había abandonado a su suerte. Gaby le dijo a Valleja que le pegara un tiro a Polanski. Polanski le dijo a Valleja que le dejara hablar con Bárbara. Valleja accedió. Llamaron al móvil de Bárbara. Bárbara vio en la pantalla de su móvil un montón de números extraños e intuyó que esa llamada era un no rotundo a la verga del negrata Vilas y rehusó la llamada. Luego tiró el móvil a la basura y se compró dos móviles nuevos. Se compró dos móviles de diseño, en una joyería de lujo del centro de Los Ángeles. La joyería se llamaba Star, y era maravillosa. Pagó seis mil dólares por los dos móviles, que eran idénticos, salvo que en uno había una inscripción en donde se leía «Bárbara» y en el otro «Richard». Eran móviles con un baño de oro. El botón de llamada era de oro macizo. A Richard le encantó el regalo. Si acaso, pesaban demasiado.

A cuatro mil setecientos kilómetros de donde estaban fornicando Richard y Bárbara, con los móviles sobre las mesillas, Valleja le dio dos bofetadas a Polanski y le dijo «eres un cornudo de mierda». Polanski vio que la cabeza de Valleja se convertía en la cabeza de un mono, y se dijo lo de siempre «convive, convive con el terror, es igual, si el terror quiere algo tuyo, ya lo pedirá y, si no, convive con él: el terror en su sitio, tú en el tuyo». Cada día Valleja hacía que Polanski llamara al móvil de Bárbara. El móvil de Bárbara ahora lo tenía Sam, un mendigo de Los Ángeles, que se lo encontró hurgando en la basura. Sam y Polanski hablaban en inglés y Valleja se desesperaba. No se decían muchas cosas, porque Polanski le preguntaba por Bárbara y Sam decía «aquí no hay ninguna Bárbara».

Gaby y Valleja decidieron hablar con Polanski. Polanski se vio ante un caballo y un mono que le hablaban. Él volvió a decirse a sí mismo lo de siempre, «convive con el terror, pues sólo habla, el terror habla, pues bien, eso significa que no quiere comerte, por tanto: el terror habla, tú escuchas; tú hablas, el terror escucha, cada uno en su sitio, conviviendo sin problemas».

Valleja llevaba la intención de pegarle un tiro en la cabeza al Gran Cornudo Americano. A Gaby le apetecía ver morir al Gran Cabrón Americano. Valleja se puso a hablar de la lucha del Nuevo Ejército de Liberación de los Trabajadores, de cómo estaban luchando contra el Gran Capital y Polanski seguía viendo y oyendo hablar a un caballo neomarxista. Valleja pensaba que tenía que hacer un discurso. También le dijo a Polanski, con ánimo de consolarlo, aunque sabía que Polanski estaba tan majareta que no necesitaba consolación alguna, que en el Nuevo Estado Poscomunista no habrá Cabrones porque se abolirá el matrimonio. Nadie tendrá a nadie en propiedad. De repente, Polanski acercó la mano hasta el pelo de Valleja. Valleja ya sabía que el Gran Cornudo se había vuelto, además de majareta, visionario. Y le acarició el pelo con una dulzura sobrenatural. «Qué bonito es mi caballito», dijo Polanski en un castellano tierno, musical, inocente. Una gran sonrisa infantil nacía en el rostro anglosajón del Gran Polanski. Y siguió acariciando los cabellos de Valleja y de Gaby con una ternura indecible. Valleja y Gaby se dejaron acariciar los cabellos, porque además el Gran Cornudo acariciaba bien y porque les hacía gracia.

—Vaya —dijo Gaby cuando terminaron las caricias—, el Gran Cornudo es Peter Pan, pero debes matarlo. ¿Qué podemos hacer con este tío? ¿Aprender inglés? ¿Quieres aprender inglés, Valleja? Igual nos venía bien. Es para lo único que nos puede servir Polanski, para aprender inglés.

—Pero ¿tú crees que este Gran Cornudo sabe inglés? —preguntó Valleja—, igual no sabe nada, porque ¿cómo es posible que pasen de él así, que les dé igual lo que le pase?; a este tío no lo quería nadie, señal de que no hablaba inglés, no hablaba nada, eso es: este Gran Cabrón no tenía lengua materna, por eso aprendió la nuestra tan bien, porque tenía en su cabeza una habitación libre y allí puso al español, a nuestro español.

—Las lenguas tienen algo de mentira, como de ficción —dijo Gaby—, son cuentos de hadas.

—Sí, y el Gran Cornudo es pura ficción —dijo Valleja—. No sabía que fueras tan filósofa.

—Entiendo de ficciones —repuso Gaby—, y este Gran Cabrón es una mentira. Mátalo ya, no pasa nada por matar a una mentira. De hecho igual la bala no atraviesa nada y se choca contra un árbol o una piedra. Porque el Gran Cabrón es de aire. Un aire nuestro.

Valleja sacó la pistola de la cartuchera y le metió un tiro en la frente, y Polanski vio monos y caballos de aire paseando desnudos por el Paraíso. Ya no convivía con el terror, el terror se lo había comido. Le cortaron las dos manos: una para Marte Co. y la otra para Bárbara. «Esos cerdos ricos verán al menos las manos del Gran Cornudo Americano», dijo gritando Valleja. Gaby asintió con rabia en los ojos y dijo «ojalá pudiéramos cortarle la minga a Bush y las tetas a la mujer de este Gran Cabrón Americano». Las manos se las cortó Gaby con un hacha excelentemente afilada con excrementos de serpiente. Luego enterraron el cadáver. Pero lo enterraron en una tierra muy húmeda, y a la semana el cadáver emergió de la tierra, como un arbusto o un ramaje o unas hierbas negras, olorosas, misteriosas. No pudieron hacer efectivo el envío de las manos del Gran Polanski, porque no encontraron ninguna oficina de correos y porque las manos se pudrieron y finalmente las tiraron a un río sin nombre de la selva. Flotaron un segundo, sanguinolentas y oscuras, las manos cortadas de Polanski sobre el agua, y se hundieron como dos bajeles españoles del siglo XVI en mitad del Atlántico.

2. Collioure

I. Tecnología social: el AVE y el Mercedes

El poeta católico, socialdemócrata, posmoderno y comunista César Vilas fue uno de los primeros españoles que disfrutó de la línea de tren de Alta Velocidad Madrid-Barcelona.* Vilas estaba exaltado. Se creyó un escritor español de Alta Velocidad. Era el 22 de febrero del año 2008. El tren alcanzaba 300 km/h. Una televisión de plasma indicaba las distintas velocidades a las que eran sometidos los cuerpos de los pasajeros. Vilas intentó averiguar la marca para comprarse una igual en caso de poder reunir el dinero que costase. Le gustaron las molduras del plasma, que eran de color negro brillante. No siempre el AVE iba a 300. A veces, inexplicablemente, descendía a velocidades como 227 km/h. César Vilas se quedó absorto ante una velocidad tan enigmática como 227 km/h. Mantuvo el tren esa enigmática velocidad de 227 km/h durante 27 minutos justos, pues cuando caía el minuto 28 el tren cambió a 199 km/h.

César miraba por la ventanilla y veía campos perdidos, polígonos industriales en donde los trabajadores rumanos regalaban al viento de la historia ocho o tal vez

---

* César Vilas nació en Córdoba, en 1966. Ha publicado los libros de poemas: *Cartas a Juan Ramón* (1988); *Las arenas de Córdoba* (1989); *Palabras a la claridad* (1992); *El último verano de las rosas* (1997); *Hojas de marihuana* (2000), que obtuvo el Premio de la Crítica en 2001, y *Quinta del 79* (2004). *Quinta del 79* fue Premio Nacional de Literatura en 2005. Es autor de la novela *Volviendo de Checoslovaquia*, que obtuvo el Premio Planeta en 2006.

nueve o diez o doce horas diarias de sus insignificantes vidas, y le entró hambre. César Vilas pensó en los átomos, y en los neutrinos, esas partículas sin masa, pero llenas de misterio, porque los fantasmas son neutrinos. Y pensó en los quarks, invadiendo la materia con sus estandartes cuánticos. Los fantasmas no tienen masa. Los neutrinos tampoco. Fue al vagón bar y de repente sintió una felicidad abarcadora. Pensó en San Juan de la Cruz. No en San Juan exactamente, sino en la película que el director catalán Carlos Saura rodó sobre la vida del ilustre obispo benedictino. En la película, el misticismo sanjuanista se resuelve de forma magistral: luces fulgiendo en la oscuridad de la noche, y felicidad angustiada del santo. De modo que Vilas, al entrar en el vagón bar, iba ya ardiendo de la más alta fiebre que les es concedida a los seres humanos: la fiebre de la velocidad. La velocidad es renunciar a encontrarle un sentido al mundo y morir en mitad de la renuncia. Hay alegría en la velocidad. Sintió angustia y enojo, porque alguien a su lado comentó que los trenes japoneses alcanzan los 500 km/h. Nunca España liderará vanguardia alguna, pensó César Vilas. Discretos novenos o décimos puestos, puestos propios de temperamentos crepusculares. ¿Había una correspondencia entre el puesto de España en la vanguardia tecnológica del mundo y el puesto del escritor Vilas en España? Mató la angustia de las proporciones cilíndricas de la realidad pidiendo un whisky con hielo y un mini de jamón y queso: estos bocadillos minis reciben el nombre de «pulgas» en la carta del servicio de cafetería del AVE. Le sirvió un camarero de unos cincuenta años cuya vida iba mal. El camarero calentó el bocadillo. Son bocadillos preparados, de los que le encantan a César Vilas. Son bocadillos pensados, concebidos. César ama esas cosas: las cosas que alguien pensó tratando de mejorarlas, como el tren de Alta Velocidad español en el que iba. César dio al camarero una propina de cincuenta euros.

—Cómprate un MP3 o unos zapatos —le dijo al camarero.

Volvió a sentarse y a seguir mirando el paisaje atacado por los hacedores de polígonos industriales de los que no se responsabiliza ninguna de las múltiples administraciones que rigen la imaginaria vida de los españoles: ni las administraciones locales, ni las regionales, ni las estatales. Miraba la proliferación de naves, industrias, almacenes, casas misteriosas; era como una imparable catástrofe política en expansión. En veinte años estallará, sí, o tal vez no, tal vez todo acabe regularizándose.

Llegó a la estación de Sants y sólo eran las nueve de la mañana. Había un sol excelente. Un sol allá arriba derramando toda su energía, toda su voluntad. Porque el sol tiene voluntad. Y nos ama. Entonces sonó el móvil de César Vilas. Le llamaba Andrea. No le convence a César el móvil que tiene: es barato, pero piensa que eso está bien: que su móvil sea barato representa una especie de resistencia vilasiana, pero ¿resistencia a qué? Le malhumora no tener respuestas. Andrea era la chófer que le esperaba para llevarle hasta el pueblo francés de Collioure. Andrea no llevaba sujetador. César fantaseó con el coche que le esperaba. Todos sus cálculos fueron erróneos, pues pensó en la gama media-alta de Renault, o Peugeot. Y resultó que el coche de Andrea era un Mercedes maravilloso, lleno de cuero, lleno de luz espiritual, lleno de vida, lleno de poder, lleno de democracia, lleno de amor a los seres humanos, lleno de libertad, lleno de justicia, lleno de fraternidad.

II. Profesionales en viajes de negocios y el combate lingüístico

César Vilas viajaba a Collioure porque lo habían invitado a un congreso sobre el poeta español Antonio Machado, que murió en ese pueblecito francés en

1939.* Los asientos del Mercedes eran un trono laico. Y Andrea escuchaba pop español de los años setenta. Qué bien se iba en ese Mercedes: por compasión, César pensó en don Antonio Machado, viejo y enfermo, cruzando a pie la frontera, aguantando incomodidades que luego tendrían el valor simbólico de un martirio honrado. Un martirio honrado ahora, una desgracia antes, y ambas cosas inconsistentes e irreales. Lo único real era el Mercedes de Andrea. Al pensar en Machado, Vilas se quedó dormido, plácidamente. La futura izquierda política, los nuevos comunistas serán héroes con incorruptible capacidad para la vida ermitaña, para la renuncia. Gente que sea capaz de renunciar sin asomo de duda a los productos más sofisticados de la Tierra. Al despertar, ya habían cruzado la frontera. Ya estaban en Francia. A Vilas, Francia siempre le ha dado miedo. Hablan francés, y eso es algo muy doloroso. César Vilas piensa que los idiomas ocupan lugar en el cerebro. Tiene la teoría de que si aprendes francés, desaprendes

---

* A todos nos acaban invitando siempre a algún sitio. Tarde o temprano, si vives en Occidente, te invitan a alguna parte. Tiene que ver con la riqueza y el movimiento. Tiene que ver con los miles de lugares esparcidos por Occidente en donde se celebra algo, lo que sea. Viajamos y viajamos como si fuese a pasar algo, como si hubiera una necesidad. La necesidad es la invitación. Todos viajamos contentos. Pensamos en la gratuidad, en el aire, en la festividad, en la comida, en la fe. Viajamos. Vamos. Peluqueros a congresos de peluquería, médicos a congresos de medicina, maestros a congresos de pedagogía, empresarios a congresos de empresarios. Viajamos. Vamos. Los presidentes de Gobierno, los reyes y los presidentes de las repúblicas occidentales quieren que viajemos, que diversifiquemos nuestros currículos, que conozcamos a otros especialistas. Piensan en nosotros con ternura agradable. Formamos una Hermandad. Ganamos profesionalidad. Es gratis. Paga alguien. Pagan el viaje, la estancia, la comida, la intervención. Pagan hasta la brisa que nos fortalece el rostro y la mirada honda. Muertos políticos que no matarán una mosca dando vueltas por el mundo. Los nuevos siervos que sirven a otros siervos en una cadena irresoluble, donde la alienación es más dura cuanto más arriba estás de la pirámide. El gran alienado es el espíritu político occidental, que aliena a los reyes y a los presidentes de las repúblicas. Véase el poema de Eliot donde se habla de esto. El marxismo no ha muerto. El comunismo rebrotará en Occidente (con el nombre de poscomunismo) en el año 2041, el 14 de abril, pero se derrumbará de nuevo en el año 2088, el 1 de mayo. Después del 2088 vendrán los siguientes movimientos políticos: el Nuevo Vaginismo II, Grandes Cristianos sin Problemas Sexuales 100, Los Chinos Lunáticos 11, Españoles Desenfocados 7, Nuevos Artistas del Hambre 23, etcétera, etcétera.

español. Piensa que quien cree saber dos lenguas, o tres, vive una ficción o un engaño, porque en realidad no sabe ninguna. César piensa que una lengua exige fidelidad. No es que le guste la lengua española especialmente, pero le es fiel. Le hubiera dado igual que su lengua fuese el alemán o el italiano o el checo o el ruso o el árabe o el japonés, también les hubiera sido fiel a estas lenguas de haberse casado con ellas. Por eso, le pone muy nervioso oír otras lenguas. De hecho, Vilas sabe francés, pero lo oculta. Le hicieron aprender francés e inglés, y por eso le duele muchas veces la cabeza. Porque el sonido de unas palabras lucha a muerte contra el sonido de otras, y es una lucha salvaje: todo lo que existe —incluidas las palabras— existe para lidiar, batallar, guerrear, morder, rasgar, acuchillar, insultar, humillar, y para matar. Algunos seres humanos comprenden esto enseguida, otros no lo comprenden nunca. Benditos los que no lo comprenden nunca. Todo está en lucha, una lucha a muerte. Deseamos que todo aquello que nos es extraño muera. Y a ser posible muera envuelto en la ceremonia más terrible de humillación y vejación y sadismo. Las lenguas están en lucha. Unas triunfan, otras mueren. Ellas lo saben.

Piensa César que el castellano que habla es un ser consciente, que sabe que hay otras personas en la casa, sabe que tiene que matarlas. Si no le eres rigurosamente fiel a tu lengua, ella, tu lengua, desconfía de ti, no te enseña sus secretos, todo aquello de que es capaz. Jamás la lengua española o la lengua inglesa le enseñarán nada que valga la pena a un bilingüe. Si eres fiel, la lengua te regala sus secretos. Te dice lo que fue dicho por otros hombres. Hombres que vislumbraron la verdad[*]. Y esa visión de la

---

[*] Pero ¿qué verdad? Ninguna. Sólo es una forma de hablar, de hacerse el interesante. La única verdad son los malos materiales con que está hecha la realidad del año 2008 en España y en el Mundo Occidental. Malos materiales: tuberías defectuosas, neumáticos de baja densidad vendidos como neumáticos de altas prestaciones, corrupción en el sistema sanitario / alimenticio / periodístico español, toxicidades en

verdad se materializó en una lengua, y esa visión no se puede traducir. La lengua te deja entrar en los castillos puros, en los edificios que albergan a las realidades invisibles. Te deja ver el océano primitivo, el primer sonido articulado que salió de una garganta humana. La espléndida mañana del primer grito que aludía a algo que no estaba presente.

    César le es fiel al castellano. Todo su pensamiento ocurre en castellano pero, para que ocurra de forma sólida y permanente, ese castellano tiene que saber que nadie más está en ese espíritu en que él reina como una única lengua. Cuando una lengua se siente única, se desnuda. César ha visto desnuda a la lengua española, y sabe de qué habla*. Le ha visto los pies, los dientes, las nalgas, y más cosas que no deben ser dichas en una novela del siglo XXI. Teme Vilas que el español sepa que ahora está oyendo hablar francés y que lo entiende. Si habla en francés, el español se entera y se retira y se marcha y le deja en la oscuri-

---

los párquines fuera de cualquier control industrial: una deriva descontrolada del capitalismo universal. Finalmente, José Luis Rodríguez Zapatero gana las elecciones españolas de marzo de 2008. Una sociedad en estado de coma etílico o una sociedad en estado de suciedad suicida vota lo primero que ve. Ésa es la verdad, si la quieres. La verdad es que lo que compras (zapatos, casas, pantalones, tuberías) está hecho con malos materiales. La verdad es que todo se rompe. La industria y la tecnología fabrican productos intensamente perecederos: nada sobrevive. Lo alucinante es que nadie sale beneficiado. ¿Quiénes son los beneficiarios? ¿Los grandes capitalistas universales, las grandes fortunas de la Tierra? No. Hay alienación también en la posesión descontrolada de poder, dinero, éxito. Todo es alienación. Mick Jagger, Bill Clinton, Bob Dylan, Juan Carlos I, Bill Gates, Rodríguez Zapatero, Obama, Carla Bruni, Steven Spielberg, Antonio Banderas y su hermano Vladimir Putin padecen alienación, quizá una alienación más gigantesca que la del último emigrante rumano que trabaja en España por seis euros la hora. Es el enigma, sí. Un enigma estrafalario que nos conduce a los centros biológicos del individuo y a la consideración última de que la vida humana es esencialmente vida antes que humana. En tanto que humano es artificio, y vida es necesidad.

  * Es como irte de cena, de copas, de marcha, con Gonzalo de Berceo y entender todo lo que te dice. Absolutamente todo. Modismos, insultos, gritos, palabras muertas del siglo XII... Spoken Spanish del siglo XIII. Hablar con Berceo, enamorarte de él. Besar a Berceo. Hacer el amor con él. Ser Berceo. Vivir Berceo. Dominar los secretos de la cuaderna vía. Hablar en cuaderna vía. Para las traducciones de *Aire Nuestro:* Berceo fue un escritor español del siglo XIII.

dad que precedió al hombre de lenguaje articulado. César cree que el lingüista Ferdinand de Saussure sabía esto, pero lo calló. Saussure sabía que en algunos espíritus humanos la relación entre el significante y el significado no era arbitraria.

Qué va, nada de arbitrariedad, sino todo lo contrario: necesidad, la misma necesidad que bulle, incontestable y bárbara, en la naturaleza.

III. Antonio Machado, la calefacción de un hotel y el puesto que ocupas

Finalmente, llegaron a Collioure, el sitio de la muerte de Antonio Machado, el poeta que llegó aquí acompañado de su madre, aquella mujer que no era más vieja que él, otro enigma. «Madre, he aquí a tu hijo que no es más joven que tú», ¿cómo se diría eso en latín? Le alojaron en un hotel contiguo al cementerio. La conserje hablaba español, y eso tranquilizó a César Vilas. La conserje le explicó detalles precisos sobre el funcionamiento de la calefacción; se trataba de un radiador eléctrico, bastante grande y extraplano. Se marchó la conserje y César se dedicó, como hace siempre, a contactar con los espíritus que vivieron en ese espacio físico. Vilas es un wifi que detecta redes inalámbricas. Detectó una media docena que emitían con buena señal: un árabe del siglo XI que estaba leyendo *La Ilíada,* una niña francesa del siglo XVI a la que le faltaba una pierna, un anciano francés del siglo XIX que fumaba un puro habano, un alemán del siglo XX con una navaja de afeitar en la mano derecha, un republicano español que escribía una carta a Francisco Franco desde su pensamiento agrietado y una loca enana del siglo X que le pedía a la Virgen Dolorosa el crecimiento de sus fémures. Encendió el radiador. Encendió también la televisión, un televisor Philips extraplano. Percibió un olor fuerte, desagradable. Intentó averiguar la procedencia del olor. Se puso a olfatear como lo haría un braco alemán. Olfateó en el armario: viejo, cuarteado, pero bonito. Olfateó en el cuarto de baño: muy feo. Olfateó por las paredes. Abrió la ventana que daba a un envejecido tejado de los años sesenta, una teja tenía una fecha grabada en relieve de hierro oxidado: 12 de julio de 1963. César pensó en ese momento que Francia era un país decrépito. De una chimenea salía un humo con olor a pizza y a queso fundido, pero no era ése el olor que amenazaba la tranquilidad de su olfato. No era olor a comida. Era olor a química. Bajó las enmoquetadas escaleras y se presentó delante de recepción. Ya no estaba la conserje que hablaba español. En su lugar, había un chico joven, pero obeso, muy alto, con una enorme papada inexplicable para alguien tan joven, para alguien que como mucho tendría dieciocho años. Este joven recepcionista ya no hablaba español. Sólo hablaba francés e inglés. César, para despistar momentáneamente al español con quien estaba casado (este español estaba en guardia con el francés), habló al conserje en inglés. El chico le confirmó que no había otras habitaciones libres, que el hotel estaba completo y que por tanto no podía cambiarle de habitación. Vilas se entristeció. El conserje obeso no sabía qué podía causar el olor. César volvió a subir a su habitación y al percibir el olor a química, pensó que éste era el fin: moriría intoxicado. Veía claramente que el conserje obeso francés era un enviado de Satanás.

Sonó el teléfono: un Sony pasado de moda, polvoriento, con teclas redondas, un Sony color beis, el color beis estaba bien, eso sí, un Sony que, en definitiva, devolvió a la mente de César la idea de que Francia era un país lleno de decrepitud. Los organizadores del congreso titulado «Antonio Machado, el Hombre, el Poeta y la Verdad» estaban esperándole en recepción. Antes de bajar a recepción, César, nervioso, extrajo una báscula de su maleta. La báscula iba perfectamente embalada en la maleta. Besó la báscula, y buscó un sitio donde dejarla. No podía dejarla en el suelo. Temía que se descompensase.

Tuvo la sensación de que esa báscula introducía una inesperada modernidad en esa habitación de hotel de la envejecida Francia. Tenía gracia que fuese ahora un español el que estuviera introduciendo la modernidad en Francia a través de una báscula de precisión *made in China*. Una báscula es algo muy delicado. Debe hacer su trabajo con gran exactitud. La guardó en el armario. Al día siguiente se pesaría.

César contó a los organizadores del congreso lo del olor fuerte de su habitación. Hicieron ver que le escuchaban, pero no se solidarizaban lo suficiente con su problema. De modo que dijo «claro que si muero intoxicado esta noche, y estas cosas cada vez son más frecuentes, menudo escándalo, menuda noticia ridícula». Y todos pensaron en Machado, que murió allí intoxicado de desdicha.

«Intoxicaciones distintas, pero intoxicaciones», añadió Vilas. «Nunca se sabe muy bien de qué se muere la gente, el mismo Machado igual murió envenenado por la dueña de la pensión Quintana», entonces sí que despertó la ira de sus acompañantes. «Eh, eh, que era una broma.»

César se quedó a solas con su problema: el olor fuerte a química de su habitación. Pero ahora estaba mirando el mar de Collioure y sus obsesiones reales (porque las llamaba así: obsesiones reales, que quiere decir que sí, que son obsesiones, pero fundamentadas en el análisis racional y riguroso de la realidad; también podrían llamarse «consideraciones sobre el devenir agujereado o cutre», eso, «el devenir cutre», por ejemplo: Mick Jagger jamás hubiera dormido en una habitación de hotel con olor a pintura; tampoco hubiera dormido en una habitación con olor a pintura José Luis Rodríguez Zapatero o cualquiera de sus ministros o el líder de la oposición Mariano Rajoy o el Presidente de la Generalitat de Cataluña, etcétera; esto hace que uno sepa cuál es su lugar en el mundo, porque todos ocupamos un puesto, por ejemplo el de César Vilas es el 755.967.986; hay una matemática no verbalizada, hay números que nos miden, pues todos ocupamos un puesto en una jerarquía políticamente inconfesable).

IV. Cecilia: la bruja enmascarada, guapísima, la antimateria

César se quedó mirando a una de las organizadoras del congreso. Era una chica alta, delgada, muy morena. Se llamaba Cecilia. César se dio cuenta enseguida de que estaba delante de una bruja: seres que se alargan en el tiempo, que posan sus bárbaras extremidades sobre cantidades de tiempo incalculables: miles de años, miles de años dando vueltas por la vida, la Tierra y el conocimiento, y millones de años antes de los miles de años. Cecilia era un ser cuántico: estuvo presente y con conciencia en el primer segundo del Big Bang, y con toda su conciencia apoyó a la materia contra la antimateria. Estuvo en la sopa inicial, en las partículas caóticas, jugando como una loca. Cecilia fue una ecuación de onda entonces, una antifísica. Cecilia era su propia causa. Dante llamó a eso Purgatorio, porque no había nacido aún Max Planck. Cecilia tenía manos afiladas, y unas uñas devoradas, agrietadas, redondas. Cecilia vio que César la reconocía, y se incomodó, pero también se alegró, una mezcla de miedo y de ilusión. Es lo que le pasa a Vilas: que tiene poderes sobrenaturales, reconoce a los grandes viajantes (o viajeros) del tiempo, a los que no mueren cuando mueren: es el famoso spam que queda entre la vida y la muerte.* Grandes insatisfechos, pero no es eso exactamente. Algo más sencillo: gente que no muere cuando su cuerpo muere.

Cecilia explicó que venía de luchar contra un cáncer linfático.** Explicó que una vez se derrumbó en mitad de la calle intentando ir a trabajar. Su padre la vio caer en mitad de la calle, porque la seguía sin que ella lo supiera. La levantó. Ella, al verlo, comprendió qué es el amor, qué es la paternidad. Su padre la llevó a casa. Le puso un café. Y le explicó que la seguía desde hacía semanas. Sabía lo importante que era para ella ir a trabajar, y sabía que lo que había pasado hoy podía ocurrir. Cecilia explicó que había gente que se alegraba de su cáncer: compañeros de trabajo, que veían en el cáncer la desaparición de un competidor. César Vilas pensó un momento en cuántos se alegrarían de sus futuras enfermedades. Vio una docena de tipos

---

* Mejor viajantes. Este don le viene del hecho de que su padre era viajante de comercio. Su padre: Manuel Vilas Arnillas, que nació en el pueblo de Barbastro el 19 de junio de 1930 y murió en el hospital de Barbastro el 17 de diciembre de 2005, mientras su hijo buscaba a una enfermera.

** César sabía que el cáncer linfático la había matado hacía ya tiempo.

celebrando las enfermedades de Vilas y le pareció bien, nada que objetar, o más bien le daba igual. Cecilia siguió explicando su odisea. Explicó (ella no narraba, ella explicaba) que tuvieron que abrirle la cara para extirparle algo.* Dijo: abrirle la cara a un ser humano es la hostia, tío. Señaló una cicatriz debajo de la parte izquierda del mentón, donde efectivamente su cara era como un precipicio, o un desfiladero. Allí había un hondón. Era como si te arrancaran la cara, dijo. Dijo: toca aquí, César, debajo de la mandíbula, allí está la jodida puerta por la que entraron en mi cara los cirujanos.

V. *McDonald's, Pans and Co., Goya, la guerra civil*

Vilas se fue a su habitación. Seguía su habitación oliendo a champán sobrenatural. César pensó en Machado, en Antonio Machado. Pensó que Machado era el gran Fantasma Universal. El gran Frankenstein de la Historia de España. La guerra civil española era una realidad incesante, un Purgatorio tipo McDonald's, tipo Pans and Company. En fin, pronto volverá a haber otra guerra civil en España, sin duda. Será un buen momento para matar a unos cuantos. Tal vez comience en el 2026. Es la necesidad de matar o de que te maten: no es una cuestión ideológica, o histórica, es el aburrimiento genético. Sin embargo, tampoco una guerra civil es capaz de vencer a la ficción, porque la Historia es ficción. Al fin y al cabo, Vilas viene del país donde nació Goya. Goya y Machado son la misma ficción, el mismo pliegue o la misma oración, y los dos están felices en la muerte, en el jodido Purgatorio, que es el lugar donde la ficción alcanza la serenidad,

---

* Narrar es ofender. Explicar es amar a los demás, eso era Cecilia.

alcanza su plenitud. No cree Vilas que ninguno de ellos —ni Goya ni Machado— aceptara la sucesión de Juan Carlos I en el trono de España. Y es evidente que a Juan Carlos I le importan menos que nada las vidas entregadas a la fragilidad de Goya y Machado, de quienes sin embargo Juan Carlos I hereda un poco de luz y de sentido. Bueno, ellos dos, Goya y Machado, fueron seres que vivieron allí, en España, en ese hueco pintoresco, pero se fueron a morir a Francia. Se fueron a morir a Francia no por un problema político, no. En España jamás ha habido problemas políticos. Se fueron a morir a Francia porque en España los odiaban de forma personal. Los odiaban con excitación creciente. Los odiaban con convencimiento. Los odiaban con razones de fuste. Los odiaban no cuatro, sino cuatro millones. Porque el odio es contagioso, crece y canta, canta como un tenor. La gente cree en el odio. Porque el odio es sólido, y hace progresar a las sociedades. En España todo es algo personal, cosa que sabe muy bien Juan Carlos I. Se odia mucho en España. Molesta que existan los otros, esa mala gente. Pasados los años —muchos años después— otros españoles transforman ese odio en admiración, o algo así. Así ahora se admira a Goya y Machado. Pero es una admiración completamente hipócrita, porque se sigue odiando, no a los muertos, sino a los vivos. No tiene sentido odiar a los muertos. Sí a los vivos. Pero todo esto no es importante. Lo relevante es la inconsciencia que hay en el odio. Se odia como se respira, con naturalidad. Nadie es consciente de que odia. Quienes hoy admiran a Machado están odiando a sus contemporáneos y así España persiste en su delicada transparencia moral. Tal vez en todo ello haya una lucha contra la ficción. Quizá el odio sea el único antídoto que nos libre de la ficción. Quizá cuando el universo se decantó por la materia en vez de por la antimateria lo hizo por odio. Porque el odio fue lo que hizo que el Big Bang explotase: el camino que va de la ficción a la realidad, de la ficción a la materia.

VI. Sombra del paraíso

Pensaba Vilas ahora en los validos de la democracia española: Felipe González, José María Aznar y José Luis Rodríguez Zapatero. ¿Quiénes eran esos seres? ¿Eran seres reales? Adolfo Suárez, el primer presidente de la democracia española tras la muerte de Franco, está preso en una enfermedad degenerativa y no recuerda que gobernó España. El pasado es una ficción convertida en biología degenerativa presente, en células que no procesan ninguna información porque no hay ninguna información sino desvanecimiento, eso es Suárez hoy. La lucha contra la ficción había marcado desde siempre la vida de César. Eran tan reales esos validos como el lenguaje poético que empleó el poeta español Vicente Aleixandre en *Sombra del paraíso,* un libro de 1944: ¿qué se podía hacer en España en 1944?* Ni siquiera entonces estaba lista la tumba de Antonio Machado para celebrar allí la gran derrota. Aleixandre fue amigo (colega más bien) de Antonio Machado. En su fuero interior, «interiorísimo», Aleixandre pensaba que era mucho mejor poeta que ese vejestorio ilustre de Machado. Vicente Aleixandre odió toda su vida a Antonio Machado. Porque en España odiar es sustantivo, poderosísimo, *gran belleza en la noche sin sosiego marítimo, sí intenso tigre, del azar violento.*

---

* Vicente Aleixandre fue Premio Nobel de Literatura en 1977. Su libro de poemas más famoso es *Resurrección* (1922). Escribió mucho teatro; en este género destacan tragedias como *Volverás a Región* (1978), dramas como *Soldados de Salamina* (1943), entremeses como *Don de la ebriedad* (1912) y comedias como *El coronel no tiene quien le humille* (1962). Publicó un excelente libro de relatos titulado *Zeta* (1976), que es un homenaje a su Zamora natal. Sus artículos periodísticos fueron recogidos en el volumen *La destrucción o el deseo* (1999).

VII. The Father

Y César se quedó dormido, en su habitación, en medio del denso olor a pintura que emanaba de las paredes combadas. Vilas soñó con su padre, que había muerto dos años atrás. Soñó con el rostro joven de su padre, caminando por la calle, sabiendo que ya no volvería a verlo nunca jamás. Y pensó si realmente lo había visto alguna vez, porque toda su vida —la vida de Vilas hijo— era una lucha a muerte contra la ficción que desde antaño doblega las entrañas de los hombres buenos. Los dos Vilas estaban solos viendo una película en el cine Purgatorio. La película no era, exactamente, una película, sino un documental sobre los últimos días de Antonio Machado en Collioure.

VIII. Fantasmas enamorados

Pero varios golpes sonaron insistentes en la puerta de su habitación. Era Cecilia. Dijo Cecilia: qué sueño más profundo tienes, César. Cecilia llevaba un camisón negro transparente. Estaba bellísima. Llevaba en una mano una botella de champán Möet & Chandon y había dejado en el suelo dos copas para poder llamar a la puerta, y ahora le estaba diciendo a César que le ayudase a coger las copas. Cecilia se quitó el camisón. Era la mujer más bella de la Tierra. Su piel era casi negra. Vilas quería que le confesara cómo supo luchar contra la antimateria, hace 13.000 millones de años. Cecilia reía y levantaba las piernas hacia el techo, y César miraba las uñas de los pies de Cecilia, uñas pintadas de rojo, en homenaje al Big Bang, que fue rojo. Cecilia era una fiesta que no tenía final, un estado festivo permanente. Cecilia dijo: las leyes científicas no son reglas de la naturaleza, son sólo invenciones humanas. Estuvieron amándose toda la noche. Cecilia dijo: la gravedad, la gravitación universal, es erotismo. Si no pesas, no existes. Cuánto pesa tu miembro, amor mío. La gravedad me pone a mil. Y a veces no eran una pareja sino un trío: César, Cecilia y Vilas. Cecilia les dijo a los dos amantes que ella siempre había sido, que no tenía causa, que lo único que podía hacer era «ser». Y mientras se amaban, la pintura de las paredes iba desprendiendo sustancia tóxica que los iba envenenando lentamente. Pero ellos reían, los tres reían. Cecilia dijo: en mí se unifican las leyes de la gravedad y las leyes del electromagnetismo. Y los tres eran felices, llenos de veneno, de lujuria y de amor. Pusieron la tele y salía Elvis cantando *Shake, Rattle and Roll*. César, en ese momento cenital en que terminaba la canción de Elvis, sacó la báscula del armario y le dijo a Cecilia, anda, pésate, amor mío. Y Cecilia, completamente desnuda, se subió a la báscula. Era tan erótico pesar a una mujer tan desnuda. Vilas era un experto en cosas así. Los hombres besan a las mujeres. Vilas las pesa.

CANAL 9

MTV

1. Caballos

Cristo Bermúdez tenía treinta años y era colombiano. Había conseguido, por fin, venirse a España. Llevaba en España desde abril y ahora era julio. Trabajaba repartiendo pizzas a domicilio en el centro de Madrid. Curiosamente, le pagaban bastante bien. Cobraba tres mil euros al mes, incluso a veces más. Podía llegar hasta los cuatro mil, dependiendo de la clientela. Hay que decir que trabajaba para una pizzería de diseño y para clientes exclusivos. Incluso la moto que llevaba Cristo Bermúdez era una moto especial. Era una Yamaha YZF R6. A los clientes de esa pizzería no les gustaba que Cristo Bermúdez les llevase las pizzas en cualquier moto. Cristo vestía, además, ropa de diseño que le compraba Mónica Xirgu, la dueña de la pizzería, que era descendiente de una célebre actriz española. Mónica poseía fotos históricas de Margarita Xirgu colgando de las paredes de su pizzería, convenientemente enmarcadas con cristal para que no les afectasen el calor y los humos y los olores del local.

El 20 de julio a las diez de la mañana Cristo Bermúdez oyó en la radio que la cantante norteamericana Patti Smith daba un concierto aquella misma noche en Zaragoza. Eran las diez de la mañana y ya hacía un calor espeso en Madrid. A Cristo Bermúdez le gustaba el verano colombiano, pero el verano de Madrid le metía estrés y mala sangre en el cuerpo: había demasiados coches, demasiados semáforos, demasiados viejos y viejas a quienes llevar pizzas humeantes de tres colores. No estaba acostumbrado a los veranos españoles, que derriten el cerebro de los seres inocentes. Cuando Cristo oyó que Patti Smith cantaba en Zaragoza, le dio un vuelco el corazón. Bermúdez era un fan de Patti Smith, desde que su amigo Fran Chule le descubrió el disco *Horses* en el garito La Verga de Oro de Barranquilla. Desde que oyó las canciones de la Smith su vida cambió. Se hizo con todos los discos de Patti Smith, y aprendió inglés vertiginosamente. Dejó su trabajo en La Verga de Oro y se vino para España, porque le fue imposible entrar en Estados Unidos.

Aquella mañana calurosa del 20 de julio de 2008 Cristo pasó de repartir las pizzas. Se puso una camiseta roja con la efigie negra del Che Guevara, enfiló la Avenida de América con su Yamaha YZF R6 y cogió la autovía para Zaragoza. En la camiseta, el rostro del Che se coronaba con una gorra en donde lucía una estrella fosforescente que se activaba en la oscuridad. Antes del viaje, Cristo se informó en Wikipedia de qué era Zaragoza. Resultó que Zaragoza era una ciudad, y una ciudad grande. Cristo creía que en España sólo había tres ciudades: Madrid, Barcelona y Sevilla. Le hizo gracia que Patti Smith no actuase en Madrid, sino en Zaragoza. Llevaba recorridos unos cincuenta kilómetros cuando Mónica Xirgu lo llamó exasperada y con un humor de perros al móvil. Cristo le dijo que hoy no trabajaba. Mónica le dijo que estaba despedido. Cristo le dijo que no era tan fácil encontrar un mulato de un metro ochenta y cinco sin un gramo de grasa, guapo y ancho de hombros como él. Mónica colgó.

Llegó a las tres de la tarde a Zaragoza. Preguntó dónde era el concierto. Le explicaron algo relacionado con una exposición internacional. Patti actuaba en un sitio que se llamaba la Expo. Mónica volvió a llamarle al móvil. No descolgó. Se puso el MP3. No paraba de escuchar a Patti. Se perdió por las circunvalaciones que cercan la ciudad de Zaragoza y apareció en un Ikea. Ya que estaba allí, aprovechó para comer algo. Entró en Ikea y se comió catorce unidades de albóndigas suecas con salsa de arándanos que le costaron 4,25 euros. Paseó por los almacenes de Ikea, donde se apilaban docenas de estanterías y armarios y mesas y camas y sillones. Se compró un llavero. Volvió a las circunvalaciones. Encontró, por fin, la Expo, que estaba en la orilla de un río desmirriado llamado «Ebro». Tenía calor. Se quitó la camiseta roja con la efigie del Che y su estrella fosforescente. Se dio un baño en el Ebro, desnudo, pero no hubo manera de nadar porque el río bajaba con tres palmos de agua escasos. Un guardia quería arrestarlo. Una mujer se quedó mirando su sexo, descomunal. Aparcó la moto en un parquin. Sacó su entrada. Se tomó tres cervezas en el pabellón de Polonia. Por fin se dio cuenta de dónde estaba: era una exposición internacional, o sea, un laberinto de países y arquitectura política de última generación. Los países del mundo se habían convertido en estériles pabellones. Cosas de España, pensó. Llamó Mónica otra vez. Hablaron. Eran las siete de la tarde, hasta las once no actuaba Patti. Se metió en los camerinos del anfiteatro de la Expo, donde tenía que actuar Patti. Dijo que era un periodista de un periódico de Zaragoza, del *Heraldo de Aragón,* previamente se había informado del nombre de ese periódico hablando (ligando) con una azafata de la Expo. La azafata se llamaba Cecilia y era un chocho loco aragonés, le dio su móvil para que Cristo la llamara luego. Cecilia era guapísima y tenía un rostro moreno, lleno de energía, lleno de fuego, con unos ojos hiperespeciales, unos ojos turbulentos, unos ojos duros como el viento o la tierra. A Cristo le dejaron pasar a la sala VIP, sin exhibir ninguna acreditación, sólo exhibiendo su fe, su enorme sonrisa, su belleza ancestral, su olor a primate radiante, su olor a sexo puro, su inocencia salvaje. Entró en la sala VIP con su camiseta roja, con el Che y su gorra fosforescente. Se sentó en un sillón blanco y parecía el rey del mundo. A las 9.20 de la noche Cristo Bermúdez estaba comiéndose un sándwich de pollo light con Patti Smith en los camerinos de la Expo. Patti le dijo, tío, qué camiseta más estupenda, tienes que dejármela aunque me vaya grande. Bebieron limonada Minute Maid con sabor a hierbabuena. La limonada Minute Maid les puso a mil. Patti le dijo que ahora tenía que concentrarse para el «jodido concierto», y que no podía seguir calentándose con la Minute Maid, pero que quería volver a verlo a las dos de la madrugada en su hotel, después del concierto, y le dio una palmada en el culo, así es Patti. Cristo Bermúdez se tomó un gin-tonic en el bar del anfiteatro, aún llevaba en el paladar el gusto a hierbabuena, y luego se apostó en la primera fila del escenario. Allí coincidió con un montón de fans acérrimos de Patti Smith. A su lado había un tipo que llevaba colgada al cuello una acreditación de prensa. El tipo se llamaba Vilas, se estaba bebiendo una horchata, y escribía para el *Heraldo de Aragón*. O sea, que eran compañeros. Le contó al tal Vilas que había estado con Patti y que había quedado para luego. Vilas se rió mientras apuraba su horchata. Pero Cristo le dijo que había quedado en la habitación Goya, una suite muy exclusiva del Boston. Vilas conocía el Boston y había oído hablar de esa suite. Comenzó el concierto. Vilas se dio cuenta de que la Smith reconoció el rostro de Bermúdez. Patti, al final del concierto, se puso a gritar como Juana de Arco o como Juana la Loca y les dijo a las siete mil personas que había allí, les dijo que «el futuro y el poder son vuestros». En cuanto acabó el concierto, Cristo Bermúdez se fue a toda pastilla. Buscó su moto en el parquin. Le dijo a un taxista que le llevara al Boston, al hotel Boston, que él le seguía con la moto. Que se diera prisa, coño. A las tres de la madrugada Patti, Cristo y Cecilia estaban besándose con locura encima de una cama de tres colores. Encima de una mesa enorme había ensaladas fantásticas, llenas de pollo light, cerezas, arándanos y crema de espárragos. Cecilia les hizo un estriptis especial, que incluía una discreta danza del vientre. Cecilia era una chica tan guapa que engendraba daños y dolor. Era morena y delgada. Tenía unos ojos negros de una belleza brutal. A Patti le encantaron los pies de Cecilia. Patti puso *Blue Moon* de Elvis en el ordenador portátil, y empezaron a bailar los tres juntos. Cristo hacía posturitas con los brazos. Patti le decía a Cecilia nunca más te dejaré sola, ahora que te he encontrado. La suite Goya tenía unas grandiosas cristaleras que daban a la avenida. Se veía la noche de Zaragoza con sus luces amarillentas mientras bailaban. Cecilia dijo que tenía calor y se metió en la ducha y se dio un baño, desnuda, desnudísima, y Cristo y Patti se sentaron en los dos taburetes que había en el cuarto de baño y asistieron al espectáculo de la ducha de Cecilia. De vez en cuando aplaudían locamente. Ella les sonreía mientras se enjabonaba el vientre. No quiso secarse con la toalla. Dijo: ya me secará el aire, el aire nuestro, y salió de la ducha mojándolo todo. A las cuatro llamó Mónica otra vez. A las cinco Cristo llamó a Fran Chule y Patti charló dos minutos con Chule. A las doce de la mañana, Cristo estaba de vuelta en Madrid, repartiendo un montón de pizzas atrasadas.

2. Suenan ruidos contra el capitalismo

El 8 de enero del año 2009 se reúnen en el pueblo altoaragonés de Barbastro, en la cafetería del Gran Hotel, dos mujeres y un hombre que llevan pactando este encuentro desde hace mucho tiempo. Son Elena Gardel, Nina Bravo y Héctor Jara. Son tres activistas del Departamento Musical de la Nueva Derecha Popular Española. Su credo es la consecución de Gran España. Llaman Gran España a la recuperación del viejo imperio español del siglo XVI. No les basta con la unificación política de España y América Latina, quieren también anexionarse los territorios de Portugal y el sur de Estados Unidos. Sin embargo, a la hora de escribir en un papel los territorios que tienen que ser reconquistados, no recuerdan todos los nombres de los países latinoamericanos. Siempre se les olvida alguno. Eso les enfurece. No consiguen aprenderse de memoria el nombre de todos esos países. Creen que la batalla no debe realizarse con las armas, sino con las imágenes. Quieren destruir los mitos americanos. Especialmente los mitos musicales, pues son expertos en música pop. Se alojan en una habitación triple del Gran Hotel de Barbastro. Fingen ser hermanos a la hora de registrarse en la recepción del hotel, pero no les coinciden los apellidos.

Están ahora en la habitación triple, probando la elasticidad de los colchones de las camas. Miran la marca del colchón. Es un Pikolin. Héctor saca su ordenador portátil. Se conecta a Internet. Busca la web de Pikolin y comprueba lo inevitable: es un modelo no registrado. Pikolin hace esas cosas. Vende colchones especiales a los hoteles españoles. Pero luego no hay forma humana de saber a qué gama pertenece ese colchón y cuál es su precio real. No se puede saber si es un colchón de gama alta o de gama media. Manuel Fraga (sí, un tipo que se llamaba como el político conservador, azar de los nombres y apellidos, sí) trabaja para Pikolin en estas labores comerciales. Ofrece a hoteles, residencias, cuarteles, clínicas, hospitales, hostales, colegios mayores, campamentos, colchones Pikolin al por mayor. Fue Fraga quien vendió 187 colchones Pikolin al Gran Hotel de Barbastro. Fue un buen negocio para Fraga. El día que llegaron los colchones fue un día de fiesta en la plaza del Mercado de Barbastro: la gente asistió a un tráfico de colchones que cuando menos daba muchas cosas que pensar. Un anciano barbastrense (se llamaba Quino Costa y tenía noventa y dos años) que contempló el espectáculo de los 187 colchones esparcidos en la plaza del Mercado recordó en seis décimas de segundo todos los colchones en los que había dormido desde que tenía memoria y sólo le salían tres colchones, y sintió con pesadumbre que se había perdido algo importante en su vida, pero pensó en que aún tenía tiempo para mirar los precios de un colchón nuevo. Aquella misma tarde Quino Costa entró en Colchones Fumarola y se compró un Flex de látex, después de haber probado todos los colchones de la tienda, ante la mirada curiosa de Ana Fumarola. Se quitaba incluso los zapatos. Se gastó 999 euros en su colchón látex, porque lo compró de matrimonio. De repente, Quino Costa se sintió jodidamente feliz porque había encontrado algo honrado, y apropiado a su edad, en lo que gastar su dinero.

   Los tres (Elena, Nina y Héctor) prueban ahora la fuerza de salida del chorro de la ducha de la habitación. La ducha de los hoteles tiene una potencia muy superior a la de los domicilios particulares: hay que investigar esta fuerza descomunal, dice Elena, allí hay algo que nos compete, eso significa algo, significa una apuesta decidida de la industria por los negocios y no por los particulares, o algo así, quiero decir que un particular nunca gozará de esta fuerza en la ducha de su casa a no ser que se vaya a un hotel. Es demoniaco que uno, en su casa, no pueda poseer un chorro de agua tan brutal como este que sale en las habitaciones de los hoteles. Una vez que has entrado con tu tarjeta electrónica en tu habitación, dice Héctor, lo preceptivo es depositar esa misma tarjeta en el receptor que está junto a la puerta y que activa todo el sistema eléctrico de la habitación; lo gracioso es que cualquier tarjeta sirve, no hace falta que sea la tarjeta que abre la puerta; sirve incluso un trozo de papel albal.

Los tres llevan el mismo modelo de MP3, los tres escuchan obsesivamente el mismo disco: *The Raven* de Lou Reed, pero su obsesión es Bob Dylan. Piensan que tienen que matar a Bob Dylan. No saben si matar es el verbo adecuado. En realidad, no conocen cuál es el verbo importante que decide las cosas. Barajan dos verbos: matar y besar. Se miran en el espejo. Se sientan en los sillones de la habitación y sacan de la maleta tres fotocopias plastificadas como ésta:

MANUEL VILAS
ESCRITOR

A Pizza Hut

Nunca hubiera podido imaginar que la música de Bob Dylan (yo fui y soy y seré dylaniano) acabaría convertida en música de ambiente, en hilo musical de sala de espera de dentista de pueblo, ni nunca imaginé que me iría de un concierto de Dylan antes de que este acabase. El abuelo americano daba pena. Su americana de almirante del IV Reich de Ninguna Parte era si acaso lo único interesante del concierto de ayer en Zaragoza. Los botones dorados de la americana fueron la única luz de la noche. Su sombrero blanco era insuperablemente hortera. El tipo solo estaba preocupado de que el leve cierzo del lunes por la noche no le volara el sombrero. Hacía ver que tocaba un piano de juguete, un piano de esos que van con pilas y que venden en los chinos. Se puso muy lejos de la gente. Escondido y acorazado con el sombrero y el piano.

Ese concierto no valía ni un euro. Yo, porque tenía pase de prensa y no pagué más que las cinco mil cervezas que me bebí para aguantar la catástrofe infinita, porque si no, exijo la devolución de la entrada. Veo a ese tipo cantando "A Pizza Hut", es decir "A Hard Rain's A-Gonna Fall", en la puerta del Pilar y no le doy ni diez céntimos. Hasta el cadavérico Lou Reed está más vivo que Dylan. Lo del concierto de Dylan en Zaragoza fue una exhibición de geriatría basura, de geriatría Marina D'Or, de geriatría Matrix, de geriatría tipo Pabellón de Egipto. Hace dos años los Who dieron un concierto memorable y salvaje en Zaragoza. Viendo al supermuerto Dylan, me acordé de los Who, casi como quien usa un recuerdo hermoso para combatir un presente miserable. El abuelo americano no tiene amigos íntimos que le digan "déjalo ya, quédate en casa viendo la televisión o haciendo barbacoas", aunque yo le diría más bien "coge la pistola y acaba ya, tío".

Ni siquiera el recuerdo de lo que fue Dylan repara una décima parte del escatológico espectáculo de ayer: la transformación de la energía del rock, de la energía más hermosa y poderosa de la tierra, en una atrocidad moral de viejos sonados buscando el dinero fácil. Pero uno se pregunta que para qué quiere más dinero Dylan. No creo que sea para buscarse una novia joven, pues las momias no tienen erecciones.

Leen la fotocopia una y otra vez. Vilas, el autor del texto, ya los ha denunciado tres veces, pero sin ningún efecto. La policía le dijo a Vilas que NO SE PREOCUPASE, QUE SÓLO ERAN ADMIRADORES DE SU LITERATURA. Vilas le dijo al comisario de policía de Zaragoza que se equivocaba, que esos tres estaban locos, que no eran admiradores sino terroristas. El comisario le dijo a Vilas que no podía hacer nada. Vilas le dijo que escribiría al *Heraldo de Aragón,* a *El País,* a *El Mundo* y a *ABC* diciendo que el comisario pasaba de la seguridad de un periodista. El comisario le dijo que él no leía tantos periódicos.

Elena, Nina y Héctor llaman de vez en cuando a Vilas para decirle que se una a su grupo revolucionario Gran España Musical. Al principio, la cosa tenía su gracia. Pero una vez se presentaron en su domicilio pretextando ser testigos de Jehová. Parecía como si alguien les hubiera revelado el talón de Aquiles de Vilas, su punto flojo, que son los testigos de Jehová. Vilas tiene debilidad por los testigos de Jehová, probablemente eso es así porque Vilas es hijo de viajante. Piensa que su padre se presentaba en sitios donde no se le esperaba demasiado. Piensa que su padre, como viajante, agradecía que aquella gente que no le esperaba le abriera la puerta de su casa. Por eso Vilas siempre trata con hospitalidad a los testigos de Jehová, porque ve en ellos a su padre viajando por el Aragón de los años sesenta, montado en su SEAT 850. Cree así remediar un poco la soledad paterna, aquel mundo antiguo del que ya no le queda nada. Les hace pasar a su sala de estar. Les ruega que se sienten. Les ofrece café y pastas, o refrescos y cacahuetes, y les escucha pacientemente. Les compra siempre la revista *Pastores de la Vida* y da un donativo. Pero luego se pone intransigente cuando insisten en que se convierta. Les dice que no y que no insistan. Una visita de los testigos de Jehová le cuesta a Vilas unas dos horas de su tiempo. Así fue como el grupo revolucionario Gran España se coló en el piso de Vilas, no sin que éste sospechase algo raro en la vestimenta del trío; además, eran un trío, los testigos suelen ser siempre parejas. Pero el recuerdo de su padre viajando por el Aragón de los años sesenta saltaba automáticamente y les dejó pasar. Veía a su padre montado en el SEAT 850 viajando por aquellos pueblos, veía a Franco montado en el asiento de atrás del 850 de su padre, impertérrito. También estaba un poco harto de que ese recuerdo, esa dimensión solidaria de la nostalgia paterna, le robara tanto tiempo. Pero Vilas quería mucho a su padre, y le ofrecía este homenaje tan deslumbrante como probablemente innecesario, pues ni su padre se iba a enterar del homenaje ni ninguna instancia sobrenatural lo iba a anotar en ningún registro de entrada; es decir, que el homenaje en realidad sólo actuaba sobre la propia conciencia de Vilas, no había público. Enseguida Elena, Nina y Héctor le revelaron que no eran testigos de Jehová, sino seguidores de su artículo sobre Bob Dylan. Vilas quiso echarlos, pero entonces Héctor Jara sacó de una maleta una caja de bombones belgas de la marca Leonidas, es decir, otro talón de Aquiles de Vilas. Y Vilas se puso a comer bombones con ellos, acto que Nina aprovechó para exponer toda la filosofía política de Gran España. Nina dijo que en Gran España no existiría la propiedad privada ni las jerarquías políticas ni las jerarquías raciales ni el dinero. Héctor añadió que abolirían el capital y la religión. Elena, exultante, dijo que la monarquía sería sustituida por la Gran Colectivización Final. En esa Colectivización Final, sería muy importante la agricultura. Cultivarían fundamentalmente fresas y naranjas, y muy secundariamente también cebollas. Vilas comía bombones Leonidas y escuchaba el delirio de los tres paranoicos. Nina dijo que se acabaría con la enseñanza del inglés, dijo que las lenguas obligatorias en la enseñanza pública serían el árabe, el vasco y el armenio. Cuando se acabó los bombones, Vilas les dijo que tenía mucho trabajo y que tampoco entendía qué pintaba él en todo esto de Gran España. Fue Elena, que era muy guapa y muy vital, la que le explicó a Vilas que cuando leyeron su artículo sobre Bob Dylan tuvieron una visión clara de lo que tenían que hacer. Elena le explicó a Vilas la teoría de los Disfraces del Mal. Vilas, ya sin bombones que llevarse a la boca, se estaba angustiando. Ni el recuerdo de su padre hacía mella en su conciencia hospitalaria. Elena, que percibió la angustia de Vilas, se desabrochó un botón del suéter, que puso a la vista la agraciada anatomía de sus pechos, de una extraña perfección. Elena dijo que el capital y el mal se disfrazaban, y que Bob Dylan era el disfraz con que el fascismo capitalista norteamericano se posaba ante los ojos europeos. Había más disfraces. Elena enumeró los siguientes: Charles Chaplin, Bogart, Marilyn, Jimi Hendrix, Madonna, Andy Warhol, Woody Allen, Arnold Schwarzenegger, Sinatra, Charlton Heston, Jack Kerouac, William Faulkner, Harrison Ford, el García Lorca que estuvo en Nueva York, Elvis, Norman Mailer, Jim Morrison, Clark Gable, pero que el disfraz mejor, el gran disfraz de todos los tiempos era el de Bob Dylan. Dijo que Dylan era el gran prototipo, la gran invención y propagación del ADN de Abraham Lincoln, que fue el padre del camuflaje político más grande de todos los tiempos. Ese camuflaje era la colonización cultural. Dijo que Dylan se aprovechaba de los asesinados por la CIA y de la fuerza militar estadounidense. Dijo que, básicamente, Elvis Presley era una invención del Pentágono. Pero que Dylan era un prototipo de última generación. Dylan era el prototipo que inventó el Pentágono a finales de los años sesenta. Elena continuó hablando, y con vehemencia dijo que los agentes de la CIA X y Z se presentaron en 1963 en el apartamento que Dylan tenía en Nueva York y le explicaron el asunto, y que el asunto era que Dylan se haría famoso (pero con fama de prestigio) en la misma proporción con que el imperialismo americano se hacía famoso en todo el mundo (pero con fama de desprestigio) y que ambas famas eran la misma. Era la teoría del poli malo y del poli bueno, pero que, en realidad, eran el mismo poli. Y Dylan lo entendió porque no tenía ni un pelo de tonto. Desde entonces, todos los gobiernos estadounidenses han apoyado la carrera musical de Dylan. No le apoyan en la consecución del Premio Nobel porque creen irrelevante que Dylan gane ese premio, y Dylan está de acuerdo. Fue la CIA quien le sugirió a Dylan que debía convertirse al cristianismo y cantar para Juan Pablo II. Fue también la CIA quien le dijo, años después, que ya valía de cristianismo, que ahora le convenía aparecer como un ser lejano. En realidad, Dylan es Estados Unidos, eso es todo. Únicamente se trata de explorar esta identidad entre el poeta y su pueblo. Y es también la CIA la que elabora los guiones de películas como *Batman*. Empezaron con los guiones de *Terminator*. Y son buenos haciendo guiones para Hollywood.

Vilas miraba la pasión de Elena con asombro enamoradizo. Veía que estaba medio loca, pero resplandecía con todas esas cosas que decía. A Vilas le daba igual que Dylan fuese Estados Unidos, lo que le inquietaba era la belleza torturada de esa mujer. Elena se iba calentando y Nina sonreía, casi como con ganas de aplaudir, y también se desabrochó un poco la blusa. Vilas le iba a preguntar a Elena que quién coño eran esos tipos X y Z, pero no quiso interrumpirla: parecía Juana la Loca. Para qué preguntar nada.

—Por eso —prosiguió Elena—, cuando leímos tu artículo en ese periódico nos dimos cuenta de que Dylan era el gran disfraz americano de la injusticia política y que tú, de una forma inocente e ingenua, lo habías descubierto, casi como los niños descubren las cosas, jugando.

—Extraña ecuación —dijo Vilas, por fin—, porque a mí Dylan me encanta, lo que pasa es que no me gustó ese concierto.

Entonces Elena se quitó el suéter. Y ese hecho es el que usa el comisario de policía de Zaragoza para no tomarse en serio la teoría terrorista de Vilas.

—¿Te tiraste a las dos tías, no? Cómo cojones vamos a tomarnos en serio eso del terrorismo y toda esa mierda —le dice a Vilas el comisario Pedro Alarcón en su despacho refrigerado de la calle María Agustín de Zaragoza—. Vosotros los periodistas sois la mar de majos, os creéis que por escribir en un puto periódico os tenemos que chupar la polla, como te la chuparon esas dos majaretas. Por cierto, el tal Héctor Jara de la historia ¿qué cojones hizo mientras te cepillabas a las dos terroristas? ¿Qué hizo, eh? Venga, tío, ¿qué hizo el tal Jara? Mirar, seguro que mirar, si estos terroristas son todos maricones. Menos mal que aún existen periodistas como tú, jodido Vilas, que dejan alto el pabellón de la lucha antiterrorista nacional. Anda, fúmate un puro —le ofrece uno— y vete a casa, que te mandaré una brigada, pero de putas, no te jode, para que te vigilen la polla.

CANAL 10

Cine X

1. Hércules

El poeta y funcionario del catastro Elvis Balis tenía que beber para poder escribir. Cada vez era más prodigioso ese asunto: sólo si bebía alcanzaba a resolver el sentido de las tramas de sus poemas. Juan Benet, su amigo de toda la vida, que era además médico, le dijo a Elvis Balis que si seguía así acabaría en el psiquiátrico. Pero la bebida le daba la alegría de los dioses. Su protocolo era el siguiente: bebía, escribía un verso en el ordenador (casi siempre era un endecasílabo con acento en sexta) y se largaba a la calle. A veces en vez de un verso conseguía tan sólo escribir medio: cinco sílabas, o seis. Se iba al club La Generación del 27, un club de alterne. El tipo que lo regentaba era en realidad una tipa, una licenciada en Filología Hispánica, muy aficionada a la poesía de Vicente Aleixandre. Se llamaba Raquel W., y era un travestido. Nadie sabe cómo se llamó Raquel mientras fue hombre. Los clientes de La Generación del 27 especulaban con los nombres de Ventura, Jose Mari, Félix y Mario, pero todos sabían que ese tema era peligroso. Raquel tenía muy mal vino con los asuntos que no le hacían gracia, y uno de ellos era su nombre de cuando fue varón. A Elvis Balis le gustaba mucho ese antro, le hacía gracia que Raquel y él tuviesen intereses intelectuales parecidos, o globalmente parecidos, pues Raquel era una apasionada de la poesía. El 27 estaba situado en la calle Manifestación, en la telúrica Zaragoza. A Elvis le gustaba hablar del libro *Sombra del paraíso* con Raquel, que era extremadamente promiscua y lasciva. Es curioso, pero Elvis y Raquel eran dos fans extraños de la poesía de Vicente Aleixandre. No sólo tenían todos sus libros de poemas, y sus obras completas, sino que, además, en el bar se vendían camisetas con la efigie de un Vicente Aleixandre ya mayor, de cuando le dieron el Premio Nobel. En La Generación del 27, además, había pósters de Aleixandre con marcos de plata. Comentaban los poemas de Aleixandre, intentaban buscarles un significado que nunca hallaban. Esto a veces les hacía pensar en que Aleixandre era un poeta mediocre, pero nunca verbalizaban ese pensamiento, porque entonces la razón de sus vidas desaparecería horriblemente. Elvis se había intentado enrollar más de una vez con Raquel, pero Raquel sabía que era mejor que no. Y siempre que veía a Elvis con ganas de rollo, lo derivaba a Marcela, que era una de las prostitutas del 27, como se llamaba coloquialmente al bar, cosa que irritaba mucho a Raquel, a quien le gustaba que la gente cumpliera con el nombre entero del local. Marcela apreciaba a Elvis, porque era una buena persona. Como Raquel siempre exigía que sus trabajadores y trabajadoras leyeran poesía de la Generación del 27,[*] Marcela era fan de Gerardo Diego, porque era el único poeta del 27 que entendía un poco. Raquel amaba la poesía, creía que le daba buena suerte a su negocio. Pensaba que su bar de alterne era el más culto de España. Era como si buscase una redención. Raquel veía que el mundo se complicaba misteriosamente, que este 2008 presente contenía ya misterios indecibles; era como si ya nadie pudiera entender la vida, entonces, Raquel intuía que el amor a la poesía la salvaba de lo impronunciable. Su amor a la Generación del 27 también procedía del amor a una foto que salía en su antiguo libro de bachillerato.

---

[*] Todos tenían que leer la antología de José Luis Cano, *Lírica de la Generación del 27,* Madrid, Cátedra, 1979.

En esa foto Raquel vio por vez primera a un fantasma, a alguien que no estaba en esa foto. Luego volvió a ver a ese fantasma muchas veces en otros sitios, pero la primera vez que lo vio fue en esa foto de la Generación del 27; aún le da un vuelco el corazón cuando lo recuerda. El rostro del fantasma estaba situado unas veces en el hueco que había entre Rafael Alberti y Federico García Lorca, y otras entre Jorge Guillén y José Bergamín. El fantasma se movía en la foto y a veces le hablaba. Le decía cosas referidas al destino final de los retratados en esa foto, pero esas cosas se las decía desde el año de la foto. El fantasma, aparentemente, no tenía nombre. Pero a Raquel le pareció que era un ser alto de estatura. Era más alto que Pedro Salinas. Le pareció que era un ser fuerte, corpulento, con cara desafiante. Le dijo este que está a mi izquierda morirá asesinado y este que está a mi derecha vivirá muchos años. Iba diciendo esas cosas. Cosas de la vida y de la muerte. Este que casi es tan alto como yo tendrá una vida vulgar. El de gafas oscuras vivirá santamente toda su vida. Ahora ya no existen estas vidas, decía el fantasma que circulaba por la foto con absoluta impunidad. Raquel dio en llamar Hércules a ese fantasma. Luego lo vio en muchos sitios, en tantos sitios que ya daba igual su presencia. Pero la primera vez fue importante. Supo años después que Hércules era el Mal.

Fue una noche del mes de junio, ya en pleno calor veraniego, cuando se quedaron solos en el 27 Marcela, Raquel, Elvis y Benet. Habían bebido bastante, pero conservaban la lucidez. Fue Raquel la que habló primero, la que dijo que con una brigada de treinta hombres bien adiestrados militarmente se podía tomar la ciudad de Zaragoza. Prosiguió diciendo que la democracia española había debilitado al poder militar de tal forma que éste era el momento para tomar la ciudad. A Benet se le iluminó el rostro. Es verdad, dijo Marcela, yo he tenido clientes que son militares y os aseguro que son más funcionarios que pistoleros. Parecen curas, o enfermeros[*]. Elvis preguntó que cómo iban a reclutar treinta brigadistas. Entonces Raquel fue al mostrador y trajo varios ejemplares de una revista boliviana que se llamaba *After The Show*. La revista contenía fotografías del Gran Equipo Bolivia Sí, cuyas siglas eran GEBS. Eran treinta hombres. Cada página de la revista describía a un mercenario del GEBS. Había tres jefes, los Tres Comandantes. Se llamaban Comandante John A, Comandante John B, y Comandante John C. Salían con el rostro cubierto. Elvis, Marcela y Benet se quedaron atónitos viendo las fotos de *After The Show*.

—Ellos se ofrecen a venir a Zaragoza —dijo Raquel—. La revista trae unas claves informáticas para ponernos en contacto con ellos.

—¿De dónde has sacado la revista? —preguntó Benet.

—Me llegó por correo certificado, la acompañaba una carta —Raquel enseñó la carta.

---

[*] Iba a decir maricones, pero no lo dijo porque Raquel le hubiera partido la cara.

Querida Raquel:

No mires a nadie. Todos están contaminados. En el año 1981 el mundo sufrió la invasión de un agente psicológico extraterrestre. Este agente, llamado Hércules, detuvo el pensamiento humano. Detuvo el acto de pensar y lo sustituyó por el acto de existir. Hércules es un virus inteligente, dinámico y sensible. ¿No habéis observado la importancia histórica de los años ochenta? En los años ochenta llegó Hércules al mundo. Tiene ramificaciones vertiginosas: es un estado político, una idea cultural, un edificio, un millón de carreteras, hoteles en las playas, un Mercedes 600. Hércules no es maligno ni benigno. Es, simplemente, una entidad abarcadora y lúdica. No se le puede juzgar con criterios morales.

John A, John B y John C somos seres humanos antiherculeos. Los antiherculeos somos pocos. Nos caracterizamos porque hemos visto a Hércules en cuerpo casi real, no sólo en espíritu, como lo ve el mundo. Sólo en Bolivia, debido a las condiciones climáticas e históricas de Bolivia, Hércules se mostró especialmente torpe. La invasión culminó a principios de los años noventa. Unos diez años le costó a Hércules detener el pensamiento y sustituirlo por la existencia. Es una operación bioquímica muy compleja. Tampoco sabemos muy bien si Hércules es uno o muchos, pero eso, querida Raquel, da igual. Nosotros lo hemos visto. Es absolutamente monstruoso. Hércules mide tres metros y pesa siete kilos. Es una línea de carne maloliente y llena de pequeñas cabezas que hablan en los siguientes idiomas: español, hebreo, ruso, bereber y latín, aunque es un latín evolucionado (con los mismos procesos del español o del francés) pero cuyo resultado es otro idioma románico, muy parecido a todas las lenguas románicas. Lo llamamos latín porque no sabíamos cómo llamarlo, pero no es el latín de Virgilio, claro. Suena a español, a portugués, a italiano, a francés. He de confesar que es una lengua muy hermosa. Es un latín fantasmagóricamente evolucionado. Es el latín de una nación románica que nunca existió, pero que tiene lengua propia. Hércules hace esas cosas, ama las ficciones paralelas de la Historia. Crea planos alternativos, cuya misión es cuestionar la realidad. Hércules lo cuestiona todo por diversión. Es capaz de mostrarte esa nación fantasma, mostrarte miles de estudios lingüísticos sobre la evolución de esa lengua románica; lo peor es que te puede enseñar obras maestras de la literatura escritas en esa lengua. Crea bibliografías alternativas. Pensamos que acabará creando seres humanos alternativos. No podemos decirte más, de momento, pero te adjuntamos la revista de los treinta hombres libres. Sabemos que tú estás capacitada para entender esto. Sabemos que eres una elegida hispánica para capitanear la lucha contra Hércules. Mira con atención nuestras fotos de la revista After The Show. *Junto a la revista, va un CD en donde salen nuestras risas grabadas desde Bolivia. Escucha nuestras risas y escucharás cómo puede llegar a ser la vida sin Hércules.*

Te queremos, te amamos, hermosa Raquel, te deseamos, te adivinamos, te frecuentamos, besamos tus órganos sexuales con la delicadeza de los ángeles.

Firmado: John A, John B, John C, comandantes.

—Qué carta tan maravillosa —dijo Elvis.

Raquel puso el CD en el reproductor. Los cuatro oyeron las risas nuevas de los tres comandantes. También había discursos de los comandantes, que tenían una voz especialmente cálida, sensual, pero firme. John A decía que el Rey de España Juan Carlos I era uno de los recipientes físicos más amados por Hércules. John B decía que Hércules amaba también recipientes republicanos. Hércules amaba igualmente a primeros ministros. Eran recipientes balsámicos, en donde Hércules encontraba palacios humanos. Hércules no era ingrato ni desagradecido; procuraba la longevidad de sus palacios. La longevidad de

Isabel II era fruto de los trabajos de Hércules. La fecundidad de la monarquía española era también un fruto de Hércules. John C dijo en el CD que Hércules también podía matar a quien ponía en peligro la continuidad de sus recipientes más queridos. John C dijo que Hércules estuvo la noche del 31 de agosto de 1997 en el puente del Alma de París en forma de luz cegadora.

—Esto es de locos —dijo Elvis Balis—. Yo me largo.

—Tiene razón, Elvis —añadió Marcela, retocándose el sujetador con la mano izquierda.

—Esperad —dijo Raquel—, falta lo mejor. Esperad a oír todas las pistas del CD —entonces Raquel cambió de pista con el mando a distancia.

Se seguían oyendo las risas de los Tres Comandantes. Había ruido de fondo, como música, como si hubiera una fiesta. De repente, se hizo el silencio y una voz grave que salía de los altavoces dijo: «Hola, soy John a secas, soy el Gran Comandante, el primero que vio a Hércules como materia. Fue el 3 de febrero de 1982. Hércules llevaba sólo un año en el mundo. Lo vi en una calle de Manhattan. Era un hilo blanco caminando por las grandes avenidas. Un hilo blanco lleno de cabezas que sonaban a lo largo de sus tres metros de altura. Veía cómo entraba en la gente. Era un espectáculo posnuclear. Era ver la ficción en estado líquido, sólido y gaseoso, la ficción trinitaria. Hércules vio que le veía. Vino a mí y se me quedó mirando. Intentó entrar en mí, pero no pudo. ¿Por qué no pudo entrar en mí? Hay una inmensa razón que explica por qué Hércules no pudo colonizarme. Ya la iréis comprendiendo. Me golpeó y luego me besó y luego se marchó corriendo por la Quinta Avenida. Bien, sabed que jamás podemos conocer una historia en su integridad, en su tiempo real; conocemos fragmentos, algunas vistas, un cuadro, mil palabras, pero nadie conoce la Historia en su integridad. Mucho tiempo pensé en eso, en la posibilidad de conocer la Historia —oh, tranquilos, cualquier clase de historia vale— de una forma material, real, equivalente a lo que esa Historia fue. Hércules conoce nuestros problemas con la ficción. Fue lo que más le interesó de nosotros: nuestro antiguo y obsoleto y viejísimo cerebro, que distingue la ficción de la realidad. Para Hércules eso es un divertimento maravilloso. No sé, imaginaos que podéis jugar con un mamut amaestrado. Algo así somos para Hércules: viejos seres con los que juega, porque Hércules se aburre. El aburrimiento de Hércules es hipotético, claro. Es una conclusión mía».

Raquel cambió de pista. Otra vez risas y música de fondo, otra vez la sensación de que hubiera una fiesta. De repente, otra voz, grave, animosa: «Soy John A, ya habéis oído al Gran John o John a secas, nuestro maestro. Vuestro cometido consiste en expulsar a Hércules de España. Para ello, debéis empezar expulsándolo de Zaragoza. Usad las claves informáticas y treinta brigadistas del GEBS entrarán en la ciudad de Zaragoza para tomarla bajo vuestro mando. Tal vez te preguntes, Gran Raquel, por qué has sido escogida. Es muy simple: un compatriota boliviano visitó tu bar hace unos meses, y nos contó que en tu bar se rendía homenaje al título de un libro de un poeta español, y que ese título era *La destrucción o el amor*. Sabiendo que el amor es una cuestión privada, nos queda la destrucción».

Y entonces Marcela le gritó a Elvis: ¡Feliz cumpleaños, capullo! Y se apagaron las luces y del cuarto que está al lado de la barra salió una tarta iluminada, con el número 46. Otros amigos hicieron su aparición: Ricardo, un chico que trabajaba los fines de semana en el 27; Francha, una amiga cocainómana de Marcela; Luis, un novio negro de Raquel; y Jorge, un escritor boliviano amigo de Benet y de Elvis. Raquel le dio un beso a Elvis. «Tío, es tu cumpleaños, lo habías olvidado», dijo Benet. Entonces se encendieron algunas luces, y todos llevaban caretas con rostros de poetas de la Generación del 27. Benet se puso una careta de Federico García Lorca. Raquel una careta de Luis Cernuda. Marcela una careta de Rafael Alberti. Luis se puso una careta de Jorge Guillén con corbata y gafas. Francha llevaba una careta de Ernestina de Champourcín o algo así, pero nadie sabía de quién demonios era esa careta. A Elvis le habían dejado una careta de Gerardo Diego. Y todos se morían de risa cuando vieron a Elvis con la careta de Gerardo Diego. Comenzaron a beber champán en abundancia, bebían champán francés y reían como bestias, y se besaban[*]. Y Elvis le dijo a Benet que le cambiara la careta, pero Benet le dijo que ni de coña. Y había allí un tipo que no conocían de nada con media careta de Vicente Aleixandre, la otra media región de su rostro era un hilo de carne. Elvis Balis, al ver a Aleixandre demediado, cogió su copa de champán y se la bebió de un trago y dijo en voz alta «la vida es maravillosa».

Y una incesante alegría hizo que el 27 vibrara toda la noche. Y Raquel, por una vez, accedió a los deseos de Elvis e hicieron el amor delante de todos, delante incluso del Aleixandre demediado. Se acariciaron delante de todos. Consumaron un amor entre gritos completamente indecentes delante de todos. Y todos aplaudían.

---

[*] Raquel consiguió una caja de doce botellas de Moët & Chandon por 210 euros, compradas directamente a François Sarkozy, un tipo que se dedica a estas cosas y que dice que es primo hermano del Presidente de la República francesa. Raquel pensaba que era un timo, pero no, era Moët de verdad, real, certificado.

2. Historia de Nuela

La escritora española Ana Manuela Carenina estaba deprimida. Su último novio, que era poeta, la había dejado. Quería vengarse de él y pensó en escribir una novela corta y demoledora contra su ex novio. Nuela, como la llamaban sus amigos y la prensa especializada, salió a la terraza de su piso y se fumó un cigarro. Eran las nueve de la mañana de un lunes de junio. Había dormido fatal. Estaba ansiosa. Se había metido tres Tranxilium 5 que sólo le proporcionaron un sueño a medias: sueños de quince minutos, en donde soñaba siempre lo mismo: Luis se marchaba, Luis le decía que no soportaba más esa relación. Su pensamiento estaba encharcado: el cuerpo de Luis, las estrellas, la última novela en la que estaba metida, el cansancio de las palabras, el poco efecto del Tranxilium, la necesidad de que la farmacología innovase, prosperase, mejorase de una vez por todas el medieval Tranxilium. Nuela tenía cuarenta y dos años y sabía que Luis había sido el último. Lo que la mortificaba era la manera en que Luis la había dejado.

Nuela se ponía muy nerviosa cuando pensaba en todo lo que aún le quedaba por escribir. Sentía que las fuerzas la iban a traicionar. Pensaba que no lo lograría, que moriría sin escribir la gran obra, no la gran obra de su vida sino de todas las vidas. La culpa era de Luis, por haber roto su estabilidad. Pues sólo desde la estabilidad emocional se puede hacer frente a los rigores intelectuales y morales que demanda una gran obra literaria. O cualquier tipo de obra. Incluso el bricolaje exigía estabilidad emocional. Es mucho mejor el amor que la literatura, pensaba. A Nuela le pareció que el amor era diversión y la literatura trabajo. Una diversión al principio, luego un tumor. Lo más extraño es que Luis la había dejado, en realidad, hacía mucho tiempo. Lo que pasa es que las consecuencias de su abandono fueron interminables, y esas consecuencias convirtieron el abandono en una realidad presente, diaria. Nunca le devolvió los golpes; no se los devolvió porque no tuvo ocasión, porque no pudo. Tiempo atrás, Nuela pensaba que algún día le devolvería los golpes. Vengarse es una buena razón para afirmar el futuro. Pero el tiempo pasaba. ¿Cuándo convertimos a los seres que hemos amado en fantasmas, en entes desconectados de la realidad, desconectados de los cuerpos reales? Quería devolver los golpes sociales, no los emocionales, pues ésos sí se habían extinguido ya hace mucho tiempo. Quería saber por qué Luis quiso destruirla socialmente. Luis comenzó por enrarecer su imagen en el grupo de amigos, casi todos eran escritores o gente relacionada con la literatura. Luis era muy persuasivo. Hoy la destrucción social de una persona es más importante que su destrucción física, es decir, que su muerte. La muerte no tiene contenido. La gente elige destruir socialmente al adversario, pero no matarlo. Sólo se mataba cuando el mundo aún tenía una dimensión moral o estética, cuando el mundo eran cuatro casas; se mataba en el siglo XIX. En los siglos XX y XXI se destruye socialmente. La verdad es que a Nuela al principio le importó muy poco lo que Germán fuese diciendo por allí. No era más que un pobre chico que casi no sabía escribir. La primera vez que hicieron el amor, Germán pensó que estaba fornicando con la Literatura, con mayúsculas. Luego Nuela se lo llevó de viaje a París y allí Germán se transformó en una bestia amante. Hay muchos españoles que no alcanzan su verdadera dimensión hasta que abandonan España. En París, Germán se convirtió en un ser inmensamente feliz. Comía, bebía, llamaba por teléfono, y amaba. Al regresar a España, a Agustín se le metió la extraña idea en la cabeza de que todos los seres humanos habíamos muerto ya. Le confesaba a Nuela que por fin había entendido las claves ocultas del mundo; en realidad, nunca había ocurrido nada, según Marcelo. Todo era una nube llena de colores fugaces. Marcelo le decía a Nuela que sólo cuando la amaba desesperadamente se producía un pequeño nacimiento a la realidad que se extinguía enseguida. Marcelo medía un metro ochenta y siete centímetros y jugaba al tenis. Decía Marcelo que las pelotas que rebotaban en su raqueta eran falsas. No había ni pelotas ni raqueta ni pista de tenis. El día que Nuela y Marcelo vieron la película *Matrix,* Marcelo se pasó toda la noche llorando encima de la cama. A la mañana siguiente, Nuela le dijo a Víctor que deberían formar un grupo terrorista, que el terrorismo era la única solución para luchar contra Matrix, para luchar contra la ficción y contra todas aquellas entidades de Matrix que convertían la vida humana en ficción social. Víctor le dijo que no levantara la voz, que había micrófonos en la casa. Se besaron y hablaron casi telepáticamente. Víctor tenía unas facultades sexuales potentísimas y sometía a Nuela a una feroz agitación erótica. Víctor tenía sangre negra, aunque no era negro del todo. «Hagamos el amor hasta morir, la muerte por amor no compete al Estado», le decía Arturo. Arturo era andaluz, tenía seis dedos en una mano, y en la otra cinco. Pero empleaba la mano de seis dedos para acariciar el sexo de Nuela. Por eso Nuela publicó un famoso artículo en *El País,* titulado «El Nuevo Vaginismo», donde se manifestaba a favor de implantes de un sexto dedo en las manos de los seres humanos. La cadena de televisión La Sexta se dio por aludida y le dedicaron a Nuela un especial en el espacio de más audiencia. Los cantantes estadounidenses Simon y Garfunkel, que estaban por entonces dando unos conciertos en España, quisieron conocer a Nuela. Los dos americanos estaban interesados en las propuestas filosóficas del Nuevo Vaginismo. Hubo una cena de intelectuales y artistas (Simon y Garfunkel fueron los principales invitados, también acudieron artistas como Ana Belén y Víctor Manuel por parte española y Paulina Rubio por parte mexicana, escritores como Paul Auster y pintores como Miquel Barceló, entre otros) para celebrar el Nuevo Vaginismo, que se entendió como la última arquitectura erótica de la inteligencia humana: implantes ilimitados de órganos genitales en función de las fantasías más caprichosas. Nuela, que era una escritora culta, con un público minoritario y sofisticado, se convirtió de la noche a la mañana en una escritora popular, en un icono del maquillaje sexual. La idea del sexto dedo estalló en España como una bomba atómica. Pero no sólo fue el sexto dedo, enseguida apareció la idea de la segunda verga, el segundo clítoris, la segunda vagina, etcétera. Para Nuela todo ese revuelo mediático acabó siendo una manifestación multiperversa de Matrix. Paco contribuyó mucho a serenar a Nuela con una intensidad amatoria llena de sorpresas desagradables: la hizo fornicar con un chino ciego, con un negro sordo, con un indio tetrapléjico, pero es cierto que todos esos coitos la serenaban. Paco quería fundar un grupo terrorista cuya misión sería de carácter teológico, o pornográfico, algo así como una pornografía teológica. La teología era un abismo, y la pornografía también: había que conectar ambos abismos por un corredor lleno de luz. Los seres del futuro serían mitad teólogos, mitad pornógrafos. Todavía no sabía muy bien cuál era la ideología del grupo terrorista que quería fundar. Lo único que sabía Paco es que la realidad del mundo impedía su ascensión personal, su realización. Paco pensaba que la realidad impedía su ascensión a los altares. Paco creía en los altares humanos: sitios especiales reservados para gente especial. Una especie de salas VIP con tecnología sacra. Nuela sólo quería follar y Paco también. Pero Paco se quedaba siempre insatisfecho. Probaron todo tipo de relaciones sexuales: con muchos hombres, con muchas mujeres, con hombres y mujeres, etcétera. Paco contrató a una médium llamada Elvira. La misión de Elvira consistía en transmitir a Nuela telepáticamente la insatisfacción de Paco. Y Elvira lo consiguió. Y Nuela entró en la mente de Ignacio. Vio con sus ojos una insatisfacción que ni la muerte reduciría a cenizas. Nuela abandonó en ese instante a Julián. Salió de su vida todo lo deprisa que pudo. No quiso saber nada de un monstruo así. Jamás había visto un monstruo. Pocos seres humanos han visto a un monstruo enterrado en tinieblas de acero. No podía vivir después de aquello. Visitó a un psiquiatra, que también era escritor. Juntos leían *Las flores del mal,* y bebían mucho. Nuela y Juan Carlos, que así se llamaba el psiquiatra, se hicieron amantes. Juan Carlos tenía cuarenta y siete años y siempre decía lo mismo: fíjate, tengo ya un año más que Baudelaire cuando murió, y estoy súper joven y súper bien, y él era un viejo decrépito, un gusano maloliente y putrefacto no a mi edad, sino un año antes de mi edad actual, a que es acojonante. Juan Carlos pensaba que Baudelaire había sido el primer hombre mitad teólogo, mitad pornógrafo. Fue entonces cuando Nuela le dijo a Juan Carlos que quería fundar un grupo terrorista. Bien, dijo Juan Carlos, fundémoslo. Se trazaron como primer objetivo asesinar a actores españoles jubilados. Les fue realmente fácil matar a uno de esos actores. Se trataba de Pepe Marqués, un célebre actor de comedia española de los años sesenta. Vivía en un viejo piso de la Gran Vía madrileña. Ni Juan Carlos ni Nuela sabían, al principio, qué tipo de reivindicación pretendían con un asesinato de estas características. Pepe Marqués había sido protagonista en obras teatrales de Mihura y de Carlos Arniches[*]. Llegó

---

[*] Mihura y Arniches: comediógrafos españoles. Nadie sabe dónde están enterrados. Suponemos que en alguna tumba de Madrid. Tal vez incluso tengan descendencia. Tendrán también algún doctorando en alguna perdida universidad española. Imaginamos al doctorando, su vida gris, su piso, su maceta en el balcón, su bibliografía, su cafetera.

a interpretar incluso a Hamlet y a Macbeth. Nuela compró un DVD con un Hamlet interpretado por Marqués. Era una interpretación horrible, nauseabunda, muy franquista. Nuela y Juan Carlos eligieron a Pepe Marqués viendo un telediario. En el telediario el Presidente del Gobierno imponía a Marqués la cruz de Alfonso X El Sabio por toda una vida dedicada al trabajo. Se hicieron pasar por periodistas del célebre periódico *El Mundo*. A Nuela y a Juan Carlos les pareció que ése era un buen periódico en donde trabajar. Dudaron entre *El Mundo* y *El País*. Pero finalmente eligieron *El Mundo* por una razón semántica: preferían la Tierra entera a España a solas, porque eso, además, era coherente con su espíritu terrorista, el cual estaba cada vez más desarrollado, y se iba haciendo pangeico. El asesinato de Pepe Marqués sería el primero de una larga lista de crímenes contra ancianos célebres. El mensaje revolucionario era evidente a los ojos de Nuela y Juan Carlos: atormentar a los viejos, quemar a los ancianos, condenar el museo humano de la tercera edad, ajusticiar, pinchar, trocear viejos ilustres: actores, intelectuales, políticos, empresarios, en pleno disfrute de la jubilación. Sí, sí, todo eso estaba claro, pero cuál era el mensaje final. Nuela y Emilio ensayaron estos dos lemas: «Suenan campanas en el Universo», y «Matamos a vuestros padres», que en realidad eran el mismo lema. Ya estaba claro cuál era el mensaje terrorista: matamos a los padres de Esto, a los constructores de Esto. Había que definir qué era Esto. Emilio dijo que Esto era el diablo, pero Nuela se rió mucho «con esa tontería».

Pepe Marqués creyó abrir la puerta a unos periodistas del periódico *El Mundo*. Marqués hizo pasar al salón a Nuela y Claudio. Les ofreció café. Era un anciano de ochenta y cinco años. Vivía solo. Les enseñó fotos. Les enseñó cuadros. Les ofreció café tres veces más. Les dijo están ustedes en su casa. Claudio cogió un jarrón chino que había en una estantería, comprobó que era pesado, se acercó hasta Pepe Marqués, éste creyó que Claudio se interesaba por el jarrón y cuando iba a explicarle algo relacionado con su compra, Claudio le rompió la boca con el jarrón y luego, cuando Marqués ya estaba en el suelo, le dio dos golpes en la coronilla. Nuela estaba fascinada. Dijo eres maravilloso. Vieron que por la coronilla de Marqués manaba materia cerebral. Se quedaron mirando ese flujo grisáceo, sanguinolento. Entonces, Nuela sacó del bolso una lupa y miró aumentada la masa encefálica.

—¿Qué buscas? —le preguntó Sergio.
—Busco la paternidad del mundo.

Transformaron la idea de búsqueda en la idea de saqueo. Se pusieron a registrar la casa de Pepe Marqués, que yacía silencioso encima de la alfombra. Se pusieron guantes de látex, y comenzaron a volcar cajones, armarios, gavetas. En un armario de la galería de la cocina encontraron excelentes botellas de vino. Escogieron un Somontano y abrieron la botella. Ramón escanció el vino sobre dos maravillosas copas que encontraron en la vajilla del comedor. Y bebieron. La verdad es que Pepe Marqués poseía un piso espectacular. Siguieron registrando el piso. Nuela entró en el cuarto de baño. Le pareció magnífico. Tenía una bañera gigantesca y un albornoz rosa súper mono. Así que no lo dudó y se dio una ducha súper rápida. En el dormitorio de Marqués, en un baúl antiguo que estaba al lado de un gran espejo de pie, encontraron cartas antiguas de familiares de Marqués, libros viejos, dos pares de zapatillas de bailarina, postales, un sombrero roto, y debajo del sombrero hallaron un paraguas antiguo, y debajo del paraguas una pistola que parecía nueva. José Luis se entusiasmó con el hallazgo. La pistola estaba cargada. Bebieron más vino y jugaron con la pistola. Sonó el móvil de Marqués. Cogieron el móvil de la americana del cadáver y leyeron en la pantalla «María, puta number 2». Finalmente, se llevaron las copas de vino en una bolsa de basura, y se marcharon con la pistola.

Ya en casa de Mariano, Nuela dijo que la pistola de Marqués había sido providencial. Nuela estaba orinando en el bidé del piso de Mariano cuando se puso a gritar «más muerte a todos los padres, ahora tenemos la puta pistola». Mariano estaba viendo la televisión mientras Nuela orinaba con tanta oratoria de por medio. Mariano estaba viendo un programa de La 2, en donde entrevistaban a Antonio Lajusticia, catedrático jubilado de Historia de España, que acababa de publicar un libro de corte ensayístico sobre la cultura, la sociedad, y la historia política española de las últimas décadas; Lajusticia era un hombre de unos sesenta y cinco años, con barba canosa, gafas y abundante sobrepeso, con una corbata llena de colorines.

Al día siguiente Nuela y Martín fueron a la librería Hiperión de la calle Salustiano Olózaga de Madrid a comprar el libro de Antonio Lajusticia. Compraron el libro. Sólo había dos ejemplares. Ellos se llevaron uno. Al leer el libro, vieron claramente que tenían que matar a Lajusticia. Además, ahora tenían la pistola de Marqués, cuyo asesinato era portada de casi toda la prensa. Pero Nuela y Santiago sabían que la policía española era de una inutilidad africanista. Jamás los encontrarían. Había una razón poderosísima: carecían de vínculo con su víctima. Lo mismo iba a ocurrir con Lajusticia, pese a que Nuela salía citada en un capítulo del libro de la Lajusticia cuando éste hablaba de las letras españolas; incluso en una nota a pie de página Lajusticia se hacía eco del episodio del Nuevo Vaginismo, protagonizado por Nuela. Llamaron al teléfono de la editorial de Lajusticia, fingiendo ser periodistas del suplemento literario *Babelia*. Los editores se alegraron. Y les dieron el móvil de Lajusticia. Citaron a Lajusticia en un restaurante de lujo del centro de Madrid. Félix y Nuela saludaron con vehemencia a Lajusticia. Nuela tenía cierta preocupación: pensaba que Lajusticia podía reconocerla, pero no, no fue así, cosa que Félix había pronosticado. «Ese tipo sólo piensa en periodistas, está ciego con el hecho de que lo entrevisten para *El País,* tranquila, aunque tuviera delante a Camilo José Cela o a Felipe González o a Juan Carlos I, éstos le parecerían unos periodistas; aunque tuviera delante a su madre resucitada, vería en ella a una periodista cultural; es el viejo tema de la realidad y el deseo, créeme, tía.» Pero Nuela tomó precauciones y se puso un parche en un ojo, porque había visto una película en que Juliette Binoche salía con un parche en un ojo y la Binoche estaba radiante, mucho más erótica. Pensó Nuela que eso despistaría a Lajusticia. Comieron con Lajusticia. Nuela le explicó que el parche lo llevaba para decorar su rostro con una pizca de imaginación pirata, o como homenaje a Stevenson. Lajusticia, con preocupación, rió la gracia. Pidieron el mejor vino. Le adularon. Lajusticia estaba eufórico. Explicó sus puntos de vista sobre la historia española reciente. Les avanzó párrafos enteros de su discurso de ingreso en la Real Academia de la Lengua, que se produciría dentro de dos meses, y que tenía por tema «Símbolo y ficción en el pensamiento artístico de Bartolomé Esteban Murillo». Lajusticia ya era miembro de la Real Academia de Bellas Artes de San Fernando, pero con su ingreso en la Real Academia de la Lengua se quería premiar a un intelectual de prosa abarcadora, de pensamiento interdisciplinar, se quería poner en valor un uso literario del español global, que incluía la historia, la filosofía, el arte y la cultura. Lajusticia dijo a los dos periodistas que estaban invitados a la ceremonia de ingreso en la Academia de la Lengua, que les haría llegar una invitación de su puño y letra a su periódico. Cuando acabó la comida, Leopoldo y Nuela —tal como habían acordado— fingieron haber olvidado sus carteras en el coche. Le pidieron a Lajusticia que se hiciera cargo de la cuenta, y que ellos luego le abonarían la cantidad correspondiente. Lajusticia se incomodó considerablemente con este asunto. Le pareció una falta de tacto imperdonable, pero Leopoldo y Nuela se mostraron muy convincentes, y dieron explicaciones muy precisas, como que por no hacer esperar a Lajusticia (habían cogido un atasco al venir desde el periódico *El País,* donde habían estado toda la mañana preparando la entrevista), habían salido del coche «a toda leche» (Nuela se permitió el coloquialismo) para llegar «on time» (esta vez fue Ignacio el que soltó el anglicismo) a la comida. De modo que Lajusticia hizo frente a una factura de seiscientos veinte euros, correspondiente a tres comidas. Fue ése el momento en que la euforia de Lajusticia disminuyó ostensiblemente. A Nuela e Ignacio ese gesto de pesadumbre del catedrático y famoso intelectual les pareció conmovedor. Aprovecharon que Lajusticia se levantó para ir a orinar el rioja de ciento ochenta euros que se habían bebido para hablar entre ellos. Nuela se quitó el parche y dijo que Lajusticia le había conmovido. Ha palidecido cuando ha sacado la Visa, dijo Nuela. Perdonémosle la vida y vayámonos ahora mismo, dijo Diego. A Nuela le pareció una idea excelente, aunque tenía curiosidad por la opinión de Lajusticia sobre el pintor Bartolomé Esteban Murillo.

Tenían que darse prisa, la meada de Lajusticia estaría ya a punto de concluir. Se levantaron sincronizadamente y se fueron del restaurante. Nuela volvió a calzarse el parche en el ojo izquierdo ahora, antes lo había llevado en el derecho.

Ya en casa, Nuela y Alberto comentaron con detenimiento la ocurrencia de haber dejado vivo a Lajusticia. Alberto dijo que ahora que tenían pistola, no usarla había sido una gilipollez, porque le apetecía haberle reventado la cabeza a Lajusticia. Pero Nuela dijo que habían hecho algo peor que matarlo: le habían chuleado seiscientos euros. Rafa y Nuela se echaron a reír, no podían parar de reír. Verdaderamente, Lajusticia era un auténtico gilipollas. Ahora estaban mirando los tres libros que Lajusticia les había regalado, y se morían de risa con las dedicatorias «A Jesús, estupendo periodista y mejor amigo, Lajusticia». «A Nuela, que conoce el presente histórico, con amistad y un beso de Lajusticia.» Jesús le preguntó a Nuela si estas acciones terroristas iban a servir para algo. Por otra parte, no habían reivindicado el asesinato de Marqués. Nuela dijo que tenían que elaborar un decálogo terrorista. Nuela encendió el portátil y escribió el decálogo mientras sonaba un disco de John Cale titulado *Words For The Dying*. Roger se entusiasmó con el decálogo y se puso a bailar con la música de Cale y se bajó los pantalones y tenía una erección monumental y Nuela le hizo una felación llena de rabia. Y no se quitó el parche mientras se la chupaba. Y Roger leyó el decálogo en voz alta:

1. Somos terroristas y nuestro nombre de guerra es el Nuevo Vaginismo, en alusión a que sólo una nueva vagina universal puede salvar la Galaxia Gutenberg.

2. Estamos enamorados radicalmente de la vida.

3. Pensamos que las montañas, los árboles y los peces se merecen una oportunidad.

4. Mataremos porque matar es OK.

5. Nuestros escritores favoritos son Miguel de Cervantes Saavedra y Gaspar Melchor de Jovellanos, ese ignorado.

6. Mataremos a los viejos célebres y famosos, porque de ellos es la responsabilidad final.

7. Es una pena que don Juan de Borbón esté ya muerto.

8. Somos latinoárabes y no hablaremos ni inglés ni francés ni español. Y mucho menos alemán.

9. Siempre estamos follando.

10. La vida es peligrosa.

Bueno, al menos ya tenían un cuerpo teórico. Lucas y Nuela se dedicaron unos días a buscar la siguiente víctima, pero aquella noche había un concierto de Lou Reed en Madrid. Así que se fueron al concierto. Y se pusieron en las primeras filas. Nuela se puso cachonda cuando Lou Reed cantaba *Sweet Jane*. Tendríamos que matar a este padre americano, dijo Lucas. Es imposible, dijo Nuela. Pero Nuela agarró la polla de Lucas, allí, en mitad del concierto. La gente los miraba, pero, coño, era un concierto de Lou Reed, aunque fuese un Lou Reed momificado. Días después, dieron con Baltasar de Lorenzo, un gran torero jubilado. Acababa de ser recibido por el Rey de España. De Lorenzo tenía ochenta años y había coqueteado toda su vida con la intelectualidad, con la gente del cine y con escritores. Hasta había escrito una novela que tuvo mucho éxito. De vez en cuando, telefoneaban a Lajusticia y le preguntaban sobre el pintor Murillo. Nuela le decía a Lajusticia que Murillo era Dios. La verdad es que les gustaba seguir puteando a Lajusticia. Se arrepentían de no haberle metido una bala en esa cabeza de gran idiota que tenía. Le telefoneaban y se echaban a reír. Para colmo de males tenían su móvil. El pensar en Lajusticia retrasaba el asesinato de De Lorenzo. Decidieron dejar de pensar en Lajusticia. Se concentraron en De Lorenzo. Compraron una cámara de televisión. Les pareció que lo mejor sería hacerse pasar por reporteros de una televisión autonómica. Sabían que Lajusticia había telefoneado a *El País*, denunciando a unos farsantes. Consiguieron el teléfono de De Lorenzo poniéndose en contacto con la editorial que publicó sus memorias, tituladas *Mi padre el toro*. Nuela y Adalberto pensaron que ese título era significativo, una señal de que estaban en el buen camino. Baltasar de Lorenzo no vivía solo. Lo cuidaba una asistenta negra llamada Severina. Lo supieron una vez que ya estaban en el chalet que De Lorenzo tenía en Pozuelo de Alarcón. Baltasar les enseñó amablemente el chalet. Baltasar tenía dos hijos. Eran ellos quienes se encargaban de casi todo y quienes habían elegido a Severina, que era una mujer muy guapa y muy agradable. Nuela y Adalberto no sabían ni cómo se encendía la cámara de televisión que habían comprado por Internet. Charlaban con Baltasar de Lorenzo sobre generalidades, sobre cómo estaba el tráfico en Madrid. Severina se fue a hacer café. Entonces, Adalberto sacó la pistola de su bolso de mano, y apuntó con ella a De Lorenzo. Éste se quedó mirando la pistola como si fuese de juguete. De Lorenzo pensaba que era una broma de periodistas o algo así. No pensó que le iban a pegar un tiro. La bala le entró por la nariz, aunque Julio había apuntado a la frente. Daba igual. De Lorenzo se desplomó. Al oír el ruido de la detonación, Severina entró en la sala y Julio le dijo que Baltasar se había desmayado. Severina se acercó hasta Baltasar y entonces Julio, poniéndose detrás de Severina, le disparó en la nuca. Nuela comprobó que estaban muertos. Decidió que lo mejor sería que Raúl les pegase un tiro de más. Eso hizo Raúl. Les disparó a la cabeza. Luego Nuela volvió a comprobar si estaban muertos. La cara de Baltasar no tenía nariz.

Bien, ya habían matado a dos ilustres padres, y habían dejado vivo a un tercero. Nuela sacó la lupa y recogió con la cucharilla del café un poco del cerebro de De Lorenzo que había brotado del agujero de la segunda bala. No se veía la paternidad del mundo. No se veía nada. Además, ese cerebro olía a amoniaco. Metió la sustancia cerebral de Baltasar en un frasco de los que venden en las farmacias para los análisis de orina y se marcharon de la casa.

Luis aprovechó esa misma noche, la noche del asesinato de De Lorenzo, para decirle a Nuela que la abandonaba, que no podía más, que no soportaba el carrusel de sus infidelidades, ese ejército de hombres con los que se acostaba, esa muchedumbre de amantes. Luis le dijo a Nuela que tenía el cerebro podrido, que la estaban matando el alcohol y los tranquilizantes. Nuela le dijo a Luis que lo que pasaba es que no tenía cojones de seguir matando viejos, ancianos famosos. Le dijo que todos los hombres con los que se acostaba (Juan Manuel, Anastasio, Mario, José Antonio, Armando, Alfonso, Dámaso, Alfredo, José Ramón...) tenían más cojones que él. Le dijo que era un mal amante. Luis se marchó y Nuela se quedó sola. Entonces sonó el móvil: era Lajusticia, diciendo que ya sabía quiénes eran y que le devolvieran sus seiscientos euros. Nuela le dijo que era un mamarracho y le colgó. Curiosamente, Lajusticia no volvió a llamar.

Nuela se acercó a la ventana del dormitorio. Luis se había marchado con la pistola. Era un octavo piso. Pensó en la nada. En lo maravilloso que sería desaparecer. Pensó en el placer. Quería placer. Todo el placer del mundo. Y se arrojó al vacío, de espaldas, pensando que arrojándose de espaldas la muerte sería inmediata. Al cabo de unos minutos de estar tendida en el suelo, su espíritu abandonó el cuerpo, se dirigió a la puerta del portal, mientras veía llegar a los bomberos y a una ambulancia, mientras contemplaba cómo era cubierto su cuerpo con una sábana brillante. Entró en el portal. Apretó el botón octavo del ascensor y entró en su casa. Puso la televisión y daban un reportaje sensacionalista sobre Elvis Presley en el que se decía que Elvis seguía vivo y que se había hecho la cirugía estética y que vivía en una isla perdida del Pacífico, y entonces entraron más bomberos en el piso, forzando la cerradura. Nuela se quedó mirando a un bombero muy atractivo. Era alto, joven, moreno, corpulento, el muy capullo era clavadito a Nicolas Cage. Sintió unas enormes ganas de menearle el rabo. Sintió unas ganas frenéticas de casarse con ese bombero, en un segundo imaginó un año de vida al lado del bombero Nicolas. Luego, en el segundo número dos, sintió ganas de tirarse ahí mismo a los tres bomberos que habían invadido su piso. El sexo es una fiesta corporativa, es una fiesta de bomberos radiantes y ella era un chocho loco. Pero los bomberos precintaron la puerta y se marcharon. Nuela estaba cansada, se tomó tres Tranxilium 5 (más que nada para olvidar el salvaje calentón que le había metido en el cuerpo y en las bragas Nicolas Cage) y se fue a la cama, quería dormir un buen rato, pero estuvo toda la noche en duermevela, dormía diez minutos y se despertaba entumecida, así hasta que amaneció. Sólo pensaba en Nicolas Cage. En el cuerpo desnudo de Nicolas Cage. Bah, en cualquier Nicolas, incluido Nicolas Sarkozy, ese tipo que dirige los destinos del país más históricamente consumado de la Tierra: Francia. Tenía que viajar a Francia, a París, sí, a esa ciudad *too romantic*, antes de que esa ciudad desapareciese. Mañana llamaría a Gran América, su agencia de viajes. En esa agencia trabajaba un chico guapísimo.

CANAL 11

Teletienda

1. Zaragoza

La ciudad de Zaragoza no tenía chimeneas. Tenía un alcalde con barba. Zaragoza tenía viento, pero no era el viento del Juicio Final, era otro viento. No supimos cuál, pero era otro. Zaragoza tenía mujeres bonitas. Zaragoza tenía muy largas avenidas con casas muy pequeñas. Tenía semáforos que eran idénticos a los semáforos de: Sevilla, Pamplona y Madrid. Zaragoza tenía negros que sonreían a la vida. Zaragoza escondía a alcohólicos en pisos del extrarradio. También escondía a alcohólicas enamoradas. Bebían lo mismo que se bebía en: Lyon, Milán, Múnich, Coimbra y Santiago de Compostela. En Zaragoza vivía yo. Y yo me llamaba Cecilia. Hubiera querido vivir en Nueva York, como todos y todas, pero acabé viviendo en Zaragoza. En Zaragoza se hablaba castellano como en Salamanca, por ejemplo. En Zaragoza se comía bien, pero todo estaba caro. En Zaragoza los sueldos eran tan bajos como en Barcelona. En Zaragoza una cerveza costaba 2,70 euros si te la tomabas en un bar del centro. Sólo podías tomarte dos. En Zaragoza había gente mala que enseguida que podía acababa hablando mal de los otros. Es decir, de ti, porque tú eras el otro, por si no lo sabías. En Zaragoza la gente solía hablar mal del que estaba al lado, pero creo que se hacía lo mismo en: Roma, Lisboa, Génova, Berlín y Valencia. En Zaragoza había gente que me quería y yo los quería. Intenté ser libre aquí, yo, la pequeña Cecilia. Pero todo estaba muy caro, pero esto lo he dicho ya. Me gustaba cuando nevaba, pero no nevaba nunca en Zaragoza. Zaragoza no tenía metro. Tenía autobuses que iban a los barrios y en los barrios había mujeres medio desesperadas. Había mercados donde vendían borrajas. Las borrajas eran una verdura típica de Zaragoza. Una vez vino Lou Reed a cantar a Zaragoza, pero a Lou Reed nadie le dijo el nombre de la ciudad en la que iba a cantar. Así que no supo que estuvo aquí. Cantó y se fue. Yo estuve viéndolo. Fue en el año 2000, en el mes de abril. Lou Reed era ya, cuando vino a Zaragoza, un prototipo amortizado de la CIA. Fue diseñado por la CIA a finales de los años sesenta. Necesitaban alguien que hiciera de poli malo, porque ya tenían a Bob Dylan haciendo de poli bueno. Les quedó un prototipo estupendo. Lo diseñaron a conciencia, porque generalmente en el diseño del poli malo la CIA siempre se motivaba más. Los franceses fueron los primeros en picar: las drogas, la homosexualidad, los bajos fondos, el travestismo, los negros, Nueva York, todo eso representaba Lou Reed, es decir, formas culturales de alto voltaje, pura energía de aquel tiempo. Los franceses se enamoraron. El agente de la CIA que lo diseñó, un tipo que había estudiado en Harvard, se partía el culo de risa. El tipo de la CIA que diseñó a Reed decía que los franceses eran unos inocentes. Era tan fácil venderles esas cosas que a veces se sentía muy poco motivado en su trabajo, casi arrojado a la rutina funcionarial. Luego picaron los italianos. El agente de la CIA que había estudiado en Harvard llegó a publicar un ensayo titulado *El crepúsculo latino*. Bueno, quisiera decir algo más sobre Zaragoza. Se me ocurre esto: en Zaragoza si te descuidabas, te ahorcaban, pero eso pasaba más en Estados Unidos. Así que estábamos muy bien aquí. Y hacía mucho sol, para que te pusieras moreno, si ése era tu deseo.

Recuerdo que el 13 de junio de 2008 se inauguró la exposición internacional de Zaragoza, en un lugar llamado el Meandro de Ranillas. El tema de la exposición era el agua. A mí me contrataron de azafata porque era muy mona. Todo giraba en torno al agua. La gente, entonces, estaba preocupada por el agua. A la espectacular inauguración acudieron los reyes de España y el Presidente del Gobierno, que entonces era el famoso José Luis Rodríguez Zapatero. Sí, famoso por su muerte violenta ocurrida el 1 de mayo del año 2015. Juan Carlos I brindó la noche del 13 de junio de 2008 a la salud de Zaragoza, porque en ese momento Zaragoza era España, si bien ni él mismo sabía la razón del brindis. Pero aunque la razón del brindis fuese difusa o evanescente, lo obvio era que el cava con el que brindaba su Majestad Juan Carlos I era un cava de primerísima calidad. Horas antes, Juan Carlos I había presidido la inauguración de una exposición dedicada al pintor aragonés Francisco de Goya y había permanecido unos minutos ante un retrato de Carlos IV pintado por Goya. Era asombroso el parecido entre Carlos IV y Juan Carlos I, y eso que había más de doscientos años de distancia entre los dos rostros. A pocos seres humanos les fue concedido el don de contemplar el rostro real y no ficticio de sus antepasados. Conocer ese rostro te hace medio dueño de la Historia, hace como si la Historia fuese un arte de familia. No puede darte miedo la Historia entonces. Lo mismo me ocurre a mí cuando veo a Frank, luego hablaré de Frank. Juan Carlos I tuvo la sensación de estar ante su padre. Quiso o más bien amó a ese rostro de Carlos IV. Le hubiera dado un beso si el protocolo se lo hubiera permitido. Entonces la gente tenía fotos de sus abuelos, pero no era lo mismo. Las fotos son confusas y vulgares, aunque es posible que sí sean reales. Juan Carlos I se fijó en mí. Yo, muy mona, estaba a la entrada del Palacio de Congresos, donde tuvo lugar la inauguración, vestida de azul, con un tacón negro alto, con una chapa en la solapa en donde se leía «Cecilia». Me hubiera gustado que en la chapa pusiese «Gran Cecilia».

    La gente iba a la exposición internacional de Zaragoza con una exaltación creciente en su rostro. Como yo trabajaba de azafata, les veía la cara. Todo ocurrió en el verano del año 2008. Españoles de Sevilla, de Madrid, de Barcelona, de Valencia, de Bilbao, de Soria, acudieron ese verano a Zaragoza, a la exposición universal: un rito migratorio, tal vez. Había representación de ciento cuarenta países, pero curiosamente no había representación de los Estados Unidos. Había representación de remotas naciones de África y de Asia. He de reconocer que yo era un chocho loco entonces y que todo me excitaba. Me quedaba mirando las estrellas por la noche. La socialdemocracia hispánica estaba en su mejor momento. La gente creía que la realidad era real. La materialidad de la Expo devolvía confianza al pueblo llano. Miles y miles de personas disfrutaban de los distintos pabellones, de las obras de arquitectura y de las actuaciones musicales nocturnas. Yo era una más. Hay un eco de aquella muchedumbre en estos edificios abandonados donde pulula y se oculta esa gente a la que llaman los invisibles, una especie de pistoleros casi difuntos que salen de sus escondites cuando empieza a caer la luz, pero no cuando es de noche sino cuando la luz es menos luz, y disputan duelos en medio de las avenidas desiertas de la Expo. Los invisibles visten casi con harapos, no se lavan, consumen las últimas botellas de whisky, vino y cerveza que quedan sobre la tierra, y al atardecer salen dispuestos a matarse entre ellos. Sus duelos son dilatados. Pueden tardar una hora entera o más en decidirse a disparar. El límite de la espera es el anochecer, es un límite impreciso, claro. Tienen que disparar antes de que anochezca. Y así van eliminándose en una ceremonia hermosa que pasa de padres a hijos, desde tiempo inmemorial, desde quizá mediados del siglo XXI. Algunos de estos pistoleros ignoran la historia de los edificios que les dan albergue o cobijo, los célebres edificios de la exposición internacional del verano del 2008. Yo sí me sé esa historia, porque yo llevo aquí desde entonces. Yo siempre he estado aquí. La Torre del Agua está partida en dos. Fue una torre célebre, de unos setenta o setecientos metros de altura (ya nunca lo sabrán y da igual), buque insignia de aquel verano tan remoto, tan inexistente. El Pabellón Puente, otra emblemática construcción, atraviesa un río extinguido. Suelen usar relojes antiguos para decidir el momento final, relojes con música: cuando se acaba la música, los pistoleros se disparan. Tal vez sea ése el momento más hermoso de la creación del mundo. Tal vez os preguntéis que quién soy yo ahora. Ahora casi no tengo nombre. Me llamé Cecilia y sigo aquí, en este año 4895. Tengo un defecto físico inconfesable. Ese defecto hizo que no me admitiesen en los duelos del atardecer. Frank me dijo que escribiese, pues siempre ha habido «un ser inmortal escribiendo la dulce historia del mundo nuestro, del aire nuestro», fueron sus palabras. Vienen pistoleros de todas las partes. Vienen a morir, pues ya están hartos de pasear por el inmenso desierto de la tierra, que no tiene ni mares ni ríos. Es curioso porque en un asqueroso almacén de estos edificios en ruinas descubrí varios libros que hablaban del agua. Donde estamos ahora hubo un río. El nacimiento de estos desérticos edificios a los que, coloquialmente, llamaron «la Expo» estaba motivado por el dios del agua. Eran edificios consagrados al dios agua. Eran ofrendas. No adoraban (o tal vez debiera decir «adorábamos») el agua de forma religiosa, como hicieron los que precedieron a la civilización del siglo XX, sino que adoraban el agua de forma racional. Frank quiso levantar una estatua dedicada a la muerte, pero no hay escultores aquí. Lo que hacemos es, a modo de escultura, a modo de ídolo, colocar los cuerpos de los muertos diarios en el centro de la plaza. Hay una tarima, y en la tarima una silla; en la silla sentamos al muerto. Es nuestra escultura. Aguantan veinticuatro horas, luego los quemamos o los enterramos, según dictamine Frank. A unos los quema, a otros los entierra. No hay dolor, sino honra en todo esto. Todos los pistoleros que mueren en el duelo son felices de morir. Ya digo que vienen pistoleros de todas las partes del planeta, pero especialmente vienen muchos de América. Ahora resulta fácil venir desde allí: debido a la desecación de los océanos los pistoleros pueden atravesar el Atlántico cabalgando. Vienen pistoleros negros, indios, unos a los que llaman postmexicanos (sucios y feroces), otros a los que llaman nuevos cheyenes, que son una mezcla de indio y máquina. Frank se enamoró de un postmexicano una vez. No existe el amor heterosexual, pero sí los duelos heterosexuales, que son los más apasionantes, los más demandados, los más aplaudidos: aplaudidos hasta el paroxismo. A Frank le gusta matar cheyenes hembra. Les mete un balazo en la frente justo en el instante en que el segundero cumple con el segundo sesenta y la música termina. Las cheyenes hembra mueren chillando y transformándose en toda suerte de bichos antiguos. Rebusco en los viejos edificios de la Expo tratando de encontrar restos que expliquen el origen de nuestra raza, tratando de buscar fotos antiguas, tratando de buscar mi rostro en una de esas fotos. ¿En qué momento surgimos? ¿Qué año es éste? ¿Cómo podemos ser tan felices si es muy probable que vengamos de una mezcla espantosa de azar y violencia, de falta de previsión científica y demasiada previsión política? Encuentro, como digo, libros que hablaban del agua. Pero nosotros ya no necesitamos agua. Nosotros demostramos que el agua era prescindible y muy molesta, demasiado blanca, demasiado poco inteligente. Bebemos el viento salado. El viento dulce a veces. El viento inteligente. Bebemos el Aire Nuestro. Los postmexicanos y las rubias cheyenes vienen de América cabalgando, cabalgando al lado de naves hundidas de siglos tan pretéritos como maravillosos, al lado de gigantescas osamentas de ballenas fosilizadas.* Las ru-

---

* Seguramente, el pasado contuvo fiestas fascinantes. A juzgar por las cosas que quedaron, debieron de ser fiestas apasionantes. Llenas de sexo y drogas, automóviles y esperanza.

bias cheyenes cuentan cosas divertidísimas. Dicen que en mitad de lo que fue el Atlántico Norte hay huertas donde se cultivan girasoles y limones, verduras y kiwis, plátanos y trigo. Las rubias cheyenes son despiadadas y disparan a todo cuanto viene de la tierra. Acaban con esas huertas y decapitan con sus manos a los hortelanos, gente baja, que aún vive del agua y no del viento. A Frank le gusta matar a las rubias cheyenes, eso ya lo he dicho. A mí me apasionan las rubias cheyenes. Sigo siendo un chocho loco caminando hacia el final de la especie, al lado de Frank. Las rubias cheyenes tienen una forma muy especial de amar, se entregan mucho, pero toman sus precauciones. Les gusta subirte a una báscula antes de hacerte el amor. Primero quieren saber si tienes masa. Aborrecen a los fantasmas. Quieren masa para sus caricias y sus chillidos. Hay fantasmas que son capaces de burlar las básculas de las rubias cheyenes. Me gusta que mi rubia cheyén me pese antes del amor. Ella saca una báscula de un armario. Me desnuda. Me dice amor mío, sube a la báscula. Y la báscula dice lo que yo quiero que diga. Me apasiona la manera en que Frank resuelve los duelos. Todos los invisibles salimos al atardecer de los edificios de la Expo. Luego, cuando ya estamos en las calles, aparece Frank, como una luz más grande que la del sol. Como si lo iluminaran todas las muertes. Es hermoso morir a manos de Frank. Yo nunca podré tener un duelo con él por mi deficiencia física, pero Frank me aprecia aunque yo no tenga masa ni gravedad. Frank me dice que indague sobre estos edificios, sobre este lugar donde muy probablemente hubo una ciudad y un río. Que indague sobre un lugar que se llamó Gran España. Que indague sobre qué era el agua. Yo ya sé todo eso, pero decirle que lo sé sería manifestar aún más mi defecto físico. A los invisibles, como a las rubias cheyenes, el agua nos repugna. Es el gran viento que reina aquí lo que nos alimenta, lo que nos ciñe a la vida.

A veces pienso que el poder de Frank procede de estos edificios en ruinas de la Expo. Como si las voces y las ilusiones y los pensamientos y el amor o el odio de aquella gente que vivió y se divirtió aquí hace cientos de años formasen una fuerza inmaterial que alimenta la habilidad y la mala sangre de Frank. No puedo decirle que yo estoy aquí desde el principio. No puedo decirle que soy su madre, extendida sobre el tiempo, como una campanada infinita que suena sin cesar, pero suena en vano. No puedo decirle que lo amo. La expansión del universo es la misma que la de la carne: padres e hijos; o madres e hijos. Es la misma expansión que la de una gran novela, que siempre necesita nuevas explicaciones, y las nuevas explicaciones necesitan otras; es un afán de que todo funcione, de que todo quede bien explicado y desarrollado. Miro a Frank ahora. Sus ojos inclementes y antiguos parecen estar comunicados con el año 2008, con el verano de 2008. Como si Frank llevase en su interior los sueños de aquella gente desaparecida.

2. Carta al hijo

Querido Manuel:

Leí tu novela *España**. Cuando en una de sus páginas vi mi foto, la verdad es que no me hizo demasiada gracia. Sabes que tu padre fue un hombre de su tiempo, y tu imaginación y tu forma de ver las cosas, en fin, van mucho más allá de lo que puedo aceptar, y cuando me refiero a mí pienso en millones de seres humanos que piensan y han pensado como yo, por tanto esto te debe hacer reflexionar en alguna manera. La verdad es que me enfadé mucho, para qué mentirte.

Sin embargo, aquí, en este sitio en donde estoy desde el 17 de diciembre de 2005, hay más gente. Coincido muchas veces con escritores. Tal vez yo los busco, al saber esta querencia tuya tan consolidada. Me he hecho amigo de un escritor español que se llamó en vida Juan Benet. Me dijeron que Benet era un escritor muy raro, y yo pensé que tú también eras muy raro, por eso elegí a Benet. Pensé que un raro entendería a otro raro, pero ya veo que entre los raros también hay jerarquías y grandes complicaciones. Con él suelo dar paseos y hablamos bastante. Él me dijo que lo que habías escrito sobre mí en tu novela *España* no era nada malo, sino al contrario, era bueno. Benet me dijo que era tu forma de recordarme y de tenerme presente. No le creí. Pensé que me lo decía por consolarme. Sin embargo, Benet es un hombre serio y cabal.

---

* Manuel Vilas, *España*, DVD Ediciones, Barcelona, 2008.

Benet insistió en que tus páginas sobre mí eran entrañables, y al final me ha convencido. De modo que tu capítulo de *España* en el que simulabas que te llamaba una tal Esmeralda preguntando por mí, que soy «el de la foto», según tú, estaba inspirado por el amor, ahora según Benet. Pego aquí abajo en cursiva (para que lo pueda leer el lector y sepa de qué hablan padre e hijo) el citado capítulo de *España* junto con la foto que da pie a tus palabras:

Como los dos nos llamamos Manuel Vilas (él se llamaba Manuel Vilas) hoy me han telefoneado de Endesa ofreciéndome un descuento en la factura del gas. Pero no me buscaban a mí. Buscaban al de la foto.

—Realmente no sé dónde puede estar el hombre que busca —le he dicho a Esmeralda, la comercial de Endesa que me ha telefoneado.

—¿*Estará luego?* —*pregunta Esmeralda*—. *Es un buen descuento, se trata de un diez por ciento sobre la factura, y sería una pena que se lo perdiera. Entonces, ¿estará luego?*

—Seguro que no. El próximo mes de diciembre hará dos años que no le veo. De todas formas, tampoco me parece un descuento tan importante como para ir a buscarlo, a llamarlo.

—*¿Dónde está?*

—Está por ahí.

—*Ah.*

«Buscaban al de la foto», dijiste. Pero qué sabías tú de esa foto, y sin embargo creíste saberlo todo. Cuando vi mi retrato en tu novela pensé que te habías vuelto loco. Es verdad que tú y yo hablamos poco mientras la vida me acompañaba. Benet me ha dejado bastantes libros y como aquí existe todo el tiempo del mundo, estoy leyendo mucho. Es verdad que me saliste un intelectual, y que en ese terreno tu padre poco podía hacer por ti, aunque ahora leo mucho y te conozco mejor. Imagino que tendría que estar orgulloso, pero tampoco tienes demasiado dinero. Y el dinero es lo esencial. Yo no tuve mucho dinero, y tú tampoco, de modo que en lo esencial seguimos siendo lo mismo. Benet frunce el ceño cuando le digo esto, se entristece, pero a la vez se alegra. Se alegra de mi inteligencia, se entristece de la verdad. Le he dicho a Benet que tengo derecho a saber si tienes futuro en España con eso que escribes. «Tengo derecho a saberlo, Benet», le he dicho a Benet. Pero Benet se niega a decirme nada. Dice esto: ahora se miden las cosas con otros parámetros. Pero es mentira: siempre son los mismos parámetros.

Sé que tras mi muerte nació en ti la idea de que la vida de tu padre fue una ficción, y en consecuencia, decidiste que el mundo entero era una ficción. De repente, las identidades de las cosas se evaporaban. Lo mezclabas todo. Atribuías obras de Cervantes a Lope de Vega y viceversa, y eso en los casos menos aparatosos. Tu propia identidad se convirtió en verdura de las eras. Sometiste tu percepción a un Big Bang que resultó ser una fiesta oscura. Me dice Benet que eso te pasó porque me querías mucho. Luego están los traumas; sí, como lo oyes, los traumas. Fue Benet quien me llevó a las habitaciones del psiquiatra Juan Antonio Vallejo-Nágera. Benet y Vallejo-Nágera son muy amigos. Desde entonces, le he confiado a Juan Antonio muchos recuerdos que tengo de ti. Sí, eso es lo malo. Lo malo es hablar de ti, porque al hablar de ti te divido en escenas, te fragmento, te relativizo. Por eso nunca quise hablar de ti. Eras, simplemente, mi hijo. Tampoco yo estaba preparado para hacerme viejo. No somos gentes de muchos recursos físicos. Sé que puede embargarte la sensación de que tu padre tuvo miedo y que su miedo fue más importante que el miedo de su hijo. Padres e hijos tienen miedo. Miedo a la soledad, miedo al trabajo, miedo al dinero, miedo al fracaso, miedo a la enfermedad, miedo a la pobreza, miedo a no ser nadie, miedo a no saber nada, miedo a ser el último de este mundo y encima con un hijo como testigo. Miedo. Pero yo no tuve miedo, claro que no. Jamás.

Sé que me estoy yendo de tu memoria. He leído eso nuevo que has escrito en este libro en el que me manifiesto; eso de que recibes a los testigos de Jehová porque te acuerdas del oficio de viajante de tu padre y que piensas que si tú recibes a los que nadie quiere recibir homenajeas de este modo a tu padre. Cada día que pasa estoy un paso más allá de ti. Si pierdes la identidad que te proporcionó tu progenitor, qué te queda. Benet dice que yo soy el causante de tu literatura y Juan Antonio matiza que en eso eres un clásico de la psicología; vamos, tan clásico que estás rozando el tópico. No me preocupa que me olvides a mí, sino que te olvides de ti mismo. Como te digo, le he contado cosas de ti, cosas que ni tú mismo sabes, a Vallejo-Nágera. Me ha dicho que eres un niño especial, sí, un niño. Un niño inocente, alguien en quien la inocencia está aterrorizada y sale por donde puede. Tienes las habilidades sociales de los adultos, pero según Juan Antonio interiormente eres un niño. Piensas como piensan los niños, por eso hay en lo que escribes esa pasión tan loca como naíf. No, no te preocupes, no voy a ponerme a criticar tu obra literaria. A ti te gustaba fantasear mucho sobre el hecho de que los dos nos llamásemos igual. Como si fuese yo quien escribiese tus libros. En eso querías ver toda una alegoría social sobre la emancipación de las clases medias-bajas españolas, y no te faltaba razón. Pensaste que yo era un hombre elemental, pero mi elementalidad era también la forma que elegía mi sentido de la felicidad. No me recuerdas con claridad, no recuerdas el transcurso. Recuerdas escenas recientes, pero no el transcurso. Sé que nunca entenderás a las gentes sencillas. Claro que te he mentido: ni Benet ni Vallejo-Nágera son amigos míos, aunque es verdad que los he visto al pasar por las hermosas galerías en que viven, pero no me hablan porque no pertenezco a su mundo, a su escogido grupo de amigos. Yo soy, fui un hombre vulgar, un trabajador, por decirlo así. La felicidad de las gentes sencillas no es un problema político, hijo mío. Ya sé que el mito de llegar a ser alguien sigue activo en España y que ese mito da contenido al tiempo de las vidas de la gente. Y que fuera de ese mito no hay consistencia. Sin ese mito, todo sería ficción. La felicidad de las gentes sencillas sí es un problema político, hijo mío. Ya lo creo que lo es. Cuídate. Buenas noches, hijo mío, dejaré encendida la luz del cuarto de baño para que no tengas miedo. Sigue escribiendo. Recuérdales de dónde vienes: de los ahorcados, de los ejecutados, del campesinado español, del proletariado irredento, de la pobreza insuperable. Recuérdales que vienes del analfabetismo, del hambre y de la enfermedad. Recuérdales que sólo te separa una generación de mí. Eso es lo que tienes que hacer, y lo estás haciendo bien. Recuérdales que eres un revolucionario y que eres comunista y que vas a matarlos a todos. Buenas noches, amor mío.

3. Habla el espíritu de Teletienda

Todo será destruido, y disfrutaremos de la destrucción. La imaginación política de los hombres es ya superior a la imaginación matemática del universo. Están en lucha las dos imaginaciones. Hay una fiesta salvaje. Cogerás todas las enfermedades si decides entrar en la orgía final. Escribí esta novela porque ahora sé que no estoy loco, que nunca he estado loco. Escribí esta novela porque quería romper la nervadura de los planetas, quería sumergirme en la catarsis política de todos los órdenes de la Tierra. Veía a los presidentes de Estados Unidos (de Jimmy Carter a Barack Obama) y entendía que nos estaba pasando algo como raza que era muy superior a las leyes físicas de la materia. Creo que una mierda como la que acabo de escribir ya se dice en la Biblia. Vivir en países grises es una putada, pero qué país no es gris ahora. Acaso Rusia. O tal vez México. Lo que yo creía maldad resultó ser inteligencia crítica. Lo que yo creía insociabilidad resultó ser una rama dorada de la humildad. Lo que yo creía delirio resultó ser honestidad. Lo que los demás dijeron que era frivolidad, degeneración, inconsistencia y provocación resultó ser representación. Soy un tipo con suerte. He visto el *alien* que llevo dentro, ese bicho que pasa de un cuerpo a otro. La humanidad va a seguir avanzando. Acabarán riéndose de nosotros como nosotros nos reímos de la Edad Media, de las casas sin aire acondicionado, de los coches de tres marchas, de la tuberculosis, de la jornada laboral de doce horas, de las máquinas de escribir, de viajar a caballo, de viajar en locomotora. Hay una risa venenosa en esa condensación a la que llamamos Historia. Resulta cómico morirse cuando se tiene todo. Los grandes hombres, cuando envejecen, cuando el cuerpo agoniza, tienen que dejar lo que tienen y caminar hacia la muerte. Es cómico. Pronto conseguirán que vayan otros y no ellos. Estamos trabajando en eso. Será un logro tecnológico más que un logro político. Regresará el comunismo. Los negros latinoamericanos serán comunistas y quemarán el mundo. El comunismo volverá a nosotros y yo lo estoy deseando. Quiero ver colgando de los árboles a los monstruos políticos de nuestra época. Quiero la revolución, porque la revolución es el único sentido de la Historia.

4. Juan Carlos III

Es el año 2398 y Juan Carlos III se encuentra en su lecho de muerte. Está tumbado en una cama de tecnología espiritual, muchos médicos lo rodean. Es un anciano de ciento cuarenta y dos años. Manda a los médicos que se marchen, lo hace con amabilidad. Está inquieto. Manda llamar a su sucesor en el trono de Gran España, que como todo el mundo sabe es una nación que agrupa a diez mil millones de hispanohablantes. Gran España vive días muy tristes, pues Juan Carlos III es un rey amado por su pueblo, y su pueblo es una agrupación política de razas, naciones, religiones, que se extienden por el mundo real (América y Europa, pero también importantes territorios de África y algunas extensiones de Asia) y por el mundo virtual y por el mundo inconcreto de los muertos. Su hijo, que tiene un culto sentido del humor, ha decidido que reinará bajo el nombre de Frankenstein I, con la abreviatura popular de Frank I. Su hijo, que en realidad se llama John, pues es hijo de madre americana, coge la mano de su padre moribundo. ¿Qué estás viendo, padre?, le pregunta John. Lo mismo que han visto todos los reyes de España en este gran momento del adiós, le contesta Juan Carlos III. Pero dime qué es. Estoy viendo el asesinato de Julio César y la evolución del latín vulgar, todo a la velocidad de la luz. En la evolución del latín vulgar, en la transformación del latín en las lenguas vernáculas está depositado el gran misterio de la filosofía, la ciencia y la soledad. Somos lo que hablamos, lo que dijimos a nuestros hijos. Y lo que dijimos es móvil; veo la evolución vocálica desde el latín vulgar, veo la caída de viejos sonidos consonánticos, que quedan reducidos a escombros amargos, veo la laceración de los fonemas, que son santos, veo al lingüista Emilio Alarcos Llorach la noche en que descubrió el sistema fonológico del español, que es lo que somos: un sistema fonológico caminando a través del tiempo, y veo que lo que hablamos es ficción, porque el lenguaje es una ficción*. Emilio Alarcos Llorach lo cifró todo en este mapa (ahora saca Juan Carlos III una hoja de papel de debajo de las sábanas), que es el mapa del genoma cerebral de los españoles:

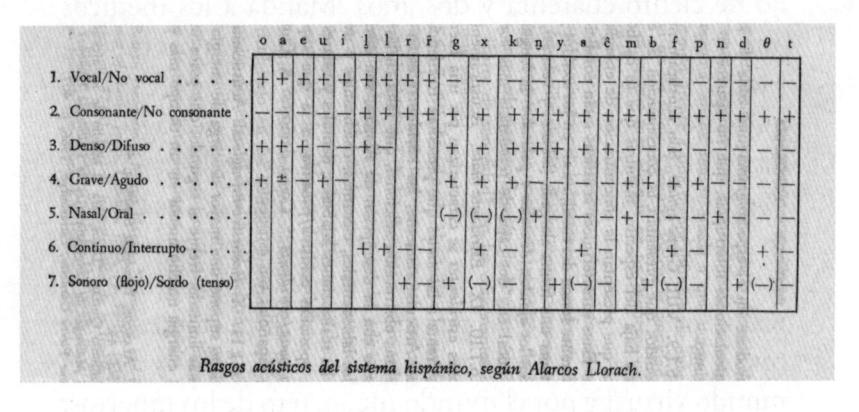

	o	a	e	u	i	ļ	l	r	ř	g	x	k	ņ	y	ẹ	č	m	b	f	p	n	d	θ	t
1. Vocal/No vocal	+	+	+	+	+	+	+	+	+	−	−	−	−	−	−	−	−	−	−	−	−	−	−	−
2. Consonante/No consonante .	−	−	−	−	−	+	+	+	+	+	+	+	+	+	+	+	+	+	+	+	+	+	+	+
3. Denso/Difuso	+	+	−	−	−	+	−			+	+	+	+	+	+	+	−	−	−	−	−	−	−	−
4. Grave/Agudo	+	±	−	+	−					+	+	+	−	−	−	−	+	+	+	+	−	−	−	−
5. Nasal/Oral						(−)	(−)	(−)	+	−	−	−	+	−	−	−	+	−	−	−	+	−	−	−
6. Continuo/Interrupto . . .						+	+	−	−	+	−		+	−			+	−		−	+	−		
7. Sonoro (flojo)/Sordo (tenso)						+	−	+	(−)	−		+	(−)	−			+	(−)	−		+	(−)		

Rasgos acústicos del sistema hispánico, según Alarcos Llorach.

Alarcos oyó lo que somos, continúa diciendo Juan Carlos III a su hijo John. Vocal / No vocal. Consonante / No consonante. Denso / Difuso. Grave / Agudo. Nasal / Oral, qué magnificencia. Un sistema bífido de síes y de noes, qué gran hallazgo evolutivo. Una invención acústica maravillosa. Sigue, hijo mío, las enseñanzas de Alarcos. Somos una canción, un montón de sonidos atados a cosas. La canción es lo que importa. Somos entes fonológicos. La fonología son los restos de la teología antigua. Sigue los mapas de Alarcos. Son la verdad. La fonología, allí está la inteligencia cuántica. Todo es fonología. Todo es Alarcos. Hace quince mil millones de

---

* Emilio Alarcos Llorach, lingüista español, nacido en Salamanca en 1922. Murió en 1998 en Oviedo, en cuya universidad fue catedrático de Lingüística.

años el universo era un fonema. Julio César es mi padre, vuelve a decir Juan Carlos III. Pero espera, espera, estoy viendo otra cosa ahora, algo que no es político, ya no veo a Julio. Veo otra cosa.

¿Qué es, padre?, dímelo, dímelo, te lo ruego, le exige John.

Sí, ya sé qué es, es el aire, el aire del mar Mediterráneo, los peces saltando encima del aire, un mediodía encendido, las vocales, las consonantes, la diptongación, sí, es el aire, dijo Juan Carlos III.

Me gusta el aire. El aire es nuestro.

Y expiró.

Índice

Aene Televisión   9

CANAL 1
LA GRAN PANTALLA AMERICANA

1. Johnny Cash viaja por España   25
2. Gran América: el sacrificio   42

CANAL 2
TELEPURGATORIO

1. Coches de alquiler   57
2. Sergio Leone   63
3. Dam   72

CANAL 3
INFORME SEMANAL
(MONOGRÁFICO «LOS EMIGRANTES ILUMINADOS»)

1. Cerdos   79
2. Golfo de St. Lawrence   82
3. Entrevista con Bobby Wilaz, nuevo líder del Movimiento Obrero Norteamericano   86

CANAL 4
TELETERRORISMO

1. Stalin Reloaded   93
2. Funny Games   100

CANAL 5
PRESSING CATCH

1. El traje de Superman 119
2. Return To Sender 120

CANAL 6
FÚTBOL

1. Final de la Eurocopa: 29 de junio de 2008 141
2. Juan Carlos I 145

CANAL 7
REPOSICIONES (CLÁSICOS DEL SIGLO XX)

1. La realidad y el deseo 149
2. Carta a Fidel 161

CANAL 8
REALITY SHOWS

1. Peter Pan 173
2. Collioure 180

CANAL 9
MTV

1. Caballos 199
2. Suenan ruidos contra el capitalismo 204

CANAL 10
CINE X

1. Hércules   215
2. Historia de Nuela   224

CANAL 11
TELETIENDA

1. Zaragoza   241
2. Carta al hijo   249
3. Habla el espíritu de Teletienda   255
4. Juan Carlos III   257

Este libro
se terminó de imprimir
en los Talleres Gráficos
de Rógar, S. A.,
Navalcarnero, Madrid (España),
en el mes de diciembre de 2009

ÚLTIMOS TÍTULOS PUBLICADOS

Ray Loriga
YA SÓLO HABLA DE AMOR

Carlos Fuentes
LA VOLUNTAD Y LA FORTUNA

Luis Mateo Díez
LOS FRUTOS DE LA NIEBLA

Alejandro Gándara
EL DÍA DE HOY

Luis García Jambrina
EL MANUSCRITO DE PIEDRA

Manuel Vicent
LEÓN DE OJOS VERDES

Manuel Rivas
A CUERPO ABIERTO

Mario Vargas Llosa
EL VIAJE A LA FICCIÓN

Jorge Volpi
EL JARDÍN DEVASTADO

José Saramago
VIAJE A PORTUGAL

José Saramago
EL VIAJE DEL ELEFANTE

Hortensia Campanella
MARIO BENEDETTI. UN MITO DISCRETÍSIMO

Use Lahoz
LOS BALDRICH

Tomás Eloy Martínez
PURGATORIO

Edmundo Paz Soldán
LOS VIVOS Y LOS MUERTOS

Mercedes Abad
MEDIA DOCENA DE ROBOS Y UN PAR DE MENTIRAS

Luis Leante
LA LUNA ROJA

Luisgé Martín
LAS MANOS CORTADAS

Sergio Ramírez
EL CIELO LLORA POR MÍ

Santiago Roncagliolo
MEMORIAS DE UNA DAMA

Rosa Montero
CRÓNICA DEL DESAMOR

Albert Sánchez Piñol
TRECE TRISTES TRANCES

Bernardo Atxaga
SIETE CASAS EN FRANCIA

Manuel Rivas
LA DESAPARICIÓN DE LA NIEVE

Juan José Flores
EL CORAZÓN DEL HÉROE

Javier Marías
LO QUE NO VENGO A DECIR

Luis García Montero
MAÑANA NO SERÁ LO QUE DIOS QUIERA

Andrés Neuman
EL VIAJERO DEL SIGLO

Julio Cortázar
PAPELES INESPERADOS

Laura Restrepo
DEMASIADOS HÉROES

Ignacio del Valle
LOS DEMONIOS DE BERLÍN

Juan Gabriel Vásquez
EL ARTE DE LA DISTORSIÓN

Álvaro Colomer
LOS BOSQUES DE UPSALA

Luis Manuel Ruiz
TORMENTA SOBRE ALEJANDRÍA

José Ovejero
LA COMEDIA SALVAJE

Agustín Fernández Mallo
NOCILLA LAB

Alfaguara es un sello editorial del Grupo Santillana

www.alfaguara.com

Argentina
Av. Leandro N. Alem, 720
C 1001 AAP Buenos Aires
Tel. (54 114) 119 50 00
Fax (54 114) 912 74 40

Bolivia
Avda. Arce, 2333
La Paz
Tel. (591 2) 44 11 22
Fax (591 2) 44 22 08

Chile
Dr. Aníbal Ariztía, 1444
Providencia
Santiago de Chile
Tel. (56 2) 384 30 00
Fax (56 2) 384 30 60

Colombia
Calle 80, 10-23
Bogotá
Tel. (57 1) 635 12 00
Fax (57 1) 236 93 82

Costa Rica
La Uruca
Del Edificio de Aviación Civil 200 m al Oeste
San José de Costa Rica
Tel. (506) 22 20 42 42 y 25 20 05 05
Fax (506) 22 20 13 20

Ecuador
Avda. Eloy Alfaro, 33-3470 y Avda. 6 de Diciembre
Quito
Tel. (593 2) 244 66 56 y 244 21 54
Fax (593 2) 244 87 91

El Salvador
Siemens, 51
Zona Industrial Santa Elena
Antiguo Cuscatlan - La Libertad
Tel. (503) 2 505 89 y 2 289 89 20
Fax (503) 2 278 60 66

España
Torrelaguna, 60
28043 Madrid
Tel. (34 91) 744 90 60
Fax (34 91) 744 92 24

Estados Unidos
2023 N.W. 84th Avenue
Doral, F.L. 33122
Tel. (1 305) 591 95 22 y 591 22 32
Fax (1 305) 591 74 73

Guatemala
7ª Avda. 11-11
Zona 9
Guatemala C.A.
Tel. (502) 24 29 43 00
Fax (502) 24 29 43 43

Honduras
Colonia Tepeyac Contigua a Banco Cuscatlan
Boulevard Juan Pablo, frente al Templo
Adventista 7º Día, Casa 1626
Tegucigalpa
Tel. (504) 239 98 84

México
Avda. Universidad, 767
Colonia del Valle
03100 México D.F.
Tel. (52 5) 554 20 75 30
Fax (52 5) 556 01 10 67

Panamá
Vía Transísmica, Urb. Industrial Orillac,
Calle segunda, local #9
Ciudad de Panamá.
Tel. (507) 261 29 95

Paraguay
Avda. Venezuela, 276,
entre Mariscal López y España
Asunción
Tel./fax (595 21) 213 294 y 214 983

Perú
Avda. Primavera 2160
Surco
Lima 33
Tel. (51 1) 313 4000
Fax (51 1) 313 4001

Puerto Rico
Avda. Roosevelt, 1506
Guaynabo 00968
Puerto Rico
Tel. (1 787) 781 98 00
Fax (1 787) 782 61 49

República Dominicana
Juan Sánchez Ramírez, 9
Gazcue
Santo Domingo R.D.
Tel. (1809) 682 13 82 y 221 08 70
Fax (1809) 689 10 22

Uruguay
Constitución, 1889
11800 Montevideo
Tel. (598 2) 402 73 42 y 402 72 71
Fax (598 2) 401 51 86

Venezuela
Avda. Rómulo Gallegos
Edificio Zulia, 1º - Sector Monte Cristo
Boleita Norte
Caracas
Tel. (58 212) 235 30 33
Fax (58 212) 239 10 51